Luana Lewis

Schlafe still

GOLDMANN
Lesen erleben

LUANA LEWIS

Schlafe still

ROMAN

AUS DEM ENGLISCHEN
VON ELKE LINK

GOLDMANN

Die Originalausgabe erschien 2015
unter dem Titel »Forget Me Not«
bei Corgi, an imprint of
Transworld Publishers, Great Britain.

1. Auflage
Deutsche Erstausgabe April 2017

Published by arrangement with Sharon Luana Lewis
Umschlaggestaltung: UNO Werbeagentur, München
Umschlagmotiv: FinePic®, München
Redaktion: Ulla Mothes
AG · Herstellung: kw
Satz: Buch-Werkstatt GmbH, Bad Aibling
Druck und Bindung: CPI books GmbH, Leck
Printed in Germany
ISBN: 978-3-442-20530-1
www.goldmann-verlag.de

Prolog

Der Tag, an dem sie starb

Sie liegt verkrümmt zu meinen Füßen.

Ihr rechter Arm ist seitlich ausgestreckt, als wolle sie nach mir greifen, als könne sie mich immer noch mit ihren kirschroten Fingernägeln packen.

Unter dem Morgenmantel ist sie nackt. Ich knie mich hin und ziehe ihn weiter zu, um ihr wenigstens etwas Würde zu verleihen. Ich fahre ihr durch die weichen schwarzen Haare. Danach klebt mir ihr Blut an der Hand.

»Es tut mir so leid«, sage ich.

Ich küsse sie ein letztes Mal. Ihr süßer, frischer Duft vermischt sich mit dem metallischen Geruch des Todes.

Nach jahrelanger Übung kann ich mich zweiteilen: Der Teil von mir, der handelt, ist sauber getrennt von dem Teil, der fühlt. Auf diese Weise gelingt es mir, einigermaßen ruhig zu bleiben, während ich jemandem Schmerzen zufüge. Und die Frau, die tot vor mir auf dem Boden liegt, ist keine Mutter, keine Ehefrau und keine Tochter.

Ich stehe auf und sehe mich ein letztes Mal in dem Raum um, in dem sie gestorben ist. Graue Adern durchziehen den Marmorboden und schlängeln sich die Wände hinauf. Die goldenen Wasserhähne funkeln zu hell. Die Oberflächen sind hart, die Kanten scharf.

Ich wende ihr den Rücken zu und lasse sie allein.
Ich bin eigentlich gar nicht da. Ich war es nie.

Kapitel 1

Zwei Wochen später

Das Merkwürdige an den Fragen von DS Cole ist, dass ich die meisten von ihnen bereits beantwortet habe. Allerdings nicht hier; nicht auf einer Polizeiwache, in einem beengten und fensterlosen Verhörraum mit verkratzten Wänden.

Ich hebe die Hand, um mir die rechte Schläfe zu reiben.

»Alles in Ordnung, Rose?«

»Nur wieder Kopfschmerzen«, sage ich.

DS Cole nickt, als würde sie verstehen, als würde sie an meinem Schmerz Anteil nehmen. »Möchten Sie ein Glas Wasser?«

»Nein danke.« Ich stemme die Hände gegen den alten Holztisch zwischen uns und schlage die Beine eng übereinander. Die Spannung hilft mir, mich zu konzentrieren. »Bitte machen Sie weiter. Ich falle Ihnen schon nicht in Ohnmacht, versprochen.«

Außerdem ist es merkwürdig, wie sich das Blatt gewendet hat. Ich bin normalerweise diejenige, die auf der anderen Seite des Tisches sitzt. Diejenige, die verzweifelten Eltern schlechte Nachrichten überbringt – die schlimmsten aller nur möglichen Nachrichten. Aber jetzt sitze ich hier, und meine Seite dieses Gesprächs ist ein dunkler Ort, von dem es kein Entrinnen gibt.

DS Cole spricht langsam und deutlich. »Bitte erzählen Sie

mir von jedem Kontakt, den Sie in den Tagen vor Viviens Tod mit ihr hatten.«

Sie wartet geduldig, bis ich anfange.

»Zum letzten Mal gesehen habe ich sie am Sonntag«, sage ich. »An diesem Wochenende feierte meine Enkelin ihren achten Geburtstag, und Vivien hatte ein paar Gäste eingeladen, vier, fünf Schulfreundinnen von Lexi und deren Eltern. Eine junge Frau hat den Kindern die Gesichter bemalt, mit Schmetterlingen und Tigern und so, und im Garten stand eine Hüpfburg. Ich war ungefähr anderthalb Stunden bei ihnen.«

DS Cole ist jung, Ende zwanzig in etwa. Jünger als meine Tochter, als sie starb. Wenn ich sie so ansehe, erinnert sie mich manchmal an die Vexierbilder, die man uns in der Schule gezeigt hat. Sie verändern sich ständig, je nachdem, wie man sie betrachtet. Sie ist eine attraktive junge Frau mit großen, tiefliegenden Augen und einem wasserstoffblonden Pony, der ihr bis zu den Brauen reicht; aber als ich noch einmal hinschaue, wirkt sie mit ihren hinten und seitlich kurzrasierten Haaren und dem kräftigen, kantigen Unterkiefer beinahe jungenhaft. Auch ihre Figur lässt sich schwer bestimmen. In ihrer maßgeschneiderten Bluse wirkt sie schlank und flachbrüstig, ihre trapezförmigen Schultern verengen sich zu schmalen Hüften.

»Wenn Sie an diesen Tag zurückdenken«, fährt sie fort, »ist Ihnen da etwas Ungewöhnliches aufgefallen, etwas, das darauf hätte hindeuten können, dass Vivien unglücklich oder beunruhigt war?«

»An eine Sache erinnere ich mich«, sage ich. »Vivien hat gefragt, ob sie mich oben unter vier Augen sprechen könne. Sie hat mir erzählt, sie sei nicht zufrieden mit dem Rat ihrer Kinderwunschspezialistin und wolle eine zweite Meinung einholen. Sie wollte wissen, ob ich ihr jemanden empfehlen könne.«

»Und was haben Sie gesagt?«

»Dass ich mich erkundigen würde. Ich arbeite auf der Neugeborenenstation mit mehreren Fachärzten zusammen. Aber ich habe ihr auch gesagt, dass ich von einem Wechsel nicht viel halte. Meiner Meinung nach leistet die Frau, die sie konsultiert hat – Mrs Murad –, hervorragende Arbeit.«

»Hat Vivien gesagt, warum sie mit dem Rat, den sie bekommen hatte, unzufrieden war?«

»Wir haben nur kurz gesprochen, und sie ging nicht ins Detail. Danach hatte sie zu tun, war abgelenkt, lief herum und kümmerte sich um die Kinder, den Kuchen, die Unterhalter. Ich habe mich mehr auf meine Enkelin konzentriert.«

DS Cole nickt. Offenbar genügt ihr das.

»Wie würden Sie Viviens Stimmung an diesem Tag beschreiben?«, fragt sie.

»Im Rückblick stellt die Tatsache, dass sie das Problem mit Mrs Murad erwähnt hat, vielleicht einen Hinweis dar, aber mir ist nichts Ungewöhnliches aufgefallen. Sie und Ben versuchen seit Jahren, ein zweites Kind zu bekommen, und sie war bei unserem Gespräch nicht besonders aufgeregt. Zumindest habe ich es nicht bemerkt. Andererseits war es auch die Geburtstagsfeier ihrer Tochter, und sie hatte Gäste. Es war ihr wichtig, den äußeren Schein zu wahren.«

DS Cole hat ein Klemmbrett vor sich. Sie hebt es hoch, betrachtet ihre Notizen, formuliert ihre nächste Frage.

»Und da haben Sie sie zum letzten Mal gesehen?«, fragt sie.

»Ja.«

Ich halte ganz still. Meine Beine sind überkreuzt, die Hände liegen übereinander im Schoß.

»Während der Woche hatten Sie keinen Kontakt? Nach der Geburtstagsfeier?«

»Nein.«

»War das ungewöhnlich?«

»Nein.«

DS Cole stellt wirklich immer wieder dieselben Fragen. Es ist verstörend, dass sie sich benimmt, als hätten wir dieses Gespräch noch nie geführt. Sie legt das Klemmbrett hin und schiebt ihren Stuhl nach hinten, weiter vom Tisch weg. Als sie die Beine übereinanderschlägt, fallen mir ihre Schuhe auf: spitze braune Budapester.

»Vielleicht könnten wir uns auf den Freitag konzentrieren.« Sie hält inne, beobachtet meine Reaktion. »Ich kann Ihnen wirklich keinen Schluck Wasser anbieten?«

Ich habe zwar einen trockenen Mund, aber ich will das lieber schnell hinter mich bringen. »Nein danke«, sage ich. »Bitte fahren Sie fort.«

»Ich würde gerne noch einmal mit Ihnen durchgehen, was wir wissen. Vielleicht fällt Ihnen noch etwas Zusätzliches ein, oder Sie haben etwas anders in Erinnerung.«

»Gut.« Meine Gesichtsmuskeln verhärten sich, und das Sprechen strengt mich sehr an.

»Wir wissen, dass Vivien an diesem Freitagmorgen ihre Tochter zu Fuß in die Schule gebracht hat«, sagt sie. »Und nachdem sie Alexandra am Schultor verabschiedet hatte, ging Vivien laufen. Sie lief ihre übliche Runde durch den Regent's Park. Die Kellnerin im Café erinnert sich daran, sie bedient zu haben. Sie sagt, Vivien war fast jeden Vormittag da, und sie sei aufgefallen, weil sie ungewöhnlich attraktiv und in guter Form war. Aber es war sehr neblig, und die Sicht war nicht gut, deshalb haben wir keine Aussagen von Zeugen, die Ihre Tochter auf dem Rückweg vom Park zum Haus in der Blackthorn Road gesehen haben. Wir gehen davon aus, dass sie wie sonst auch direkt nach Hause gegangen ist.«

Ich schaue hinunter auf meine Hände, die in meinem Schoß liegen, mit ihren kurzen Nägeln und der rauen Haut. Das jahrelange gründliche Händewaschen hat seinen Tribut gefordert. Vivien hatte immer ganz weiche Hände, ihre Haut war wie Seide, und die Nägel hatte sie in einem kühnen Rot oder einem eleganten Beige lackiert.

»Vivien hat an diesem Vormittag keinen Kontakt zu Ihnen aufgenommen?«, fragt DS Cole.

»Nein. Aber ich bekam einen Anruf von Mrs Murads Sekretärin, weil Vivien nicht zu ihrem Termin erschienen war.«

»Wissen Sie, warum die Praxis bei Ihnen angerufen hat und nicht bei ihrem Mann?«

»Ich ging davon aus, dass sie es bei Ben versucht hatten und ihn nicht erreichen konnten. Außerdem kennen Mrs Murad und ich uns gut, wir arbeiten im selben Krankenhaus. Ich manage die Neugeborenenstation, und wir haben immer wieder Babys, die durch eine künstliche Befruchtung gezeugt wurden.«

DS Cole beugt sich vor, wischt sich den Pony aus den Augen und stützt die Ellbogen auf die Knie. »Was haben Sie gemacht, als Sie den Anruf wegen des verpassten Termins bekommen haben?«

»Ich habe Mrs Murads Sekretärin gesagt, dass ich nicht weiß, wo Vivien ist. Danach habe ich selbst versucht, sie auf dem Handy anzurufen, aber es schaltete sofort auf die Mailbox um.«

»Kam das schon einmal vor, dass Vivien nicht zu einem Termin erschien?«

»Das weiß ich nicht, aber ich würde meinen, das passte

nicht zu ihr. Vivien war ein extrem organisierter Mensch, sie wollte immer gern alles weit im Voraus planen. Andererseits hatten wir nicht viele Verabredungen und haben uns nicht so oft gesehen, deshalb kann ich das gar nicht sicher sagen.«

DS Cole blickt von ihrem Klemmbrett auf. Ich frage mich, ob sie sich ein Urteil über mich bildet. Ich frage mich, ob sie ihrer eigenen Mutter nahesteht oder ob ihr bewusst ist, wie schwierig es manchmal sein kann.

»Haben Sie daran gedacht, sich mit Ben in Verbindung zu setzen, als Sie den Anruf wegen Viviens Ausbleiben bekommen hatten?«

»Nein. Auf den Gedanken bin ich gar nicht gekommen. Ben hat immer sehr viel zu tun und ist häufig geschäftlich unterwegs. Ich ging davon aus, dass Mrs Murads Praxis es schon bei ihm versucht und kein Glück gehabt hatte. Ich hatte keinen Grund anzunehmen …«

Es hat keinen Sinn, meinen Satz zu beenden.

»Hatten Sie überlegt, bei Vivien vorbeizuschauen, um nach dem Rechten zu sehen?«

Ich schüttle den Kopf. »Nein, das wäre keine gute Idee gewesen. Vivien mochte im Allgemeinen keine spontanen Besuche, am allerwenigsten von mir. Sie hasste Überraschungen. Ich dachte mir, es sei ihr etwas Wichtiges dazwischengekommen und sie würde danach einen neuen Termin vereinbaren.«

Meine rechte Hand kriecht über meine linke. Am liebsten würde ich mir die Nägel fest in die Haut bohren, um mich von den Schmerzen im Kopf abzulenken, aber DS Cole beobachtet mich, deshalb lasse ich es bleiben.

»Trotzdem, ich frage mich, ob sie noch am Leben sein könnte, wenn ich gleich zu ihr gegangen wäre.«

»Es tut mir leid«, sagt DS Cole.

Seit meine Tochter tot ist, entschuldigen sich ständig alle bei mir.

DS Cole sieht mich kurz an, dann lächelt sie, ein kleines, trauriges Lächeln der Anteilnahme. Ich räuspere mich.

»Wissen Sie noch, was Sie nach dem Anruf von Mrs Murads Sekretärin gemacht haben?«

Ich habe das alles schon durchgespielt, und zwar mehr als einmal, und es wird immer einfacher. Jedes Mal wenn ich diese Geschichte wiederhole, bin ich ein Stückchen weiter weg.

»Ich war zu Hause, es war mein freier Tag. Ich habe die Küche saubergemacht, die Spülmaschine eingeschaltet, Wäsche in die Maschine gesteckt – ich weiß noch, dass ich meine Schwesternuniform für die ganze Woche gewaschen habe. Ich bin spazieren gegangen und habe ein paar Sachen eingekauft, und als ich zurückkam, habe ich es noch einmal bei Vivien versucht, aber sie ging immer noch nicht ran. Ich war für den frühen Abend verabredet – eine Freundin von mir hatte uns Theaterkarten besorgt. Deshalb bin ich mit dem Bus nach Hampstead gefahren und ein bisschen herumgelaufen, bevor ich mich mit Wendy zu einem frühen Abendessen getroffen habe. Nach der Vorstellung, auf der Heimfahrt mit dem Bus, habe ich mein Handy wieder eingeschaltet und gesehen, dass ich neun verpasste Anrufe hatte von meinem Schwiegersohn.«

Ich warte.

»Ich bin ein bisschen verwirrt«, sage ich, »denn das habe ich Ihnen doch alles schon erzählt. Ist etwas passiert, DS Cole?«

Mir ist klar, dass die Polizei manchmal Informationen zurückhält – ein Beweisstück womöglich. Ob DS Cole wohl etwas Neues über den Tod meiner Tochter weiß, was sie mir nicht erzählt?

»Nun ja.« Sie wählt ihre Worte sorgfältig. »Wie Sie wissen,

sind wir uns über die Todesursache noch nicht ganz im Klaren. Vivien wurde an diesem Nachmittag tot in ihrem Badezimmer aufgefunden, und sie hatte eine Kopfverletzung. Wir glauben zwar nicht, dass diese Verletzung schwer genug war, um zum Tod zu führen, aber wir müssen nachvollziehen, was ihr zugestoßen ist. Wir müssen die Möglichkeit in Betracht ziehen, dass Vivien überfallen wurde.«

DS Cole bemüht sich nach Kräften, das Wort Mord zu vermeiden, aber ich höre es trotzdem laut und deutlich. Ich sehe es in Großbuchstaben auf diesen schmutzigen, fensterlosen Wänden. Während sie spricht, wird mein Sichtfeld am Rand unscharf. Ich scheine sie von weit weg anzustarren, als stünden wir an den gegenüberliegenden Enden eines langen, dunklen Tunnels.

»Rose, ist wirklich alles in Ordnung mit Ihnen?«

Ich bin wie gelähmt und muss mich anstrengen, um zu nicken. Ich wende den Blick von ihr ab, schaue ein paar Sekunden auf den Fußboden, bis ich wieder klar sehe.

»Ein Paar Ohrringe fehlt, aber der Rest von Viviens Schmuck, auch der Verlobungsring, den sie trug, ist vorhanden. Am Haus gab es auch keine Anzeichen für ein gewaltsames Eindringen, aber es ist gut möglich, dass sich jemand Ihrer Tochter genähert hat, als sie vom Joggen zurückkam, und sich Einlass ins Haus erzwungen hat.«

Als ich versuche zu schlucken, fühlt es sich an, als wäre etwas stecken geblieben. Ich räuspere mich noch einmal.

»Wir müssen auch in Erwägung ziehen, dass Ihre Tochter jemanden ins Haus gelassen haben könnte«, sagt DS Cole. »Jemanden, den sie kannte.«

Ich nicke. Ein schreckliches Bild schwebt am Rand meines Sichtfelds. Ich versuche mein Möglichstes, es auszublenden, aber es will nicht verschwinden. Das Bild wird größer, und ich schwanke am Rand eines Kraters, meine Gedanken zerstieben.

»In den Wochen, bevor Vivien starb«, sagt DS Cole, »hat sie da etwas erwähnt, das sie aufgebracht oder beunruhigt haben könnte? Eine Person, die sich seltsam benahm? Vielleicht eine Kleinigkeit, die damals unwichtig zu sein schien?«

»Ich kann mich nicht an etwas Derartiges erinnern. Aber wie gesagt, wenn sie etwas verunsichert hätte, dann wäre sie damit bestimmt nicht zu mir gekommen.«

»Zu wem sonst?«

»Zu ihrem Mann.«

»Hatten Sie jemals den Verdacht, dass sich Ihre Tochter mit einem anderen Mann trifft?«, fragt sie.

Diese Frage trifft mich völlig unvorbereitet. Bisher hat man sich bei mir noch nicht danach erkundigt.

»DS Cole, wissen Sie etwas?«

»Das sind Routinefragen«, sagt sie. »Ich muss sie stellen.«

»Ich verstehe. Nun, die Wahrheit lautet: Ich weiß es nicht. Aber es ist unwahrscheinlich. Ich kann mir nicht vorstellen, dass Vivien etwas getan hätte, womit sie ihre Ehe gefährdet hätte.«

DS Cole schenkt mir ein bedauerndes, schmallippiges Lächeln.

»Sie können sie uns also noch nicht überlassen?«, frage ich.

Sie schüttelt den Kopf. »Es tut mir leid«, wiederholt sie.

Ich schrecke zusammen, als sie sich vorbeugt und mir sanft die Hand drückt. Ich versuche, nicht zurückzuzucken.

Ich denke an das letzte Mal, als meine Tochter mich berührt hat. Wir standen in der Eingangshalle des Hauses in der Blackthorn Road. Vivien legte die Arme um mich, drückte mich. Meine Arme hingen schlaff herunter. Das ist acht Jahre her.

Kapitel 2

Es ist schon dunkel, als die Vernehmung durch DS Cole beendet ist. Die Bushaltestelle liegt direkt vor dem Polizeirevier; ich muss zwanzig Minuten auf meinen Bus warten, und die Heimfahrt durch den stockenden Londoner Berufsverkehr ist zäh und ermüdend. Ich setze mich oben hin, wo die Busfenster fest geschlossen sind und die Scheibe vom Atem der vielen Menschen beschlägt, die hier dicht zusammengedrängt sind. Nirgends, wo ich bin, scheint es Luft zu geben.

Ich steige gegenüber von Cambridge Court aus und gehe über die Straße zum Hauseingang. Auf den Betonstufen liegt Laub. Am Türsturz ist die Farbe abgesprungen, und über der Ecke des Eingangs hängt ein Spinnennetz. Im Inneren ist es muffig, es riecht nach Mülltüten, die schon zu lange dort stehen.

Während ich im vierten Stock nach meinen Schlüsseln krame, fangen die Hunde von gegenüber an zu kläffen.

In meiner Wohnung ist es still. Ich ziehe die Tür hinter mir zu, schlüpfe aus dem Mantel und hänge ihn sorgsam an den Haken. Ich streiche über das hellrosa Kaschmir, streiche den Stoff glatt, sodass er gerade hängt. Den Mantel habe ich von Vivien zu meinem fünfzigsten Geburtstag geschenkt bekommen. Es gab keine Party und keine Familienfeier; ich habe an dem Tag gearbeitet. Ben, Vivien und Lexi waren im Urlaub in Frankreich, aber sie hatte mir den Mantel schicken lassen. Mit Rosen und Champagner.

Absurd, das Wissen, dass meine Tochter niemals altern wird.

Ich ziehe mir die Stiefel aus. Dann stehe ich ein paar Augenblicke einfach nur da und weiß nicht, was ich als Nächstes tun soll. Ich kann zur Küche durchsehen, wo ein Teller, ein Messer, eine Gabel und ein einzelnes Glas neben der Edelstahlspüle zum Trocknen stehen.

An meinem Kühlschrank ist mit vier runden Magneten eine Kinderzeichnung befestigt. Es ist ein Bild von einem kleinen Mädchen mit rötlichen Haaren, das neben seiner kleinen, dunkelhaarigen Mutter steht. Die Figuren sind in die rechte untere Ecke gequetscht, und meine Enkeltochter hat in Großbuchstaben quer darüber ihren Namen geschrieben: *LEXI*.

Ich muss sie sehen.

Ich gehe wieder zur Wohnungstür. Ich ziehe Mantel und Stiefel an, nehme Handtasche und Schlüsselbund und gehe.

Auf dem zehnminütigen Weg zu Viviens Haus regnet es leicht und beständig. Als ich die Blackthorn Road 63 erreicht habe, sind meine Haare am Kopf angeklatscht. Mein Mantel ist mit winzigen Wassertröpfchen bedeckt, sie glitzern unter der orangefarbenen Straßenlaterne.

Die stuckverzierte viktorianische Villa liegt zurückgesetzt hinter einem gusseisernen Zaun. Die Stufen zur Haustür sind aus Marmor, zu beiden Seiten des Eingangs stehen zwei identische Buchsbaumkugeln. Die beiden Range Rover parken still auf der Zufahrt wie schlummernde Wachhunde. In allen vier Stockwerken sind die Fensterläden geschlossen, aber durch die Fenster im Erdgeschoss dringt Licht.

Ich drücke auf die Klingel und sehe direkt in die Kamera. Kurz darauf öffnet sich das Schloss mit einem Klicken, und ich gehe über den kurzen Weg zu der flachen Treppe. Ich rechne damit, dass mich mein Schwiegersohn an der Tür empfängt, deshalb bin ich überrascht, als mir stattdessen sein Fahrer öffnet. Isaac ist etwa in meinem Alter, er ist von kräftiger Statur und kahlrasiert. Wir begegnen uns hin und wieder, aber immer nur kurz. Zum letzten Mal haben wir uns auf Lexis Geburtstagsfeier gesehen, wo er sich am Rand aufhielt, genau wie ich; er half mit der Garderobe und der Parkerlaubnis für die Gäste. Ich weiß noch, wie Vivien darauf bestand, dass er ein Stück Kuchen aß, sie reichte ihm lachend einen rosa Pappteller.

Er führt mich aus dem Regen hinein. »Ben ist oben, er bringt Alexandra ins Bett«, sagt er. »Geben Sie mir doch Ihren Mantel.«

»Danke.« Ich schlüpfe aus dem feuchten Kaschmir und reiche ihn ihm. Auf Viviens viktorianischem Schachbrettfußboden habe ich schon überall schmutzige Fußabdrücke hinterlassen.

Isaac öffnet den Schrank neben der Haustür und hängt meinen Mantel auf einen Kleiderbügel. Ich erhasche einen Blick auf Viviens schwarzen Pelz – Ziegenfell –, der noch im Schrank hängt. Auf dem Boden des Schranks stehen drei Paar dunkelblauer Gummistiefel, der Größe nach geordnet.

»Ich hatte gehofft, Lexi noch zu sehen, bevor sie einschläft. Meinen Sie, ich kann kurz hochschauen, um ihr Gute Nacht zu sagen?«

»Wahrscheinlich es ist besser, wenn Sie hier warten.« Isaac wirkt irgendwie peinlich berührt, als er das sagt.

»Natürlich«, erwidere ich.

Ich bin enttäuscht, aber nicht überrascht. Mir ist klar, dass spontane Besuche immer noch nicht gern gesehen werden.

Es sieht so aus, als wäre Isaac gerade dabei gewesen, das

Haus zu verlassen; er trägt einen langen braunen Regenmantel. Aber offensichtlich wartet er nun und passt auf mich auf, bis Ben nach unten kommt. Ich fahre mir über die nassen Haare, versuche, sie glattzustreichen.

Isaac sieht mich an, als würde er etwas sagen wollen. Ich bilde mir ein, dass jetzt etwas Weiches in seinen Augen ist.

»Ich möchte Ihnen sagen, wie leid es mir tut. Ich kann mir nicht vorstellen …« Sein Satz verklingt.

»Haben Sie Kinder, Isaac?«

»Ich habe Stieftöchter. Zwillinge.«

»Dann können Sie es sich wahrscheinlich vorstellen«, sage ich.

Es war nicht meine Absicht, aber jetzt ist er verlegen. Ich ärgere mich, weil mir nicht gestattet wird, etwas so Simples zu tun wie hinaufzugehen und meiner Enkelin einen Gutenachtkuss zu geben. Er wendet den Blick ab, schaut hoffnungsvoll nach oben, aber von Ben ist nichts zu sehen.

Wir stehen unsicher mitten in der Eingangshalle. Isaac umfasst eine Hand mit der anderen, die Füße stehen in Hüftbreite. Ich streiche mir wieder die Haare glatt.

Überall um uns ist Vivien. Jeder Gegenstand ist mit großer Sorgfalt ausgewählt worden. Hohe Glasvasen, silberne Bilderrahmen und Steinskulpturen sind wohlplatziert. An den Wänden hängen kühne Ölbilder neben Kohlezeichnungen. Alles prallt aufeinander und passt doch zusammen.

Im ersten Stock knarrt Lexis Tür, und ich blicke hinauf. Mein Schwiegersohn steht oben an der Treppe und sieht mich an.

Ben drückt mit der Handfläche gegen ein Wandpaneel im Wohnzimmer. Es öffnet sich und gibt ein verspiegeltes Schränkchen mit Gläsern in unterschiedlichen Formen und Größen sowie mehreren Reihen Flaschen frei. Der Bell's

Special Reserve, bereits zu zwei Dritteln geleert, steht ein Stück weiter vorn als der Rest. Ben füllt sein Glas zur Hälfte mit Whisky. Er macht sich gar nicht erst die Mühe, die Flasche wieder zu verschließen.

»Willst du was trinken?«, fragt er. Er dreht sich halb zu mir um, sieht mich aber nicht richtig an.

»Gerne ein Glas Wasser, danke.«

Nach all den Jahren sind wir beide wie höfliche Fremde zueinander, ohne Vivien ist unsere Verbindung merkwürdig dünn. Ben bückt sich, um den verkleideten Kühlschrank unterhalb der Bar aufzumachen. Er nimmt eine Flasche Perrier heraus und schenkt ein Glas voll.

»Wie geht es Lexi?«, frage ich.

»Sie schläft tief und fest.« Er kommt zu mir und reicht mir ein Glas kaltes, sprudelndes Wasser. »Ich bemühe mich, ihren normalen Tagesablauf aufrechtzuerhalten«, sagt er. »Vivien hat sie immer spätestens um halb acht ins Bett gebracht.«

»Natürlich. Die tägliche Routine ist sehr wichtig. Aber ich meinte, wie geht es ihr innerlich?«

»Ich weiß nicht genau. Sie isst, was ich ihr hinstelle. Sie geht zur Schule. Die Schulpsychologin sagt, wir sollen uns nach ihr richten, sollen Fragen beantworten, wenn Lexi sie stellt, und sie nicht drängen zu reden, bevor sie so weit ist.«

»Das hört sich vernünftig an. Ich bin froh, dass du von dieser Seite Unterstützung bekommst.«

Die Stille zwischen uns ist erdrückend, während wir uns gegenüberstehen. Ich bin froh, dass ich mich an dem Glas festhalten, etwas mit den Händen anfangen kann.

Ben ist in natura weniger imposant als auf den vielen Bildern von ihm, die einen von Zeitungen und Webseiten anlächeln. Er ist nicht der Typ Mann, der einem auffallen würde:

durchschnittlich groß, nicht viel größer als ich, seine drahtigen braunen Haare sind von Grau durchzogen, und er hat schon die Andeutung eines Bäuchleins. Vivien hat immer gesagt, weil er ein unaufdringlicher Mann der leisen Töne ist, wird er häufig unterschätzt. Sie hat immer gesagt, er erinnert sie an einen Teddybären.

Ich habe Durst, mein Mund ist wieder trocken, und ich trinke einen Schluck von dem eiskalten Wasser.

Momentan sieht Ben allerdings nicht aus wie ein Plüschtier. Er sieht entsetzlich aus. Seine Augen sind düster und haben dunkle Schatten, in den Wochen seit ihrem Tod ist er um zehn Jahre gealtert. Aber ich kann mir vorstellen, dass ich selbst auch nicht so gut aussehe.

»Fragt Lexi nach ihrer Mutter?«

»Ja. Jeden Tag. Als ich sie gestern aus der Schule abgeholt habe, hat sie gefragt, ob Vivien zu Hause auf uns wartet. Ich habe es ihr erklärt, alles noch einmal von vorn. Ich habe ihr gesagt, dass ihre Mutter nie mehr zurückkommen kann. Sie schien es verstanden zu haben. Ein paar Stunden später hat sie dann wieder gefragt. Sie wollte wissen, ob Vivien rechtzeitig zu Hause wäre, um ihr vor dem Zubettgehen eine Geschichte vorzulesen. Angeblich verstehen Kinder in ihrem Alter nicht richtig, was der Tod ist.«

Er trinkt einen großen Schluck Whisky. Wieder liegt eine dunkle, tiefe Kluft zwischen unserem Reden, zwischen uns.

Auf dem großen, mit Leder bespannten Schreibtisch auf der anderen Seite des Zimmers steht ein in Silber gerahmtes Foto von Vivien. Sie lächelt, den Kopf kokett ein wenig nach rechts geneigt. Die dunklen Haare hängen ihr schnurgerade auf die Schultern, und die Rüschen ihrer Bluse sind sittsam bis zum Hals zugeknöpft.

Ich platze heraus: »Findest du denn, ihr solltet hier wohnen bleiben?«

»Wir ziehen hier nicht weg«, sagt Ben. »Das ist unser Zuhause, Vivien und der Architekt haben es quasi von Grund auf umgebaut.«

Er trinkt noch einmal und schaut dabei auf den Grund seines Whiskyglases, als würde er dort Erlösung finden. Er geht wieder auf die andere Seite, um sich noch einmal einzuschenken, und wieder ist er großzügig mit der Special Reserve. In den Jahren, seit ich ihn kenne, habe ich ihn nie mehr als ein paar Gläser Wein trinken sehen.

Es gefällt mir nicht, wie er jetzt trinkt, aber ich will ihn mir nicht zum Gegner machen, indem ich andeute, er solle aufhören.

Wahrscheinlich gibt es ganz praktische Gründe. Die Höhe der Hypothek, das Problem, ein solches Haus so bald nach einem ungeklärten Todesfall zu verkaufen. Vielleicht muss Ben hier aus Gründen wohnen, mit denen ich nicht vertraut und auch nicht belastet bin.

Ich gehe zum Fenster auf der Rückseite. Vivien hat an der gegenüberliegenden Gartenmauer eine Reihe Bäume gepflanzt, in dem Versuch, die scheußlichen Sozialwohnungen aus braunem Backstein abzuschirmen, aber die Setzlinge schaffen es nicht ganz, sie sind noch nicht hoch genug. In die ordentlichen Linien um die Ränder der kompakten viereckigen Rasenfläche sind kleine Lampen eingelassen. An der Seitenmauer steht ein Steinlöwe unter einem Strahler. Sein Maul ist zu einem stillen Schrei geöffnet.

Ben stellt sich jetzt neben mich.

»DS Cole hat mich gebeten, heute Nachmittag zu einer Vernehmung auf das Revier zu kommen«, sage ich.

Unsere Blicke treffen sich im Fenster über unsere welligen Spiegelbilder hinweg, während er einen weiteren, noch größeren Schluck trinkt.

»Was wollte sie?«, fragt er.

»Ich weiß nicht so recht. Sie hat genau dasselbe gefragt, was wir alles schon einmal durchgegangen sind. Wann ich Vivien in der Woche vor ihrem Tod gesehen habe, was sie zu mir gesagt hat, was ich an jenem Freitag gemacht habe.«

Ich weiß nicht so recht, ob ich ihm erzählen soll, dass DS Cole von der Kopfverletzung gesprochen hat und von einem möglichen Eindringling. Ich beschließe, nichts zu sagen. Falls Ben Angst hat, falls das mit ein Grund dafür ist, dass er trinkt, möchte ich seine Furcht nicht noch verstärken.

»Ich gehe davon aus, dass sie weiterhin in Kontakt zu dir sind?«

Er nickt.

»Falls du dir Sorgen um die Sicherheit deiner Enkelin machst«, meint er, »kann ich dir sagen, dass ich mich mit einer Wach- und Sicherheitsfirma in Verbindung gesetzt habe. Wir bauen eine hochwertigere Alarmanlage ein. Isaac beaufsichtigt das alles.«

Die Verbitterung in seiner Stimme passt gar nicht zu dem Ben, den ich bisher kannte. Ben war Viviens Fels, er war stets ausgeglichen und gelassen. Ben, der warm war, während Vivien kalt war. Um Lexis willen möchte ich nicht, dass er sich verändert.

»Ich vertraue natürlich darauf, dass du für Lexis Sicherheit sorgst, Ben. So habe ich das nicht gemeint.«

Auch wenn er nicht für Viviens Sicherheit sorgen konnte. Dieses Gespräch ist ein Minenfeld.

»Ich kann mir nicht vorstellen, wie es für dich sein muss, in diesem Bett zu schlafen, das Badezimmer zu benutzen – wie es für Lexi sein wird, wenn sie älter wird, zu wissen …«

Ich halte inne, weil ich fürchte, alles nur noch schlimmer zu machen, für ihn und zwischen uns.

»Ich weiß nicht, was schwerer zu ertragen ist«, sagt Ben, »die Vorstellung, dass jemand ihr wehgetan hat, oder zu wissen, dass sie Selbstmord begangen hat. Ist das nicht grotesk? Irgendwie würde ich einen Mord vorziehen. Dann muss ich mich nicht mit der Tatsache auseinandersetzen, dass sie die Entscheidung getroffen hat, uns zu verlassen.«

»Nein, ich halte das nicht im Mindesten für grotesk.«

»Es gibt keinen Hinweis darauf, dass jemand gewaltsam ins Haus eingedrungen ist«, sagt er, »und ich glaube auch nicht, dass das der Fall war. Ich glaube, ich habe nicht gesehen, was direkt vor meinen Augen war.«

»Was meinst du damit?«

»Dass ich es hätte merken müssen. Dass ich etwas hätte tun müssen, um ihr zu helfen.«

»Du solltest dir keine Schuld geben.«

»Oh doch.«

Es ist zu warm hier im Zimmer, und diese pochenden Kopfschmerzen kündigen sich wieder an. In der Ecke hinter mir wacht eine Statue über uns: ein Vogel aus schwarzem Stein mit einem gewaltigen Hakenschnabel, so groß, dass er beinahe bis zur Decke reicht. Wie sehr ich dieses Haus hasse. Ich mache mir Sorgen um Ben und Lexi, als könnten die Spuren dessen, was oben passiert ist, sie auch vergiften.

In der Spiegelung in der Scheibe vor mir fällt mir auf, dass Ben ein weißes Hemd über schwarzen Anzughosen trägt. Die Krawatte hängt ihm lose um den Hals. Er muss schon wieder im Büro gewesen sein.

»Wer passt auf Lexi auf, wenn du wieder Vollzeit arbeiten musst?«, frage ich.

»Isaac hilft mir erst einmal aus.«

»Ach ja?«

»Er hat selbst erwachsene Töchter. Er kommt wunderbar mit ihr klar.«

»Das hört sich an, als würdest du mittlerweile sehr auf ihn bauen.«

Er nickt.

»Ben, Lexi ist acht Jahre alt. Sie braucht eine Frau in ihrem Leben.«

Ben sagt nichts, aber ich habe den Eindruck, ich kann seine Gedanken lesen. Seine Mutter starb, bevor er und Vivien sich kennenlernten, deshalb hat Lexi nie ihre Großmutter väterlicherseits kennengelernt. Ich bin mir sicher, dass Ben jetzt an sie denkt und sich wünscht, seine eigene Mutter stünde neben ihm, nicht ich. Sicherlich glaubt er, dass seine Mutter Lexi viel mehr geliebt hätte als ich. Ich bin jemand, den Lexi kurz an Geburtstagen sieht und an Weihnachten. Ich bin zwar nominell ihre Großmutter, aber nicht viel mehr.

»Ich werde wohl ein Kindermädchen einstellen.« Er setzt sein Glas auf dem Beistelltisch ab. Dann fummelt er an seinem Ehering herum. »Rose«, er seufzt, »warum genau bist du hier?«

»Ich möchte helfen«, sage ich. »Ich kann mir freinehmen. Ich kann Lexi von der Schule abholen. Ich kann hierbleiben und mit ihr Hausaufgaben machen. Ich kann kochen. Alles, was du brauchst. Du musst es nur sagen.«

»Ich weiß das Angebot zu schätzen«, sagt er, allerdings lässt sein Tonfall auf etwas anderes schließen.

»Gibt es ein Problem mit dem, was ich gesagt habe?«, frage ich ihn.

»Lexi ist es nicht gewöhnt, Zeit mit dir zu verbringen.«

Ich könnte das Gleiche über ihn sagen, aber ich lasse es, es gelingt mir, mich zurückzuhalten. Ben geht es nicht gut. Er trauert und ist machtlos. Ich muss Geduld haben.

»Ben, ich verspreche dir, meine Priorität liegt jetzt bei Lexi. Meine Karriere kommt erst an zweiter Stelle. Ich habe den Posten als Leiterin der Station abgegeben.«

»Lexi hat bei mir auch Vorrang.«

»Ja, natürlich. Ich wollte damit nichts anderes andeuten. Es tut mir leid«, sage ich. »Ich drücke mich nicht besonders gut aus. Ich glaube, du weißt, was ich sagen will. Ich möchte dich wirklich nicht verärgern.«

»Klinge ich verärgert?«

»Ja. Und zwar verständlicherweise.«

»Ich bin auch wütend. Wütend, dass ich meine Frau verloren habe und dass Lexi ohne ihre Mutter aufwachsen wird. Und ich bin auch wütend auf dich, Rose. Wütend, dass du nach Lexis Geburt einfach aus unserem Leben verschwunden bist, nach allem, was wir während der Schwangerschaft durchgemacht hatten, und zu einer Zeit, in der Vivien dich wirklich sehr gebraucht hat. Ich habe kein Recht, dich zu kritisieren, Rose, und ich habe einen enormen Respekt davor, wie du Vivien allein großgezogen hast und dabei noch deine Karriere machen konntest. Aber Lexi ist sehr verletzlich. Und sie kennt dich kaum.«

Ich möchte protestieren, weil es so unfair ist, was er sagt, aber ich verkneife es mir.

»Bitte gib mir eine Chance«, sage ich nur.

»Ich versuche gerade, Lexi so etwas wie ein normales Leben zu vermitteln und den Schaden hier zu begrenzen. Ich weiß wirklich nicht, was du von uns willst und ob deine Beziehung zu meiner Tochter ihr helfen wird oder ob sie alles nur noch schlimmer macht. Ich fürchte, du benutzt Lexi, um mit deinen Schuldgefühlen fertigzuwerden, weil du deine eigene Tochter während all der Jahre vernachlässigt hast. Begreifst du das?«

»Ja.«

Ben leidet, in seinem Gesicht spiegeln sich Einsamkeit und Bedauern. Er tut für seine Tochter, was er kann, und mich hält er für herzlos.

Ich muss vorsichtig sein, denn Ben hält alle Karten in der Hand. Ich habe Angst, unwichtig zu sein und ausgemustert zu werden, und ich erkenne nur allzu deutlich, dass mein Platz im Leben meiner Enkeltochter alles andere als gesichert ist. Mir war bis gerade eben nicht klar gewesen, dass ich auch Lexi verlieren könnte. Ich könnte alles verlieren. Ich muss das vorsichtig angehen. Also streite ich nicht mit ihm, ich verteidige mich nicht, und obwohl ich den Druck der Tränen in den Augen spüre, weine ich nicht.

»Und?«, sagt er. »Wo warst du in den letzten acht Jahren?«

»Wir alle tun Dinge, die wir bereuen.« Ich höre mich schwach an. Farblos.

»Hör zu.« Seine Stimme wird weicher. »Ich kann nur daran denken, was es für Vivien bedeutet hätte, wenn du sie während all der Jahre bei der Betreuung von Lexi unterstützt hättest. Sie hat dich gebraucht.«

»Ich weiß, dass jetzt nicht der richtige Zeitpunkt ist«, sage ich, »das ist alles noch nicht verarbeitet, und für dich steht Lexi zu Recht an erster Stelle. Aber ich würde es dir eines Tages gern erklären. Wir können uns zusammensetzen und einmal richtig reden.«

Er nimmt sein Glas und geht wieder zum Barschrank, um

sich nachzuschenken. Es hat überhaupt keinen Sinn, dieses Gespräch jetzt anzufangen, keinen Sinn, mit ihm zu diskutieren oder ihn von irgendetwas zu überzeugen. Nach dem vielen Whisky kann er garantiert nicht mehr klar denken.

»Vivien hatte großes Glück, dich zu haben«, sage ich.

Meine Tochter hat sich wieder ins Zimmer geschlichen. Sie ist bei uns in den Rundungen des Sessels, den Linien der Kohlezeichnungen, in dem glänzenden Silber der Bilderrahmen. Sie ist in der Luft, die wir atmen, in der sinnlichen Mischung aus Whisky und Gardenien. Sie ist in dem starken Gerüst aus Glas und Stahl, der auf das Rückgrat dieses alten Hauses gepfropft wurde.

Ben kommt wieder zu mir ans Fenster, und wir stehen in einem etwas freundlicheren Schweigen da, während wir auf Viviens funkelnde Lichter hinausblicken. Nach einem Weilchen stelle ich ihm die Frage, die ich ihm stellen will, seit ich durch die Tür dieses verwünschten Hauses gegangen bin. Ich frage ihn, ob ich nach oben darf, um meine Enkeltochter zu sehen.

Zu meiner Erleichterung sagt er Ja. Solange ich sie nicht aufwecke.

An den Wänden des viereckigen Treppenabsatzes im ersten Stock hängen lauter Familienfotos: Lexi an dem Tag, an dem sie aus dem Krankenhaus kam, Lexi in Bens Armen, Lexi als Kleinkind bei ihren ersten Gehversuchen. Es gibt eine Aufnahme von der ganzen Familie, an einem Strand. Es ist ein schönes Bild, denn sie lachen alle.

Alle drei Türen hier oben stehen einen Spalt offen. Rote und rosa Buchstaben auf der mittleren verkünden: *Alexandra*. Ich bleibe im Türrahmen stehen, bis sich meine Augen an die Dunkelheit gewöhnt haben und ich die schlafende Gestalt meiner Enkeltochter erkenne.

Ich trete ein und nähere mich ihr langsam. Dann stehe ich vor ihrem Bett. Lexi liegt auf der Seite, zusammengerollt, die Augen geschlossen, mit der rechten Hand hält sie sich das Kinn. Diese Stellung erinnert mich an ihre Mutter, als sie klein war. Vom Treppenabsatz her fällt ihr ein Streifen Licht über das Gesicht und beleuchtet ihre Haut, die so blass ist, dass sie beinahe durchscheint.

Sie ist so still, dass mir ganz bang wird, genau wie damals, als sie als winziges Baby in einem Inkubator lag und ich fürchtete, sie würde aufhören zu atmen. Ich lege ihr die Hand auf den Rücken, auf ihren Baumwollschlafanzug, und spüre, wie sich ihre Brust bei jedem Atemzug hebt und senkt.

Ich möchte mit den Fingern durch ihre rötlichen Haare fahren, aber ich halte mich zurück, denn ich will sie nicht wecken. Sie schläft friedlich.

Lexis Zudecke ist auf den Boden gefallen. Ich hebe sie auf und lege sie sanft über ihren kleinen Körper. Der Stoff ist in einem feinen Grau gehalten, und die Ränder sind mit kleinen weißen Sternen bestickt. Der gleiche Stoff wurde für die Vorhänge und die Polsterung des Sessels in der Zimmerecke verwendet.

Während ich mich umsehe und die Zeichnungen an der Wand betrachte, signierte Illustrationen aus *Matilda*, denke ich daran, wie viel Zeit und Überlegung meine Tochter in die Gestaltung des Zimmers ihrer einzigen Tochter investiert hat. Irgendwie kommt mir die sorgfältige Auswahl des Bettzeugs, der Vorhänge und der Radierungen vor wie eine Anschuldigung: Vivien ist geglückt, worin ich versagt habe. Jede Phase von Lexis Leben wurde dokumentiert und gefeiert, es gibt Porträtfotos und welche von Geburtstagen. Es ist, als versuchte Vivien alles zu ersetzen, was sie verpasst hat, während ich

Zwölf-Stunden-Schichten im Krankenhaus schob. Als wolle sie mir mein Versagen vorführen.

Ich kann mich nicht zurückhalten; ich beuge mich hinab und küsse Lexis rundliches Bäckchen. Sie riecht noch so unschuldig nach Baby. Ich möchte über sie wachen, als könne ich dadurch verhindern, dass sie noch mehr leiden muss.

Kapitel 3

Das Tor fällt scheppernd hinter mir zu. Als ich mich umdrehe, hat Ben die glänzende schwarze Haustür bereits geschlossen.

In der Blackthorn Road ist alles ruhig, während ich zurück Richtung Cambridge Court gehe. Ich komme an einer Reihe efeubewachsener Häuser vorbei, die von hohen Toren geschützt werden, und dann an einem noch nicht fertiggestellten Neubau, eine Tafel davor verspricht ein Heimkino und einen Swimmingpool im Keller. Der Abend ist mild für diese Jahreszeit, und die Luft riecht satt nach feuchter Erde.

An der Ecke kommt eine Frau auf mich zu. Sie hat den Blick zum Gehsteig gesenkt und sich die Kapuze ihrer Regenjacke über den Kopf gezogen. Wir nähern uns einander, sehen uns kurz an. Und dann bleiben wir stehen.

»Rose!«

»Cleo?« Ich trete einen Schritt zurück, traue meinen eigenen Augen nicht ganz. Es ist so viele Jahre her, seit ich sie zuletzt gesehen habe, dass ich mich frage, ob ich sie, die beste Freundin meiner Tochter, nicht einfach heraufbeschworen habe.

Cleo zögert, dann streckt sie die Arme aus, eilt auf mich zu, und ich verschwinde in ihrer Umarmung. Die Kraft, mit der sie zudrückt, überzeugt mich davon, dass sie ehrlich gemeint ist.

»Es tut mir so leid«, sagt sie. Ihre Stimme ist gedämpft, ihr Mund drückt gegen meine Schulter.

Wir stehen vor einem Haus mit einer niedrigen weißen Mauer, und über Cleos Schulter kann ich durch das Fenster hineinsehen, in eine hell erleuchtete Küche. Eine junge Frau steht am Spülbecken, lässt einen Wasserkocher volllaufen. Sie führt ihr Leben ganz normal weiter, gesund und munter in ihrem eigenen Haus, die Kinder schlafen sicherlich oben.

Cleo merkt, wie ich mich anspanne, und lässt mich los. Sie steckt die Hände wieder in die Taschen ihrer Regenjacke. »Es tut mir so leid«, wiederholt sie noch einmal. »Ich weiß gar nicht, was ich dir sonst dazu sagen soll.«

»Kein Problem, dazu kann niemand etwas sagen.«

Cleo spielt an ihrem Haaransatz herum, zieht eine lose Strähne feiner brauner Haare durch ihre Finger. Als Kind war sie genauso, hat immer an irgendetwas herumgefummelt.

»Ich kann es nicht fassen, dass sie nicht mehr da ist«, sagt sie. »Ich weiß noch, als ich in der ersten Klasse ins Schulzimmer kam, habe ich mir sofort gedacht, dass Vivien das schönste Mädchen ist, das ich je gesehen habe. Sie sah aus wie eine Elfe mit ihren großen Augen und den schwarzen Haaren.«

Ihre Augen füllen sich mit Tränen. Meine fühlen sich ganz trocken an.

Cleos Familie wohnte im Erdgeschoss von Cambridge Court, und sie und Vivien gingen viele Jahre lang gemeinsam in eine Klasse in St. Leonard's. Cleo war ein konzentriertes, intelligentes kleines Mädchen, aber ich erinnere mich auch an Flecken auf ihrer Schuluniform, Schmutz unter den Fingernägeln, Kopfläuse. Meine Tochter war die Ballerinaprinzessin, die Haare zu einem strengen Knoten zurückgekämmt und noch Reste von Glimmer auf den Wangenknochen.

Du solltest nett zu ihr sein, Vivien, höre ich mich sagen. Ich habe meine Tochter gebeten, Mitleid mit Cleo zu haben, aber Vivien ist noch weiter gegangen; sie mochte sie wirklich.

Ich war mir nie so ganz sicher, was ich von der Freundschaft zwischen Vivien und Cleo halten sollte. Vielleicht lag es daran, dass die beiden immer Viviens Tür abschlossen, wenn Cleo zu Besuch kam, als wollten sie etwas vor mir geheim halten. Manchmal machte ich mir Sorgen, dass meine Tochter in den Stunden, die sie hinter geschlossenen Türen in ihrem Zimmer verbrachten, Cleos Bewunderung ausnützen könnte. Ich hatte den Verdacht, dass Vivien die Hausaufgaben von Cleo abschrieb und einige von Viviens Schulprojekten in Wahrheit das Ergebnis von Cleos Anstrengungen sein könnten.

»Es überrascht mich, dich hier zu sehen«, sage ich. »Ich dachte, du und Vivien hättet schon vor Jahren den Kontakt zueinander verloren.«

»Ja, aber ich musste doch kondolieren.«

»Du bist also auf dem Weg zu Ben?« Es ist keine Absicht, aber meine Worte klingen wie eine Anschuldigung.

Cleo scheint das nicht zu bemerken. »Ich habe jeden einzelnen Tag, seit sie gestorben ist, an dich gedacht und an Ben und Alexandra«, sagt sie.

Auch wenn das diffuse orangefarbene Licht der Straßenlaternen nachsichtig ist, stört mich etwas an Cleos Gesicht. Etwas stimmt irgendwie nicht, auch wenn ich nicht genau weiß, was. Vielleicht beunruhigt es mich, dass sie für einen Kondolenzbesuch ziemlich stark geschminkt ist. Ihre Lippen sind tiefrot, die Augenbrauen sind dunkelbraun nachgezogen, die Wimpern dick getuscht.

»Es tut mir leid, Cleo, ich bin müde und muss nach Hause. Es war nett, dich zu sehen.« Ich trete einen Schritt von ihr weg.

»Arbeitest du immer noch so lange?«

»Ich trete etwas kürzer. Ich bin nicht mehr leitende Stationsschwester.«

»Hier«, sagt sie, »bitte ruf mich an, wenn du irgendetwas brauchst.«

Cleo hat eine Tasche quer über der Brust hängen. Sie macht sie auf und holt ein ledernes Kartenetui hervor. Sie zieht eine Visitenkarte heraus und reicht sie mir.

Cleo Baker. Übersetzerin.

Ich stecke sie mir in die Manteltasche.

Sie sieht aus, als würde sie mich gleich noch einmal umarmen, aber ich weiche zurück, hebe die Hand zu einem kleinen Winken und gehe weiter. Nach ein paar Schritten bleibe ich stehen. Ich drehe mich um und sehe zu, wie Cleo auf das Haus meiner Tochter zugeht. Sie drückt auf die Klingel neben dem Tor. Drückt es auf. Verschwindet im Haus.

Kapitel 4

Auf der Intensivstation ist das Licht gedimmt. Meine mit blauen Handschuhen überzogenen Hände stecken in den Löchern auf der Seite des Inkubators, als ich die kleine Kelsey wieder in ihr Nestchen zurücklege. Kelsey wurde gestern geboren, und ich bin seit Beginn meiner Schicht bei ihr. Als Frühchen mit fünfundzwanzig Wochen wird sie beatmet, und ein blauer Schlauch läuft über ihre Wangen, sodass der Großteil ihres Gesichts nicht zu sehen ist. Ihr Kopf ist so groß wie ein Pfirsich, und ihr hummerroter Körper ist in Blisterfolie gehüllt. Ihre Augen sind noch geschlossen, und die Ohren rollen sich ohne Knorpel in sich zusammen.

Es war eine ereignisreiche Schicht. Kelseys Herzschlag war unregelmäßig, und sie hatte womöglich eine Gehirnblutung. Sie wurde schon unzählige Male geröntgt und vom Kinderarzt untersucht. Ein trauriger Fall. Nicht häufig, aber doch manchmal fürchte ich, dass wir mehr Schaden anrichten als Gutes tun. Diese Säuglinge bewegen sich auf der Grenze zwischen Leben und Tod, sind wissenschaftliche Wunder – oder vielleicht auch Experimente –, und sie haben womöglich eine Zukunft als Behinderte oder voller Leiden vor sich. Als ich auf Kelsey hinunterblicke, auf die Nadeln und Schläuche an ihrer durchsichtigen Haut, frage ich mich, ob es denn in Wahrheit nicht grausam ist, sie am Leben zu halten.

Ich bin müde, das ist alles. Erschöpft. Normalerweise fühle

ich mich nicht so. Normalerweise bin ich stolz darauf, was wir hier tun. Meine während der letzten Jahrzehnte gesammelte Erfahrung gilt hier etwas, und ich glaube, dass sich ein Baby, das ich versorgt habe, nach jeder Schicht besser fühlt. Ich führe viele Maßnahmen selbst durch: Ich habe Kelsey intubiert und danach den Zugang für das Antibiotikum gelegt, als ihre Temperatur anstieg, damit sie nicht stundenlang warten musste und sich ihr Zustand womöglich verschlechterte, bis ein Arzt verfügbar war. Ich spüre, wann die beste Zeit für solche Maßnahmen ist, ich versuche zu warten, bis die Babys ruhig und entspannt sind; das ist anders, als wenn die Ärzte es machen, dann ist es nämlich ein Angriff, ein Überfall durch einen Fremden, der völlig unerwartet kommt.

Hier auf der Station kann ich klar denken, und ich habe keine Kopfschmerzen. Arbeit ist meine Erholung. Aber jetzt brauche ich eine Pause. Vorsichtig ziehe ich die Arme aus den Öffnungen im Inkubator und schlüpfe aus den Handschuhen.

Draußen in dem hellen Korridor ist die Tür zu Wendys Büro, meinem alten Büro, geschlossen. Ganz sicher sitzt sie dort drinnen hinter ihrem Schreibtisch und arbeitet sich durch einen Stapel Papierkram. Ich bereue es nicht, den Posten als Leiterin abgetreten zu haben. Ich beneide meine alte Freundin nicht um die Verwaltungsarbeit, die an dieser mit Freude und menschlichem Kontakt erfüllten Beschäftigung hängt.

Ich überlege, ob ich hineingehen soll, um mit Wendy zu sprechen, aber ich weiß, sie wird fragen, warum ich mich von ihr zurückgezogen habe. Sie wird mich auf ihre ganz bestimmte Art ansehen, die all meinen Schmerz an die Oberfläche bringt, und ich bin nicht in der Stimmung zusammenzubrechen. Deshalb gehe ich ein paar Schritte weiter und lege die Hand auf den Aluminiumtürgriff des Mitarbeiterzimmers. Doch auch hier kann ich nicht aufmachen. Dort drinnen sind zu viele von Viviens Geschenken: die Kühl-Gefrierkombination mit dem Eisspender, der an der Wand befestigte Fernseher, die tiefen Sofas, die wöchentlichen Lieferungen von Tee, Kaffee und Obst, die irgendwie auch nach ihrem Tod noch kommen.

Stattdessen gehe ich den Korridor entlang zur letzten Tür auf der rechten Seite, wo sich die Intensivpflege- oder Graduiertenstation befindet, wie ich sie immer nenne. Hier drinnen gibt es keine Beatmungsmaschinen und keine Röntgengeräte; die Lampen strahlen hell, und die Vorhänge sind ganz aufgezogen. Wenn die Babys hierherkommen, sind sie größer und robuster.

Heute ist nur eines von sechs Bettchen belegt, von Yusuf, unserem Langzeitgast. Im Vergleich zu unseren anderen Babys ist Yusuf ein Riese. Er hat noch Magen-Darm-Probleme, und durch seine Nase läuft eine gelbe Magensonde. Ich gehe hinüber zu ihm, begrüße ihn und überprüfe, ob die Sonde richtig sitzt.

Sein Kopf ist langgezogen und auf beiden Seiten abgeflacht, sodass seine Wangen und die Stirn herausragen. Seit mehr als sechs Monaten liegt er schon auf einer Matratze. Ich streiche ihm über die dicken schwarzen Haare, als er mir in die Augen schaut. Ich kann seinem ernsten Gesicht nicht widerstehen, und so lange ich hinunter und hebe ihn aus dem Gitterbett. Sein deformierter Kopf lehnt schwer an meiner Brust, als er sich an mich kuschelt. Yusuf kennt mich gut.

Er bekommt nur selten Besuch, der ihm die Stimulation und die menschliche Interaktion bietet, die er braucht. Die Schwestern wissen das, und wir machen viel Aufhebens um

Babys wie ihn, diejenigen, deren Mütter nicht kommen. Der flauschige Spielzeughund mit den langen schwarzen Ohren in seinem Bettchen ist ein Geschenk von Wendy.

Ich gehe mit ihm zum Fenster und zeige ihm die Aussicht. »Schau mal«, sage ich. »Die Autos. Da ist ein blaues. Und da ein rotes.«

Er saugt an seiner Faust, als ich ihn hin- und herwiege und ihm sanft auf den Rücken klopfe. Auch ich lasse meine Gedanken schweifen und zucke zusammen, als ich Andrew Lissauers Stimme hinter mir höre.

»Rose? Hast du Zeit für ein Gespräch?«

Die Elternsuite liegt neben der Weissman-Station und besteht aus einem Schlafzimmer mit Doppelbett, einem Badezimmer und einer kleinen Kochecke mit Esstisch. Die Räume sind wie ein Mittelklassehotel ausgestattet, neutral und mit IKEA-Möbeln. Eltern können dort übernachten, sie nutzen das Angebot, wenn sie sich nicht trauen, nach Hause zu fahren und das Kind auf der Station zu lassen, wenn sie das Schlimmste befürchten, während ihr Kind zwischen Leben und Tod schwebt. Oder sie können während der Übergangsphase dort wohnen, wenn sie sich darauf vorbereiten, die erste Nacht zu Hause zu verbringen, in der sie ganz allein für ihr immer noch labiles Kind verantwortlich sind. Hier können sie die Ruftaste drücken, dann ist innerhalb von Sekunden eine Schwester bei ihnen.

»Wie geht es dir?«, sagt Andrew, als wir uns einander gegenüber an den Zweiertisch setzen.

Das ist das Erste, was ich immer gefragt werde. Ich fürchte mich vor dieser Frage.

»Gut«, sage ich.

Andrew blickt skeptisch drein, als er sich seine Drahtgestellbrille höher auf die Nase schiebt. Er ist der leitende Neonatologe auf unserer Station, ein freundlicher Mann. Wir arbeiten seit zwanzig Jahren zusammen. In dieser Zeit hat er ein zweites Mal geheiratet und drei Töchter und graue Haare bekommen. In wenigen Monaten wird er in den Ruhestand gehen.

»Wie schlägt sich Alexandra?«, fragt er.

Noch so eine Frage, die ich fürchte.

»Soweit wir es sagen können, geht es, aber ich glaube nicht, dass sie vollständig begreift, was passiert ist. Oberflächlich ist alles normal. Aber wie es darunter aussieht, weiß ich wirklich nicht.«

Es ärgert mich, dass die Tischfläche klebrig und voller Kaffeeflecken ist. Ich stehe auf und gehe zum Spülbecken, weil ich etwas Abstand zu Andrew und seinem Mitleid brauche. Ich befeuchte ein Stück Küchenpapier, aber ich finde kein Spülmittel. Ich wische den Tisch ab, mache ihn so sauber wie möglich und bin froh, dass ich etwas tun kann, wobei ich ihn nicht ansehen muss.

Ich muss mit Wendy sprechen, weil das Reinigungspersonal diese Suite vernachlässigt, sie machen sich nicht die Mühe, hier hereinzugehen, außer wenn sich jemand beschwert. Diese Räume sind wichtig; sie sollten mit Respekt behandelt werden. Die Suite sollte unser ganzer Stolz und unsere Freude sein, ein Teil unserer hochmodernen Einrichtungen, eine Ergänzung unseres entwicklungsorientierten Pflegekonzepts und unseres holistischen Ansatzes.

Diese Räume sind Viviens Vermächtnis.

Ich knülle das Küchenpapier zusammen und werfe es in den kleinen Mülleimer aus Edelstahl, der natürlich überquillt. Ich setze mich wieder, und jetzt habe ich keine andere Wahl, als Andrew anzusehen. Er ist sehr beliebt, sowohl bei den Eltern als auch bei den Mitarbeitern. Im Lauf der Jahre habe ich es bei anderen Ärzten erlebt, dass sie eine gewisse Distanz zu ihren Patienten entwickeln, um mit der emotionalen Intensität ihres Berufs zurechtzukommen, aber bei Andrew war das nie so.

»Ich glaube, Ben ist ohne Vivien völlig verloren«, sage ich. »Sie waren ein paar Tage im Hotel, während die Polizei im Haus beschäftigt war. Aber jetzt ist er mit Lexi zurück und wohnt wieder dort. Ich halte das für einen gewaltigen Fehler.«

Als ich in Andrews sanfte braune Augen blicke, kommen mir die Tränen. Ich drücke mir die Fingernägel in den linken Handrücken, bis ich mich wieder im Griff habe.

»Wie läuft denn die polizeiliche Ermittlung?«, fragt er.

»Sie sind sich immer noch nicht sicher, was die genaue Todesursache war.«

»Ich habe mit Mrs Murad gesprochen«, sagt er. »Sie hat versucht, dich zu erreichen. Sie hat von einem schwierigen Beratungsgespräch mit Vivien erzählt.«

»Ich hatte noch keine Gelegenheit, mit ihr zu reden.«

»Fruchtbarkeitsbehandlungen können sehr brutal sein«, sagt Andrew. »Und Vivien hatte es alles andere als leicht. Die vielen In-vitro-Fertilisationen, dann der Tod von Lexis Zwilling. Unsere Behandlungen fordern wirklich ihren Tribut.«

»Und dann schicken wir die Leute nach Hause«, sage ich, »als wäre nie etwas passiert, und hoffen, dass sie es schaffen, in ihrem Leben zurechtzukommen.« Seinen Worten entnehme ich, dass er und Mrs Murad davon ausgehen, dass sich Vivien das Leben genommen hat. Als Viviens Ärzte haben sie vielleicht ein besseres Gefühl dafür, wussten womöglich mehr über die Gemütsverfassung meiner Tochter als ich selbst.

»Vivien hat dich bewundert«, sage ich. »Sie war dir unendlich dankbar, dass du Lexi das Leben gerettet hast.«

Ich strecke die Hand aus und klopfe ihm sanft auf den Ärmel. Mir fällt auf, wie dünn seine Handgelenke sind, wie die spitzen Knochen herausragen.

»Wir haben da etwas bei der Mitarbeiterversammlung besprochen«, sagt Andrew, »es wird dir hoffentlich gefallen.«

Er zeigt auf die Tür der Elternsuite, sodass meine Hand herunterrutscht. Ich glaube, er hat meine Berührung gar nicht bemerkt, meine Finger, die auf dem Ärmel seines Jacketts lagen. Ich lege die Hand zurück in den Schoß.

»Wir würden vor diesen Räumen gern eine Tafel anbringen«, sagt er. »Wir wollen sie *Vivien-Kaye-Elternsuite* nennen.«

Er faltet die Hände vor sich auf dem jetzt beinahe sauberen Birkenfurniertisch. Ich stecke mir die Haare hinter die Ohren und streiche sie glatt. Ich räuspere mich. Andrew merkt mir an, dass ich zu überwältigt bin, um zu sprechen, also redet er einfach weiter.

»Ich weiß, dass Vivien anonym spenden wollte, aber wir würden ihr gern die Anerkennung zukommen lassen, die sie verdient. Wir wollen ihr Andenken in Ehren halten. Und wenn du und Ben bereit dafür seid, würden wir die Namensgebung mit einem offiziellen Festakt vornehmen. Was hältst du davon?«

»Danke.«

Andrew spricht weiter mit seiner sanften Stimme.

»Viele der Mitarbeiter waren hier, als Alexandra auf der Station war. Wir haben die Familie alle in guter Erinnerung.«

Er wartet auf irgendeine Reaktion von mir, und es gelingt mir, mich zusammenzureißen.

»Das ist unglaublich bewegend«, sage ich.

Aber ich bin eine Betrügerin. Eine Schauspielerin, der es nicht gelingt, die Rolle von Viviens Mutter zu spielen, und die mit der Rolle als Lexis Großmutter kämpft. Wie soll ich Andrew erklären, dass mich die Tafel nur schmerzhaft an mein Versagen, an Viviens Versagen erinnern wird und an alles andere, was schiefging, an eine Katastrophe, die genau hier, in meinem Refugium, an meinem Arbeitsplatz begann?

Vivien

Acht Jahre zuvor

Alexandra wurde vor sieben Tagen aus dem Krankenhaus entlassen. Sie liegt auf dem Rücken in ihrem Körbchen auf dem Sofa im Wohnzimmer, die kleinen Ärmchen ausgestreckt über dem Kopf, die Hände zu Fäusten geballt. Manchmal macht sie kleine saugende Geräusche mit dem Mund. Meine Mutter hat sie in eine Baumwolldecke gewickelt, die mit den Giraffen darauf; sie hat uns beide allein gelassen, um Babynahrung kaufen zu gehen.

Ich beuge mich tiefer hinunter. Alexandra riecht säuerlich, nach geronnener Milch. Zwischen den Augen und auf den Wangen sind schuppige, trockene Hautstellen von irgendeinem Ausschlag, den sie offenbar ständig hat. Ich nehme ihr die weiße Baumwollmütze vom Kopf. Die wenigen Haare, die sie hat, sind ein erdbeerblonder Flaum. Sie ist ein ganz anderer Typ als ich oder Ben.

Sie war drei Monate lang auf der Weissman-Station, und irgendwie habe ich immer noch das Gefühl, als gehöre sie eher den Schwestern als mir. Ich habe das Gefühl, ich bräuchte ihre Erlaubnis, um sie zu berühren, als müsste ich mir von ihnen bestätigen lassen, dass ich richtig mit ihr umgehe und keinen Schaden anrichte.

Ich betrachte meine schlafende Tochter und besinne mich

darauf, wie viel leichter mein Leben von jetzt an werden wird. Keine Spritzen mehr, keine Hormone, keine schmerzhaften und erniedrigenden Behandlungen. Keine Überprüfung meiner Ernährung, keine fragenden Blicke von Ärzten. Ich muss mich nicht mehr mit Essen vollstopfen und gegen dieses Völlegefühl und die Übelkeit ankämpfen. Ich habe meine Pflicht erfüllt.

Ich versuche, etwas zu empfinden. Liebe, Zuneigung, irgendetwas. Ich versuche, mir zu sagen, dass sie mir gehört. Ich verstehe die Leere in meinem Innern nicht. So sollte eine Mutter nicht empfinden, das weiß ich. Andererseits fühle ich mich auch nicht wie eine Mutter, ich fühle mich wie eine distanzierte Beobachterin.

Spontan lange ich in den Korb, wickle die Decke ab und hebe Alexandra heraus. Ich drücke sie an mich. Sie verspannt sich, zieht die Beine an und drückt die Augen fester zu.

Ich lege sie auf das Sofa, nicht zu nahe an den Rand. Ihre Lider gehen flatternd auf, dann wieder zu. Sie gibt unglückliche, nörgelnde Laute von sich.

Ich öffne die Druckknöpfe ihres Stramplers und mache die Windel auf; vielleicht sitzt sie zu fest. Ich untersuche jeden Zentimeter von ihr, überzeugt, dass ich etwas finde, was nicht stimmt, ein Zeichen meines Versagens.

Sie verzieht das Gesicht und fängt an zu schreien. Es gelingt mir, sie wieder anzuziehen, aber es ist nicht leicht, ich muss ihre steifen Arme und Beine zurück in den Strampler zwingen. Das Geschrei wird schrill; sie ist in Panik wie ein Tier, das in der Falle sitzt. Ich lege sie wieder in den Korb und stecke die Decke um sie herum fest, aber sie hört nicht auf.

Ich weiß nicht, wie ich sie richtig einwickeln soll, ich kann das nicht so wie Rose.

Ihr Geschrei beunruhigt mich. Ich fühle mich nutzlos. Wütend.

Ich nehme sie noch einmal heraus und gehe im Wohnzimmer auf und ab, schaukele sie stärker, als ich sollte. Sie schreit sich die Seele aus dem Leib, trotz all des Schaukelns, und das Geschrei übertönt meine Gedanken. Ich weiß nicht, was ich tun soll. Sie brüllt so laut, dass ich denke, ich sollte sie lieber wieder hinlegen, denn kurz, nur eine einzige Sekunde lang, würde ich sie am liebsten gegen das Glasfenster werfen.

Als sie wieder im Korb liegt, ist ihr Gesicht puterrot. Jetzt kommen manchmal stumme Schreie, als würde sie ersticken.

Während ich ihrem Unglück lausche, suche ich in meinem eigenen Herzen, finde aber nur eine kalte Leere. Ich empfinde nichts, nur den Wunsch, dass sie still sein soll. Ich kann sie nicht trösten. Bestimmt hasst sie mich, denke ich.

Ich muss weg von ihr, ich weiß nicht, was ich sonst anstellen würde.

Ich lasse sie allein im Wohnzimmer, nur ein paar Minuten, während ich hinunter in die Küche gehe, um ein Fläschchen zuzubereiten. Vielleicht hat sie wieder Hunger. Rose sagt, ich soll die Tragetasche benutzen, ich soll Alexandra mit mir herumtragen, eng an der Brust, aber ich mag dieses Ding nicht und komme mit den ganzen Riemen nicht zurecht. Alexandra kommt allein klar, bis ich wieder da bin. Vom Schreien ist noch nie jemand gestorben.

Ich fühle mich sofort befreit, als ich den Raum verlassen und die Tür hinter mir zugemacht habe, sobald ich etwas Distanz zwischen mir und dem kleinen, elenden Baby auf dem Sofa geschaffen habe.

Kapitel 5

Ich habe Isaac gebeten, mit mir essen zu gehen. Ich habe ihn aus heiterem Himmel heraus kontaktiert, nachdem ich seine Handynummer von Bens Sekretärin bekommen hatte, und er war so gütig, meine Einladung anzunehmen, ohne überrascht zu klingen und ohne Fragen zu stellen. Es hat wohl doch ein paar Vorteile, eine trauernde Mutter zu sein. Vielleicht haben die Menschen, die nicht so viel verloren haben, das Gefühl, sie wären einem etwas schuldig. Zumindest hoffe ich das.

Wir haben uns bei einem kleinen Italiener oben auf dem Hügel verabredet, in der Nähe der U-Bahn in Hampstead. Der Abend ist trüb und finster, und die Scheinwerfer spiegeln sich auf dem nassen Asphalt. Als ich die Straße überquere, entdecke ich Isaacs kahlrasierten Schädel im Schein der Straßenlaterne, aber sein zerfurchtes Gesicht liegt fast ganz im Schatten. Er wartet unter einem großen Schirm auf mich, sein Mantel glänzt vom Regen. Wir begrüßen einander mit einem verlegenen Hallo. Er öffnet die Tür, um mich zuerst eintreten zu lassen.

Im Restaurant ist es warm, und es riecht nach Knoblauch und Wein. Auf den Tischen liegen rotkarierte Decken. Uns wird ein Tisch in der Ecke zugewiesen, und ich bin froh, dass es hier weder zu voll noch zu laut ist.

Isaac gehört zu Bens und Lexis Familie dazu. Ben verlässt sich auf ihn, und er verbringt Zeit mit Lexi. Ich brauche seine Hilfe. Und deshalb versuche ich, jeden Rest des Charmes, den ich einmal besaß, aufzubringen, um ihn als meinen Verbündeten zu gewinnen. Ich zwinge mich, Small Talk zu machen.

»Wie machen Sie das bloß, in Zwölf-Stunden-Schichten zu arbeiten«, fragt Isaac mich, »und dann die Nacht zum Tag zu machen?«

»Das fällt mir kaum noch auf. Man gewöhnt sich daran. Und jetzt habe ich dafür ein paar Tage in der Woche frei. Ich würde Ben wirklich sehr gerne helfen mit Lexi …« Ich blicke auf, aber Isaac gibt keinen Kommentar dazu ab, er reagiert überhaupt nicht. »Ben scheint allerdings nicht sonderlich begeistert davon zu sein«, sage ich.

Isaac hebt sein Glas, und ich tue es ihm nach. Seit Vivien tot ist, habe ich das Gefühl, ein Spiel zu spielen: Ich bin eine leere Hülle und ahme die Eigenheiten der lebenden Menschen um mich herum nach. Wir trinken also Peroni aus beschlagenen Gläsern. Das Bier ist kalt und köstlich.

»Manchmal kann einen das auch isolieren, wenn man wach ist, während alle anderen schlafen. Es ist, als würde ich in einer anderen Welt existieren. Und für das Sozialleben ist es auch nicht sehr gut. Die meisten freunden sich nur mit Kolleginnen von der Station an, es wird ziemlich inselartig. Aber ich habe Glück, ich arbeite mit tollen Leuten zusammen.«

»Ich weiß, was Sie meinen«, sagt er. »Ich war früher Nachtredakteur in einer Nachrichtenagentur. Ich kam um sechs Uhr abends ins Büro und habe bis zum nächsten Morgen um vier gearbeitet.«

Das verblüfft mich. »Wie kam es dann, dass Sie als Fahrer für Ben arbeiten?«

»Also, es war eigentlich gar nicht Ben, der mich angestellt hat. Das war Vivien. Ich habe ihr ihre Einkäufe nach Hause gebracht.« Er lächelt.

»Jetzt verstehe ich überhaupt nichts mehr.«

»Das hat sie Ihnen gar nicht erzählt?« Isaac sieht mich auf seine ernste, überlegte Art an.

»Nein, sie hat es mir nicht erzählt«, sage ich. »Aber es gibt vieles, worüber wir nicht gesprochen haben. Sie sind ja wahrscheinlich schon draufgekommen, dass wir uns nicht sonderlich nahestanden.«

Ich trinke mein Bier und lasse meine Gedanken treiben. Ich werde locker auf eine nicht unangenehme Art, und die Angst, das Gefühl von Gefahr, mein ständiger Begleiter, legt sich ein wenig.

»Wie kamen Sie denn vom Journalismus dazu, meiner Tochter ihre Einkäufe zu liefern?«, frage ich.

»Das ist eine lange Geschichte.«

»Ich würde sie gern hören.«

Es stimmt, ich will seine Geschichte wirklich hören. Mir ist nichts lieber, als an etwas anderes zu denken als an mich und meine Enkelin, und wenn es nur für wenige Minuten ist. Vielleicht ist das egoistisch, aber ich möchte einfach nur von meinem Schmerz befreit werden.

Der Kellner kommt vorbei, ich winke ihm. Als er zu uns an den Tisch tritt, bestelle ich noch zwei Bier.

»Ich bin in der alten Welt des Journalismus groß geworden, als es das Internet noch nicht gab«, sagt Isaac. »Es gab das wunderbare Zeitungsmodell, das für ausreichend Stellen und Profit sorgte. In meinem tiefsten Innern bin ich ein Geschichtenerzähler, und das war ein Umfeld, in dem ich nichts anderes tun musste, als eine gute Geschichte schreiben. Später wurde ich dann ein guter Redakteur. Ich musste mir keine Sorgen über die kommerzielle Seite machen, das Geld kam von selbst. Die Leute bezahlten für Anzeigen in den Zeitungen, und der

Zeitungsbesitzer bezahlte uns dafür, dass wir dort arbeiteten. Dann veränderte das Internet alles. Plötzlich gab es überall Content, zusammengestellt von Journalisten, von Nicht-Journalisten, von Amateuren, von jedem, der etwas zu berichten hatte. Das kommerzielle Modell, das die Journalisten ernährt hat, ist auseinandergebrochen.«

»Sie haben also Ihre Arbeit verloren?«

»Nicht ganz. Ich habe über dreißig Jahre in Redaktionen auf der ganzen Welt gearbeitet, ich bin als Auslandskorrespondent weit herumgekommen. Aber in den letzten fünfzehn Jahren habe ich mich dann schließlich in London niedergelassen – Partnerin, Kinder, Hypothek – und beinahe versehentlich habe ich Karriere innerhalb eines Unternehmens gemacht. Am Ende hatte ich einen Posten im Management, den ich hasste, und als ich fünfzig war, ging es mir hundeelend. Dann bot sich mir ein Ausweg an – ein Headhunter holte mich zu einem Start-up-Unternehmen, einem Internet-Content-Provider. Und ich dachte, ich müsste einfach nur wieder gute Geschichten schreiben und würde einen Teil dieses neuen Geldes bekommen. Aber ich habe mich getäuscht. Es gibt nämlich kein klares Geschäftsmodell für das Internet, und alle probieren jeden Tag etwas Neues aus.«

Er hält inne und reibt sich mit der linken Hand den Nacken. Mir fällt auf, dass er auch das Glas mit der linken Hand ergreift.

»Man muss alles sein«, sagt er. »Man muss Techniker sein, Content liefern, sich mit dem Marketing auskennen, und man muss finanziell versiert sein, nur um sich über Wasser halten zu können. Und die meisten Journalisten können das nicht alles. Ich habe da ein Bild im Kopf …«

Er wird lebendig und spricht mit den Händen, malt Bilder

vor sich in die Luft. »Stellen Sie sich einen großen, schönen, beschaulichen eingedeichten Fluss vor«, sagt er.

»Okay.« Ich mache es.

»Das Wasser ist ganz ruhig. Kaum eine Welle, fast nichts bewegt sich – das ist der alte Journalismus. Dann wird plötzlich aus heiterem Himmel ein riesiges Loch in den Deich geschlagen. Das Wasser spritzt heraus; es strömt überall hin, in alle möglichen Richtungen. Dieses Bild habe ich im Kopf, wenn ich mir vorstelle, welche Wirkung das Internet auf die alten Medien hatte. Alles wurde gesprengt. Von einer friedlichen, geregelten Situation, in der es Gewissheit gab, ging alles über ins Chaos. Ich weiß nicht, was als Nächstes kommt. Niemand weiß, wo das Wasser schließlich zur Ruhe kommt.«

»Ihr Internet-Start-up ist also gescheitert?«

»Und wie.« Er lacht, aber darin steckt auch Bedauern. »Wir brauchten eine bessere Technologie, wir mussten Geschäftsleute und Marketingfachmänner sein, aber das waren wir alles nicht. Ich will Sie nicht mit den Einzelheiten langweilen, aber um es kurz zu machen, es war ein Desaster. Ich habe meine Pension als Einmalbetrag in das Start-up investiert, das leider – oder auch wie vorherzusehen war, je nachdem, wie Sie es betrachten – einging, kurz nachdem ich dazukam. Und dann stand ich plötzlich da, ohne jegliche Fähigkeit, die man in der Welt außerhalb einer Redaktion braucht.«

»Und auf Ihre alte Stelle konnten Sie nicht zurück?«

»Meine alte Welt war verschwunden. Als Mann über fünfzig, der keine Fähigkeiten für die Welt des Internets mitbringt, ist man nicht beschäftigungsfähig. Es gibt jüngere hungrigere Leute, die viele Fähigkeiten haben, und sie sind meistens auch noch billiger. Ich hatte diese ganzen Posten inne, ich war es gewöhnt, wichtig zu sein – und plötzlich war ich jenseits des

Verfallsdatums und nicht mehr vermittelbar. Meine Frau fand es verständlicherweise idiotisch von mir, einen absolut sicheren Job aufzugeben.«

»Was ist dann passiert?«

»Wir waren im mittleren Alter und in einer Lage, in der wir allein mit Helenas Einkommen das Haus nicht ganz abbezahlen konnten. Ich war keine sonderlich angenehme Gesellschaft, und sie konnte es nicht leiden, wenn ich den ganzen Tag schlecht gelaunt durchs Haus lief. Ich brauchte dringend Arbeit, und Waitrose hat mir welche angeboten. Durch den Job als Fahrer kam ich aus dem Haus. Ich bekam Geld. Die Blackthorn Road lag auf meiner Route. Und Ihre Tochter war äußerst charmant.«

Er hebt sein Bierglas, und wir trinken auf Vivien. Sie mussten sich gemocht haben, und irgendwie ist mir das ein Trost.

»Wie genau kam es dann dazu, dass Vivien Sie angestellt hat?«

Er lächelt mich an, und ich finde sein Lächeln sehr einnehmend.

»Sie hat immer die Lieferzeit zwischen neun und zehn Uhr abends gewählt, da war sie meistens allein zu Hause. Ich habe ihr dann schließlich die Vorräte bis in den Keller getragen, habe sie ihr ausgepackt und ihr geholfen, sie einzuräumen. Obwohl ich dann ein wenig zu spät zu meiner nächsten Station kam. Nach ein paar Besuchen wusste ich, wo alles war.«

Isaac lacht, genau wie ich, als wir an Viviens Anspruchshaltung denken.

»Sie war schon immer eine Nachteule«, sage ich. »Sie ist gern bis in die frühen Morgenstunden aufgeblieben. Nach Lexis Geburt hat sie immer gesagt, sie hätte das Gefühl, ihr Tag beginne erst, wenn ihre Tochter schliefe.«

»Ich glaube, Vivien wollte ein bisschen mehr Freiheit«, sagt Isaac. »Sie hat eine vertrauenswürdige Person gesucht, die Alexandra zur Schule fahren und wieder abholen kann, die sie zur Nachhilfe bringt oder was auch immer. Man hatte ihr ein Projekt als Innenarchitektin angeboten, aber sie konnte nicht fest zusagen, weil Ben nie garantieren konnte, dass er da sein würde, um ihr mit Alexandra zu helfen. Sie wollte kein Kindermädchen engagieren. Ein paar Monate nachdem wir uns kennengelernt hatten, hat sie mir eine Stelle als Fahrer angeboten.«

Er schweigt und sieht mich an. »Vivien war sehr freundlich zu mir«, sagt er. »Sie hat mir einen Rettungsanker zugeworfen.«

»Ich glaube, sie hat genau erkannt, dass Sie ein guter Mann sind.« Ich nehme mir ein Stück Brot, mir ist schwindlig von dem Bier und der ganzen Aufregung.

Der Kellner kommt mit unserem Essen. Auf den Tellern türmt sich Pasta mit Meeresfrüchten, und wir widmen unsere Aufmerksamkeit den Spaghetti. Ich habe Hunger, und mir mangelt es an der Selbstkontrolle meiner Tochter, aber ich esse langsamer als gewöhnlich, wie ein Teenager bei einem ersten Rendezvous. Ich bin froh, dass meine Bluse mit roten Blumen gemustert ist, sodass man die Spritzer der Tomatensauce nicht sieht. Auch Isaac hat ein praktisches schwarzes Hemd gewählt.

»Macht es Ihnen etwas aus, wenn ich mich nach Viviens Vater erkundige?«, sagt er.

Ich lege meine Gabel hin. Nach dem Bier lasse ich meinen Worten freieren Lauf, als gut ist. Nun bin ich an der Reihe, meine Fehler einzuräumen.

»Ihr Vater war Assistenzarzt auf der Neugeborenenstation,

wo ich ausgebildet wurde. Er war verheiratet, als ich schwanger wurde. Er kam aus Malaysia, aus einer sehr konservativen Familie. Er wollte nichts mehr mit mir zu tun haben, und Vivien hatte nie Kontakt zu ihm. Mehr möchte ich dazu eigentlich nicht sagen.«

Isaac nickt. Er hört mir aufmerksam zu. *In meinem tiefsten Innern bin ich ein Geschichtenerzähler*, hat er gesagt. Und in dem verfrühten Tod einer wohlhabenden Persönlichkeit aus St John's Wood liegt eine Geschichte. Einen Augenblick lang frage ich mich, ob er sich für mich oder für die Geschichte meiner Tochter interessiert. Vielleicht sucht er bei mir gezielt nach Informationen. Am Tag, als Vivien starb, habe ich mir geschworen, keine Fragen zu beantworten.

Dann tue ich diese Gedanken als Teil der Paranoia ab, die mit meiner Trauer einhergeht. Ben vertraut Isaac. Vivien hat ihm vertraut. Ich beschließe, ihm auch zu vertrauen.

»Es tut mir leid«, sagt er, als er mein Unbehagen bemerkt. »Ich wollte nicht neugierig sein. Ich habe nur das Gefühl, ich habe zu viel über mich gesprochen. Ich interessiere mich für Sie.«

Ich schenke ihm ein angespanntes Lächeln. »Ich war früher auch einmal attraktiv«, sage ich. »Und jung und sehr dumm.«

»Sie sind immer noch attraktiv.«

Er schweigt. Wir konzentrieren uns beide auf unsere Nudeln.

»Gab es dann noch jemanden«, fragt er, »nach Viviens Vater?«

»Niemanden, der wichtig gewesen wäre. Nur mich und meine Tochter.« Ich mag die Bitterkeit in meiner Stimme nicht.

Ich blicke kurz auf Isaacs Hand. Er trägt keinen Ehering, obwohl er seine Frau erwähnt hat.

»Und bei Ihnen?«, frage ich.

»Wir sind getrennt. Helena ist nach Devon gezogen, um bei meiner Stieftochter zu sein. Sie hat gerade ein Baby bekommen.«

»Wie haben Sie beide sich kennengelernt?«

»Wie bei Ihnen spielt sich der Großteil meines gesellschaftlichen Lebens im Zusammenhang mit der Arbeit ab. Ich war Büroleiter für Reuters in Johannesburg, und sie war Auslandskorrespondentin.«

»Sie haben neulich abends im Haus Ihre Stieftöchter erwähnt«, sage ich.

Er nickt. »Ja, die Zwillinge. Abigail und Chloe. Als Helena und ich zusammengekommen sind, waren sie achtzehn Monate alt.«

Ich blicke auf meinen leeren Teller hinunter und schäme mich. Ich habe immer noch Appetit – auf Essen, auf Männer –, während meine Tochter kalt in der Leichenhalle liegt. Ich spüre einen heftigen Schmerz auf der rechten Kopfseite, hebe die Hand und drücke mir fest auf die Schläfe. Ich schiebe meinen Teller auf die Seite. Ich bin mir sicher, dass Isaac dabei die blauen Flecken auf meinem Handrücken bemerkt, aber er ist taktvoll genug, keine Fragen zu stellen.

Ich massiere den schmerzenden Punkt und trinke etwas Wasser. Als ich Isaac ansehe, fällt mir ein klitzekleiner Fleck Tomatensauce gleich rechts von seinem Mund auf. Ich wische ihn mit der Ecke meiner Serviette ab. Mit dem Daumen berühre ich seine Lippen. Isaac wirkt überrascht, mit so einer kühnen Geste hat er nicht gerechnet.

Wir haben die Nudeln und das Brot aufgegessen und das Bier ausgetrunken, und Isaac winkt dem Kellner, der uns zugunsten eines Achtertisches auf der anderen Seite des Restaurants ignoriert hat. Als er ein wenig widerwillig herüberkommt, bitten wir ihn, die Teller abzuräumen, und bestellen zwei Kaffee. Ich möchte auch noch mehr Wasser.

Das Dinner ist fast zu Ende. Es ist Zeit. Ich kann nicht gehen, bevor ich ihn um seine Hilfe gebeten habe.

»Isaac«, sage ich, »ich wollte mich heute zum Essen mit Ihnen treffen, weil ich Sie um etwas bitten möchte. Um einen Gefallen. Ich dachte mir, in Anbetracht der Tatsache, dass Sie selbst Vater sind, würden Sie das verstehen.«

Er nickt. Ich versuche herauszufinden, ob er enttäuscht ist, dass ich einen tieferen Beweggrund habe, aber ich kann seinen Gesichtsausdruck nicht deuten. Ich fühle mich nicht ganz wohl dabei, einen Fremden um Hilfe zu bitten.

»Ich weiß, Ben ist darauf angewiesen, dass Sie ihm mit Lexi helfen«, sage ich. »Er hat auch erwähnt, dass Sie für die Sicherheitsmaßnahmen im Haus zuständig sind. Er vertraut Ihnen offenbar. Ich hingegen habe ein etwas distanzierteres Verhältnis zu meinem Schwiegersohn. Zwischen Vivien und mir war es kompliziert. Hat sie das eigentlich jemals erwähnt?«

Er schüttelt den Kopf.

»Ben nimmt es mir übel, dass ich nicht öfter bei ihnen war und Vivien nicht mehr unterstützt habe. Ich war nicht die traditionelle Oma; ich habe mich immer sehr meiner beruflichen Laufbahn gewidmet. Deshalb ist Ben, verständlicherweise, muss ich wohl sagen, etwas zurückhaltend damit, mir Zeit mit meiner Enkelin zu gewähren. Und ich glaube, dass er vielleicht auch ein wenig von seinem Zorn über Viviens Tod in meine Richtung leitet. Worauf ich hinauswill: Ich dachte, Sie könnten vielleicht ein gutes Wort für mich einlegen.«

»Und was genau soll ich sagen?«

»Ich möchte Zeit mit Lexi verbringen. Vielleicht könnte ich sie ein paarmal die Woche nachmittags von der Schule abholen, mit ihr zu mir nach Hause laufen, zeitig mit ihr zu Abend essen und sie dann heimbringen. Dann hätten wir die Gelegenheit, eine Verbindung aufzubauen, und Ben wäre etwas entlastet.«

»Ben holt sie meistens selbst ab«, sagt Isaac.

»Ich weiß, ich bin mir sicher, er hat im Moment alles bestens organisiert. Aber Ben war schon immer ehrgeizig, und irgendwann wird ein Punkt kommen, an dem er seine Aufmerksamkeit wieder dem Geschäft widmen muss. Sie haben selbst gesagt, er kam selten vor zehn Uhr abends nach Hause, das war, als Sie und Vivien angefangen haben, sich miteinander zu unterhalten. Vivien hat einmal erwähnt, dass es nicht ungewöhnlich war, wenn er das Haus vor sechs Uhr morgens verlassen hat. Ich fürchte, dass sein Anlageunternehmen langfristig nicht so gut läuft, wenn er nur die Hälfte der Zeit anwesend ist.«

Der Kellner serviert uns den Kaffee und reicht Isaac die Rechnung. Ich lege meine Karte neben seine. Bisher hat Isaac nicht kommentiert, was ich gesagt habe. Ich warte ungeduldig, während wir die Rechnung teilen und jeder von uns seine PIN in das Lesegerät eingibt. Dann lässt uns der Kellner wieder allein.

»Ben wird ein neues Gleichgewicht finden müssen, da nun Vivien nicht mehr da ist, um seine Tochter zu versorgen«, sage ich. »Und ich glaube, es ist besser für Lexi, wenn sich ihre Großmutter um sie kümmert, als wenn ein Kindermädchen sie versorgt. Ich habe meinen Posten als Leiterin der Station aufgegeben. Ich weiß nicht, wie ich Ben sonst noch beweisen soll, dass ich es ernst meine. Ich bitte Sie nun, mit ihm zu reden. Legen Sie ein gutes Wort für mich ein. Bitten Sie ihn, mir eine Chance zu geben.«

»Ich werde sehen, was ich tun kann«, sagt er.

»Danke.«

Ich weiß nicht recht, was Isaac von mir denkt. Seit ich ihn um den Gefallen gebeten habe, seit sich das Gespräch um Ben und Lexi dreht, wirkt er ein wenig distanziert. Aber ich könnte ihn auch falsch interpretieren. Die Distanz, die ich wahrnehme, könnte nur in meiner von Schuldgefühlen gequälten Fantasie bestehen.

Unsere Kaffeetassen sind leer. Die Achtergruppe ist gegangen, und wir sind die letzten Gäste im Restaurant. Der Kellner drückt sich gähnend und gelangweilt an der Kasse herum. Ich habe wieder eine trockene Kehle, und mein Kopf pocht, als wolle er mich daran erinnern, wer ich bin. Meine Tochter hat ihren vierzigsten Geburtstag nicht erlebt, und ich saß heute Abend mit Isaac an diesem Tisch und war froh, lebendig zu sein. Ich bin ein Ungeheuer. Es ist Zeit aufzubrechen, aber ich will nicht allein nach Hause gehen.

Mein Wohnzimmer geht zur Hauptstraße hinaus, deswegen sind die Fenster immer zu. Trotzdem ist das Dröhnen des Verkehrs ständig da, und die Luft ist schal. Die Abgase finden einen Weg hinein. Wo früher ein Kamin war, steht jetzt ein elektrischer Heizkörper, und die beiden Röhren leuchten grell orange. Ich habe vergessen, ihn auszuschalten, bevor ich zum Essen aufgebrochen bin.

Auf dem Sims über dem Heizkörper steht ein Hochzeitsfoto von Ben und Vivien. Ihr Kuss ist in Schwarz-Weiß festgehalten. Vivien sieht aus wie eine Nymphe in Satin, ihre dunklen Haare sind hinten zusammengefasst, sie blickt zu ihrem Mann auf. In der rechten Hand hält sie einen Strauß weißer Rosen, um den eine Satinschleife gebunden ist.

Neben dem Hochzeitsfoto ist Lexis Schulbild. Sie lächelt

nicht, ein bleiches, rötlich blondes Kind in einem grünen Blazer. Im Zimmer sind noch mehr Aufnahmen von meiner Enkelin verteilt, ein pummeliges Baby wird zu einem strammen Kleinkind und schließlich zu einem nachdenklichen Schulmädchen.

Ich durchschreite den Flur, fahre mit der Hand über die Wände mit der Strukturtapete, die zusammenzurücken scheinen, während ich an die lange Einsamkeit der Nacht denke, die vor mir liegt.

Ich öffne die Tür zu Viviens Zimmer. Das Milchglasfenster geht auf eine schmale Zufahrt hinaus, hinter der eine Reihe Garagen aus roten Backsteinen steht. Das Licht erreicht diesen Raum nie, ganz egal, welche Tageszeit es ist. Vivien klagte immer über den Geruch, und die Feuchtigkeit war so hartnäckig, dass ihre Handfläche nass wurde, wenn sie mit der flachen Hand gegen eine bestimmte Stelle an der Wand drückte.

Ihr weiß gestrichenes Bettgestell nimmt immer noch den Ehrenplatz in der Mitte des Zimmers ein. Das Bettzeug mit dem Spitzenrand ist noch genau dasselbe wie beim letzten Mal, als sie darin schlief. Über der kleinen Lampe auf dem Nachttisch hängt ihr geliebter, mit rosa Fell besetzter Haarreif.

Ich sehe mich selbst an einem kalten, dunklen Schulmorgen, wie ich sie wachrüttle und das Licht einschalte. Ich stelle eine Tasse Tee auf den Nachttisch, neben den Haarreif. Ich denke an all die Male, an denen ich sie morgens in ihre Schuluniform gesteckt und sie zu einer Tagesmutter gebracht habe, Stunden bevor die Schule überhaupt aufmachte, damit ich rechtzeitig zur Übergabe im Krankenhaus sein konnte. Ich will gar nicht an die Nachmittage denken, an denen ich bei

Schulschluss nicht da war, sondern sie erschöpft abends von der Tagesmutter holte.

In der Dunkelheit sehe ich die Gestalt meines schlafenden Kindes. Sie liegt auf der Seite, eine Hand um das Kinn. Schwarze Haarsträhnen fallen ihr über das Gesicht.

Kapitel 6

Am nächsten Morgen um elf Uhr ist es ruhig auf der Intensivstation. Im Moment sind nur zwölf Babys hier, mit achtzehn sind wir voll ausgelastet. Radhika kümmert sich um die neugeborenen Zwillinge, ich versorge David, unseren Achtundzwanzigwöchner. Davids Vater steht neben dem Inkubator, einen Finger in der winzigen Faust seines Sohnes. Er wirkt verstört wie alle Eltern, wenn sie zum ersten Mal herkommen. Seine Frau ist noch unten in der Entbindungsstation, sie hat es noch nicht nach oben geschafft.

»Rose?« Wendy steht in der Tür. Sie winkt mich zu sich, und ihr ernster Gesichtsausdruck sagt mir, dass sie keine guten Neuigkeiten für mich hat.

Um Davids Vater willen lächle ich, als ich meine Unterlagen neben dem Inkubator festklammere. Ruhig und langsam gehe ich durch die Station.

»Da ist eine DS Cole, die dich sprechen will«, sagt Wendy. Sie spricht ganz leise.

Ich bin einen Augenblick etwas durcheinander, weil eine meiner Welten mit der anderen zusammentrifft.

»Ich übernehme hier«, sagt Wendy. »Keine Hektik.«

»Danke.«

Sie klopft mir auf die Schulter, als ich an ihr vorbeigehe.

»Ach ja«, ruft sie mir nach, »Mrs Murad hat noch eine Nachricht für dich hinterlassen.«

DS Cole wartet vor dem Eingang zur Station, in dem Bereich, wo die Besucher ihre Garderobe aufhängen, sich blaue Plastiküberzieher über die Schuhe streifen und sich die Hände desinfizieren.

Sie trägt einen langen Mantel mit Fischgrätmuster über einer maßgeschneiderten weißen Bluse. Mir fällt auf, dass der Tweed sich an der Taille etwas verjüngt, sodass der maskuline Stoff irgendwie ihre Weiblichkeit betont. Man sieht ihren dunklen Haaransatz – absichtlich, wie ich vermute – unter ihrem aufgehellten Pony.

»Bitte entschuldigen Sie, dass ich Sie bei der Arbeit störe, Rose«, sagt sie. »Ich habe noch ein paar Fragen, bei denen Sie mir vielleicht helfen können.«

»Natürlich.« Ich versuche, nicht verärgert über die Störung zu wirken. Sie macht auch nur ihre Arbeit.

Ich nehme meinen Mantel, den, den mir Vivien zu meinem fünfzigsten Geburtstag geschenkt hat und den ich in den letzten Wochen kaum ausgezogen habe, und ziehe ihn über den Krankenhauskittel. Dann schlüpfe ich in andere Turnschuhe. Ich schlage vor, im Erdgeschoss einen Kaffee zu trinken, und gehe voraus zum Aufzug, dann durch das Labyrinth von Brücken und Passagen, die die diversen Gebäude verbinden. Wir machen keinen Small Talk.

Das Café liegt nahe am Haupteingang. Ein kontinuierlicher Strom von Menschen geht durch die Glastüren hinein und hinaus. Es zieht, und wir hüllen uns fester in unsere Mäntel. DS Cole beugt sich herunter und kramt in ihrer Umhängetasche, die aus grünem Segeltuch besteht. Sie nimmt ein Notizbuch heraus und schlägt eine neue Seite auf. Dann legt sie einen Kugelschreiber in den Falz in der Mitte. Sie beugt sich vor und blickt mich unter ihrem Pony hervor an.

»Bei unserer letzten Befragung hatten Sie ja erwähnt, dass Sie keine sehr enge Beziehung zu Ihrer Tochter hatten«, sagt sie, »aber wussten Sie denn, dass Vivien Antidepressiva nahm?«

»Ich wusste nicht, welche und ob sie überhaupt Medikamente nahm.«

Schon wieder fühle ich mich, als wäre ich beurteilt und für mangelhaft befunden worden.

»Wussten Sie vielleicht, ob Ihre Tochter über etwas Bestimmtes unglücklich war?«

»Ich glaube, bei einer Depression geht es nicht darum, ob jemand unglücklich ist«, sage ich. »Depression ist eine Krankheit.«

»Aber etwas könnte ihre Krankheit ausgelöst haben.«

Ich sage gar nichts; ich warte darauf, dass sie fortfährt.

»Mr Kaye hat uns erzählt, dass Vivien vor etwa drei Monaten angefangen hat, Antidepressiva zu nehmen«, sagt sie. »Haben Sie eine Vermutung, warum sie zu diesem Zeitpunkt damit begonnen hat?«

»Das weiß ich wirklich nicht. Solche Dinge hat sie mir nicht erzählt. Vivien war ein sehr reservierter Mensch, deshalb bezweifle ich, dass sie gewollt hätte, dass jemand weiß, dass sie unglücklich war.«

»Nicht einmal ihre eigene Mutter?«

Sie hat scharfe Augen, diese DS Cole. Und sie ist nicht dumm. Ich sage mir, dass sie das nicht anklagend meint.

»Wenn ich raten müsste«, sage ich, »würde ich vermuten, die Depression könnte im Zusammenhang damit stehen, dass sie kein zweites Kind bekommen konnte. Sie unterzog sich seit mehreren Jahren einer Fruchtbarkeitsbehandlung. Aber wie gesagt, das ist wirklich nur eine Vermutung. Vivien hat sich nicht mit mir über die Details ihrer Behandlung unterhalten.«

Ein Mann von der Reinigungsfirma mit leuchtend violetten Handschuhen wischt den Boden um uns herum. Ich sehe ihm zu, hypnotisiert vom Rhythmus des Wischmopps, der sich sanft über den feuchten Boden bewegt, vor und zurück, und den Schmutz wegwischt.

»Mein Eindruck war eher immer der, dass es eigentlich Ben war, der unbedingt noch ein zweites Kind wollte, und dass Vivien sich mehr davor fürchtete, ihn zu enttäuschen, als nicht schwanger werden zu können«, sage ich.

»Hat Vivien jemals über ihre Ehe gesprochen?«

Das Gespräch scheint eine Kehrtwende gemacht zu haben. Ich versuche, aufzuholen und zu begreifen, worauf diese Befragung hinausläuft.

»Hätte Vivien Ihnen zum Beispiel erzählt, wenn sie und Ben Schwierigkeiten gehabt hätten?«, fährt DS Cole fort. »Wenn sie sich gestritten hätten?«

»Sie hat nicht über ihre Ehe gesprochen. Ich glaube auch nicht, dass es da viel zu sagen gab, denn ich bin die ganze Zeit davon ausgegangen, dass alles gut lief. Ben und Vivien standen sich immer sehr nahe, sie waren eine Einheit. Und nein, Vivien hat mir nichts von irgendwelchen Streitigkeiten erzählt.«

Der Reinigungsmann leert jetzt durchsichtige Müllsäcke in eine große schwarze Tonne auf Rädern.

»Wie gesagt, Vivien war ein sehr reservierter Mensch. Sie war ganz allgemein sehr reserviert. Menschen, die sie nicht gut kannten, könnten ihre Zurückhaltung sogar für Unhöflichkeit gehalten haben. Sie konnte abweisend wirken. Ist irgendetwas davon wichtig?«

Ich habe keine Ahnung, wonach DS Cole sucht. Ich habe wieder einen trockenen Mund und trinke einen Schluck aus meiner Wasserflasche. DS Cole wartet schweigend, als wolle sie mich ermutigen weiterzusprechen. Aber sie schreibt nichts auf.

»Ben und Vivien waren einander sehr zugetan«, sage ich. »Sie waren seit zehn Jahren verheiratet, und soweit ich das beurteilen konnte, hat ihre Ehe sehr gut funktioniert. Eine von denen, die gehalten hätten.«

Zum ersten Mal sieht DS Cole etwas betreten aus. Sie reibt sich die kurz geschorenen Haare im Nacken.

»Bei so einer Ermittlung«, sagt sie, »kommt öfter mal eine gewisse Menge an heiklen Informationen ans Licht, ganz egal, ob es für die Untersuchung relevant ist oder nicht.«

»Ich verstehe.« Ich tippe mit den Fingerspitzen auf die Resopaltischplatte und blicke hinüber zum Kiosk, wo eine Jugendliche mit schwarz gefärbten Haaren und Augenbrauenpiercings Nachrichten in ihr Handy tippt.

DS Cole setzt sich in ihrem Stuhl zurecht und drückt die Hände auf beiden Seiten auf den Sitz. »Ein Zeuge hat ausgesagt, dass er mitbekommen hat, dass Vivien und Ben einen Streit hatten«, sagt sie. »Und zwar an dem Tag, bevor Vivien starb, als sie und Ben einen Juwelierladen besucht haben. Wir haben auch die Information, dass Ben die Nacht nicht zu Hause verbracht hat. Er war in einem Hotel.«

»Ich weiß nicht, was ich sagen soll. Ich … ich bin schockiert.«

»Sie wussten das nicht?«, fragt DS Cole.

»Nein. Sind Sie sicher, dass das alles stimmt?«

Sie nickt.

»Es überrascht mich nicht, dass sie gestritten haben, aber ich kann mir kaum vorstellen, dass Ben Vivien und Lexi allein gelassen hat. Das sieht ihm überhaupt nicht ähnlich.«

Meine Tochter hat ihre letzte Nacht auf dieser Welt allein verbracht.

»Aber wenn Ihre Tochter ein reservierter Mensch war, dann gibt es vielleicht Dinge, die sie Ihnen nicht erzählt hat?«

»Ja. Aber andererseits kenne ich Ben, und ich habe gesehen, wie er mit seiner Frau und seiner Tochter umgeht. Er war ein liebevoller Ehemann und Vater. Sie waren sein Leben. Ben stellt seine Familie über alles.«

Ich weiß nicht, ob meine Worte DS Cole überzeugt haben. Aber es ist die ganze Wahrheit.

»Wissen Sie, ob es irgendetwas gab, das öfter zum Streit zwischen den beiden führte? Etwas so Ernstes, was dazu geführt haben könnte, dass Ben sie allein gelassen hat?«

»Nein«, sage ich. »Es tut mir leid. Ich habe wirklich keine Ahnung.«

Ich denke an Isaac. Wahrscheinlich weiß er mehr als ich über den Zustand ihrer Ehe. DS Cole starrt mich an, als hoffte sie, dass mir etwas einfällt.

»Hat Vivien Ihnen zufällig von dem Plan zu einem wichtigen Dinner bei ihr zu Hause an dem Abend vor ihrem Tod erzählt?«

»Nein«, sage ich. »DS Cole, bitte, können Sie mir sagen, worum es hier eigentlich geht? Ehrlich gesagt scheinen Sie mehr über den Zustand der Ehe meiner Tochter zu wissen als ich.«

Sie bekommt Mitleid mit mir und beantwortet meine Frage, zumindest zum Teil. »Unseres Wissens nach sollte ein Cateringservice ein Dinner für dreißig Personen ins Haus Ihrer Tochter liefern, und zwar an dem Abend, bevor sie starb. Das Essen hatte mit einer wichtigen geschäftlichen Transaktion zu tun, einer Fusion zwischen Bens Firma und einer anderen Investmentgesellschaft. Aber Ben hat kurzfristig abgesagt und seinen Kunden mitgeteilt, er müsse aus geschäftlichen Gründen außer Landes reisen. Später hat er uns erzählt, dass er und Vivien gestritten hatten und sie sich daraufhin weigerte, das Abendessen zu veranstalten. Das war der wahre Grund für die Absage. Er sagt, nach dem Streit hat er Ihre Tochter beim Juwelier gelassen, ein paar Gläser im Pub getrunken und ist dann in ein Hotel in der Nähe seines Büros gegangen. Dort hat er übernachtet. Um herunterzukommen.«

»Ben hat Ihnen also selbst von dem Streit erzählt?«

»Ja. Aber erst nachdem ein Kollege sich gemeldet und von der Essenseinladung erzählt hat sowie von der Tatsache, dass Ben angegeben hat, nicht im Lande zu sein, obwohl das gar nicht stimmte.«

»Ich verstehe. Hat Ben erzählt, warum sie gestritten haben?«

»Offenbar gab es eine Unstimmigkeit wegen eines Schmuckstücks – eines teuren Stücks, das Ihre Tochter gern haben wollte. Ben sagte, mit dem Cashflow laufe es nicht so gut wie sonst, weil er den größten Teil seines Kapitals in sein Anlageunternehmen investiert habe. Meinen Sie, Ihre Tochter hätte so etwas gemacht – ihn drängen, ihr etwas Teures zu kaufen?«

»Ich kann mir durchaus vorstellen, dass meine Tochter ihren Anteil an diesem Streit hatte, um Ben zu provozieren«, sage ich. »Ben ist viel lockerer, als Vivien es jemals war.«

»Können Sie das genauer erklären?«

»Vivien konnte sehr bestimmend sein. Sie wollte immer, dass alles ganz genau passte – wie sie aussah, was sie anhatte, was sie aß. Das konnte …« Ich suche nach dem richtigen Wort. »Das konnte anstrengend werden. Frustrierend. Sie wuchs in einer Sozialwohnung auf, mit einer Mutter, die in Zwölf-Stunden-Schichten gearbeitet hat und immer Sorgen wegen des Geldes hatte. Ein solches Leben hinterlässt Spuren.«

»Das Komische ist«, sagt DS Cole, »dass der Inhaber des Juweliergeschäfts die Sache nicht so in Erinnerung hat wie Ben. Er erinnert sich, dass Ben Vivien ermutigt hat, sich auszusuchen, was sie wollte, als wäre Geld überhaupt kein Thema.«

»Die Erinnerung ist eine seltsame Sache«, sage ich.

DS Cole nimmt ihren Stift. Ich denke, dass sie endlich etwas aufschreiben will, aber sie malt nur kurze schwarze Linien, indem sie mit dem Stift in der Ecke des Blatts hin und her fährt.

»Darf ich fragen, warum dieser Streit zwischen Vivien und Ben überhaupt bedeutsam ist?«

»Vielleicht ist er das ja gar nicht«, sagt sie, »aber der Tod Ihrer Tochter ist immer noch ungeklärt. Und die Ohrringe, die Ben und Vivien schließlich gekauft haben, sind im Haus anscheinend nicht mehr auffindbar.«

»Ich verstehe.«

»Ihre Tochter hat also an diesem Donnerstag, vielleicht später am Abend, nach dem Streit, nicht versucht, Sie zu erreichen?«

Ich schüttle den Kopf. »Nein.«

DS Cole klappt das Notizheft zu, der Stift liegt noch darin und beult es in der Mitte aus. Sie schiebt es in ihre große Tasche.

»Vielen Dank, dass Sie sich die Zeit genommen haben, mit mir zu reden«, sagt sie. »Ich entschuldige mich noch einmal dafür, dass ich Sie auf der Arbeit gestört habe.«

Wir stehen auf und reichen uns die Hände. Mir ist bewusst, wie kalt und trocken meine Haut sich anfühlen muss. Zwischen uns herrscht eine merkwürdige Spannung.

Ich sehe ihr nach, als sie weggeht, und warte, bis sie durch die breiten Glastüren des Haupteingangs verschwunden ist.

Kapitel 7

Ich sehe Vivien als Neugeborenes. Ihr Schädel ist vollkommen geformt, die Fontanelle ist noch weich und verletzlich. Die Augen sind geschlossen, die langen Wimpern schwarz, ihr Mund ist eine Rosenknospe …

»Rose?«

Eine Frauenstimme aus der Ferne reißt mich aus meiner Träumerei.

»Rose?« Die Stimme wird lauter, kommt näher.

Ich blicke nach unten und sehe, dass ich ein Fläschchen Muttermilch in der Hand halte. Ich stehe vor einem kleinen Kühlschrank. Ich weiß nicht, was ich tun soll.

»Alles in Ordnung?«

Amanda, eine junge Schwester aus Neuseeland, tritt zu mir. Sie gehört zu den Schwestern, mit denen ich am liebsten zusammenarbeite. Als ich die Station noch geleitet habe, konnte ich mich entspannen, wenn sie Dienst hatte. Ich musste nicht ständig achtgeben, dass sie keinen Fehler macht, so wie bei einigen der anderen. Amanda ist nett. Ich glaube, da besteht ein Zusammenhang: Die Schwestern, die unachtsam mit den Säuglingen umgehen, die sie ein wenig zu grob anfassen oder zu laut über den Bettchen lachen, das sind diejenigen, die Leichtsinnsfehler begehen. Amanda gehört nicht zu ihnen.

»Ich war in Gedanken«, sage ich. »Ich weiß nicht, wie lange ich schon hier stehe.«

Das ist mir auf der Station noch nie passiert. Bis jetzt hatte ich hier im Dienst alles unter Kontrolle. Amanda betrachtet das Fläschchen in meiner Hand. Ich merke ihr an, dass sie besorgt ist.

»Brauchst du Hilfe bei irgendwas?«, frage ich.

Die Mitarbeiterinnen kommen immer noch zu mir, wenn sie Rat brauchen, sie sind daran gewöhnt, dass ich das Sagen habe. Ich bin schon so lange hier. Eine Ewigkeit.

»Bist du heute nicht für das Jones-Baby zuständig?«, fragt Amanda.

Ich nicke. Sie zeigt auf die Milchflasche. »Ich glaube, du hast das falsche Fläschchen erwischt.«

Ich blicke hinunter. Die Handschrift auf dem Fläschchen ist verschwommen. Ich halte sie weiter weg von mir, bis ich das Etikett lesen kann, auf dem *James* steht. Die beiden Milchflaschen müssen nebeneinandergestanden haben, und von DS Coles Fragen abgelenkt habe ich die falsche herausgenommen.

»Komm, ich helfe dir«, sagt Amanda. Sie nimmt mir die Flasche ab und stellt sie wieder in den Kühlschrank. Sie sucht die richtige heraus und reicht sie mir.

»Danke.«

Sie hat mich gerettet. Hätte ich einem Baby die falsche Milch gegeben und mein Versehen wäre entdeckt worden, entweder durch mich oder die Eltern, dann hätte das ein Drama nach sich gezogen. Und Panik und HIV-Tests, und ein ohnehin anfälliges Baby wäre noch zusätzlich gefährdet worden. Es hätte eine Abmahnung gegeben.

»Ich gehe nach Hause«, sage ich. »Könntest du Wendy bitten, eine Vertretung für mich zu besorgen?«

»Natürlich. Keine Sorge. Fahr heim und ruh dich aus.«

Amanda ist blond und kurvig; es ist, als würde ich das

Gegenteil meiner Tochter betrachten. Ich gebe die Milchflasche in ihre kompetenten Hände und verlasse den Raum.

Auf dem Weg durch den Korridor spüre ich, wie ich eintauche und versinke, mein Kopf ist unter Wasser, als wären Wellen unter meinen Schuhen statt des blauen Linoleums. Das Chaos und die Verwirrung und die Trennung haben mich hier eingeholt. Wahrscheinlich war es nur eine Frage der Zeit.

Vierzig Minuten später trete ich aus dem Seiteneingang des Krankenhauses in den nassen und elenden Nachmittag hinaus. Isaac wartet auf mich.

»Danke, dass Sie gekommen sind, um mich abzuholen«, sage ich.

»Ist alles in Ordnung?«

»Ich bin mir nicht so sicher.«

Ich habe mich eng in meinen Kaschmirmantel gehüllt, aber gegen die Kälte kann er nichts ausrichten. Die Pflastersteine sind glatt nach dem Regen, und ich gerate ein wenig ins Rutschen. Isaac packt mich am Arm und hält mich kurz, sodass ich wieder ins Gleichgewicht komme. Ich sehe mich um, als könnte DS Cole irgendwo lauern und mir folgen, getarnt zwischen dem grauen Himmel und dem grauen Gehsteig.

Das Auto parkt eine Straße weiter. Ich bin ausgelaugt, als wäre ich müde bis auf die Knochen, und ich bin froh, dass Isaac bei mir ist. Den Bus könnte ich nicht ertragen, nicht heute, ich würde es nicht schaffen, zwischen diesen ganzen armen und erschöpften Menschen zu sitzen. Stop and go. Eine ewig lange Reise, die in einer leeren Wohnung endet. Ich bin eine von ihnen. Arm. Erschöpft. Allein.

Als wir bei Viviens Auto ankommen, macht Isaac mir die Beifahrertür auf und wartet, während ich einsteige. Das Auto ist makellos. Ob er wohl alle Spuren von Vivien entfernt hat? Oder gibt es noch Reste, Teile ihres Lebens, die in den Ritzen zwischen den Sitzen stecken, in den Mulden der Türen oder im Handschuhfach?

Als ich mich anschnalle, habe ich den Eindruck, ihren Duft zu riechen, Blumenduft, aber ich weiß nicht, ob das echt oder nur eingebildet ist.

Isaac steigt ein, schließt die Tür mit einem dumpfen Geräusch und lässt den Motor an. Dieses Auto schnurrt. Im Schutz des vornehmen Innenraums mit Isaac fühle ich mich etwas besser. Ich erwache langsam wieder zum Leben.

»DS Cole hat mich heute aufgesucht«, sage ich. »Sie ist aus heiterem Himmel im Krankenhaus vorbeigekommen.«

Isaac wirft einen Blick in den Seitenspiegel und reiht sich in den Verkehr ein.

»Sie hat nach einem Streit zwischen Ben und Vivien gefragt, am Tag bevor Vivien starb. Sie hat mir erzählt, dass Ben die Nacht nicht zu Hause verbracht hat.«

Ich drehe mich zu ihm. Aber Isaac blickt geradeaus, ohne etwas preiszugeben. Er bleibt still, sein Profil ist unergründlich.

»Isaac, wussten Sie, dass Ben sie in der Nacht, bevor sie starb, allein gelassen hat?«

»Ja«, sagt er. »Das wusste ich. Aber es stand mir nicht zu, neugierig zu sein, und ich habe keine Fragen gestellt.«

Wir kommen langsam voran und fahren auf die Überführung.

»Ben hat mich angerufen und mir gesagt, wo er übernachtet«, sagt Isaac. »Er hat mich gebeten, beim Haus vorbeizufahren und zu überprüfen, ob alles in Ordnung ist. Vivien hatte ihn wirklich hart getroffen, indem sie das Essen abgesagt hat; diese Leute waren wichtige Investoren. Er brauchte etwas Zeit für sich, aber er hatte vor, am nächsten Tag nach Hause zu gehen.«

»War denn alles in Ordnung, als Sie beim Haus waren?«

»Soweit ich es beurteilen konnte. Als Vivien die Haustür aufgemacht hat, war sie ruhiger, als ich erwartet hatte, sie wirkte nicht sonderlich aufgewühlt. Sie hat mich nicht hineingebeten. Sie bat mich nur, nicht noch einmal zu klingeln, damit Alexandra nicht aufwachte. Sie sagte, sie hätte es gerade erst geschafft, sie ins Bett zu bringen. Im Nachhinein wünschte ich, ich wäre eine Weile geblieben. Oder ich hätte Ben überredet, nach Hause zu fahren.«

»Im Nachhinein würden wir alle so manches anders machen«, sage ich. »Ich wollte Ihnen nichts vorwerfen.«

»Ich habe keine Ahnung, worum sich der Streit gedreht hat«, sagt er. »Ich habe Vivien zuvor an diesem Tag beim Juwelier abgesetzt, und sie schienen sich zu freuen, sich zu sehen. Sie haben Händchen gehalten.«

»Hat er sie öfter so allein gelassen?«

»Ich weiß es nicht. Ich bezweifle es. Das war das einzige Mal, dass er mich gebeten hat, abends vorbeizufahren, um das Haus zu überprüfen.«

Er sieht mich wieder von der Seite an und lässt den Blick einen Moment auf meinem Gesicht ruhen, bevor er sich wieder der Straße widmet. Seine linke Hand liegt auf der Handbremse, wenige Zentimeter von meinem Oberschenkel entfernt. Seine Fingernägel sind ordentlich geschnitten und sauber.

»Sie waren schon lange verheiratet, Rose. Alle verheirateten Paare streiten einmal. Und wenn es ein Trost ist, zwischen ihnen gab es mehr Zuneigung als zwischen den meisten anderen Paaren, die ich gesehen habe.«

»Genau das habe ich DS Cole auch gesagt.«

Der Blumenduft ist verschwunden, jetzt rieche ich nur noch den dezenten, maskulinen Duft von Isaacs Aftershave.

»Wussten Sie, dass Bens Exfreundin ihn besucht hat? Ich habe sie neulich abends zufällig vor dem Haus getroffen. Sie heißt Cleo Baker.«

Isaac nickt. »Das habe ich mir gedacht.«

»Hatten Sie ihn schon vor Viviens Tod mit ihr gesehen?«

»Nein.«

Ich betrachte Isaacs Profil. Er reagiert äußerst knapp auf meine Worte. Seine ruhige Art, seine Undurchschaubarkeit, die ich bis jetzt als Trost empfunden habe, irritiert mich langsam. Ich bekomme den Eindruck, dass Isaacs oberste Priorität seine Loyalität zu Ben ist und er eher Ben schützen würde, als mir die Wahrheit zu sagen.

»Ich dachte nur, dass ja vielleicht Cleo der Grund für ihren Streit war.«

»Ich habe wirklich keine Ahnung, Rose. Ich glaube kaum, aber ich weiß es ehrlich nicht.«

Ich blicke starr geradeaus, auf die Straße, auf das Heck des schwarzen Taxis vor uns, während wir die Wellington Road entlangkriechen.

»Darf die Polizei überhaupt einfach so auftauchen wie DS Cole heute Vormittag«, frage ich, »wann und wo auch immer es ihr beliebt?«

»Ich denke schon.«

»Ich möchte nichts Dummes sagen. Ich will ihnen keine Munition liefern, falls sie beschlossen haben, in der Beziehung von Vivien und Ben zu graben.«

»Sie müssen Ben nicht beschützen«, sagt Isaac. Er blickt mittlerweile wieder auf die Straße, beide Hände liegen auf dem

Lenkrad. »Wir waren heute Morgen bei einem Ortstermin in Surrey. Er steht nicht im Mittelpunkt der Ermittlung.«

»Ich weiß«, sage ich. »Aber immer wenn ich mit DS Cole zusammen bin, fühle ich mich schuldig. Als würde sie mir irgendetwas vorwerfen, auch wenn sie es nicht ausspricht.«

»So fühlt sich jeder, wenn er von der Polizei vernommen wird. Ich selbst bin ziemlich durch die Mangel gedreht worden, weil ich derjenige war, der sie gefunden hat.«

Isaac räuspert sich, dann schweigt er. Er blickt zu mir herüber, nur kurz. Ich merke, dass er mehr sagen möchte. Er wartet darauf, dass ich ihn darum bitte, ihm die Erlaubnis erteile fortzufahren. Aber ich bin noch nicht bereit, es zu wissen.

Ich blicke durch die getönte Scheibe. Londons Straßen sind stets verstopft, es herrscht so viel Verkehr. Ich mache mir Sorgen, weil Lexi hier aufwachsen muss, ohne frische Luft, ohne Erholung.

»Ich habe Ihnen neulich beim Abendessen nicht die ganze Geschichte erzählt«, sage ich. »Als ich erzählt habe, ich hätte meine Tochter allein großgezogen, habe ich Ihnen vielleicht den falschen Eindruck vermittelt – als wäre ich eine heilige, sich selbst aufopfernde alleinerziehende Mutter. Darin besteht ein Teil meiner Schuld.«

Ich höre mich seufzen. Ich kann den Drang, das jemandem zu gestehen, nicht unterdrücken, ich möchte, dass jemand weiß, was so sehr auf mir lastet.

»Ich wurde ungewollt mit Vivien schwanger. Es war im letzten Jahr meiner Grundausbildung als Krankenschwester, und das Timing hätte nicht schlechter sein können. Man hatte mir einen Platz in einem Fachlehrgang angeboten, den ich unbedingt wahrnehmen wollte. Nach der Ausbildung würde ich viele Maßnahmen durchführen können, die sonst Neonatologen vorbehalten sind – Zugänge legen, die Babys intubieren. So etwas. Aber der Lehrgang war in Southampton, und es wäre unmöglich gewesen, daran teilzunehmen, wenn ich mich gleichzeitig um ein Baby hätte kümmern müssen. Meine Mutter war gewillt, mich zu unterstützen. Ich glaube, sie hat sich sogar gefreut, ein Baby im Haus zu haben. Mein Vater ist mit Ende dreißig an einem Herzinfarkt gestorben, und sie war einsam. Und so habe ich Vivien bei meiner Mutter untergebracht, als sie drei Monate alt war, und bin wie geplant nach Southampton gegangen. Vivien blieb bei meiner Mutter, bis sie vier war. Sie war ihr viel mehr eine Mutter als ich.«

Es tut gut, das laut auszusprechen.

»Ich habe einen Preis für diese verlorenen Jahre bezahlt. Eigentlich wir beide. Vivien zog wieder bei mir ein, als sie in die Schule kam, aber selbst dann hat sie mehr Zeit bei ihrer Tagesmutter verbracht als bei mir. Ich hatte Glück, weil Jane – die Tagesmutter – eine großartige Frau war. Ich hatte immer das Gefühl, sie machte das sowieso viel besser als ich, und sie freute sich, wenn Vivien über Nacht bei ihr blieb, weil ich Nachtschicht hatte. Am Ende hatte ich Vivien dann gar nicht so lange bei mir. Sie war eine talentierte Balletttänzerin, und mit sechzehn fragte sie mich, ob ich sie auf ein Ballettinternat schicken würde. Und ich war wieder einmal erleichtert. Es war nicht einfach, eine Neugeborenenstation zu leiten und eine Tochter im Teenageralter zu Hause zu haben.«

Ich lasse das Fenster herunter, möchte frische, kalte Luft einatmen. Stattdessen schmecke ich die Bitterkeit dieser verpesteten Stadt. Isaac konzentriert sich auf den Gegenverkehr, als er in der Parkbucht vor Cambridge Court hält. Es ist beinahe dunkel.

Ich schließe das Fenster und betrachte die blauen Flecken

auf meiner Hand, die auf dem weichen rosa Kaschmir liegt. Isaac stellt den Motor ab, und wir sitzen einen Augenblick schweigend da. Dann streckt er den Arm aus und legt die Hand auf meine.

»Ich war keine gute Mutter«, sage ich. »Es war nur eine Farce, und ich fand es nie sonderlich bereichernd. Ich musste meine Tochter allein großziehen, in einer feuchten Sozialwohnung. Ich habe jegliches gesellschaftliche Leben aufgegeben, das ich hätte haben können. Aber noch mehr – ich liebe meinen Beruf, und ich fand es immer viel angenehmer, auf der Station zu sein als zu Hause. Ich habe oft gedacht, dass es besser für mich gewesen wäre, die Schwangerschaft nicht zu Ende zu bringen. Und jetzt, wo sie tot ist, habe ich das Gefühl, ich wäre daran schuld. Ich habe solche Gewissensbisse. Als wäre ich dafür verantwortlich, weil ich sie mir weggewünscht habe.«

Isaac drückt meine Hand. Er versucht nicht, mich zu trösten oder diese schreckliche, nicht rückgängig zu machende Wahrheit zu leugnen.

»Es gibt nur einen Weg, das wiedergutzumachen«, sage ich. »Ich muss mich um Lexi kümmern.«

Ich habe das Gefühl, dass er mich versteht. Seine Hand über meiner ist warm, seine Augen sind freundlich und weise. Vielleicht bilde ich mir auch nur etwas ein, was ich gern sehen möchte, und beschwöre einen Freund herauf, den ich brauche.

Ich schließe die Tür von Cambridge Court auf. Isaac folgt mir in den Eingangsbereich und wartet neben mir auf den Aufzug. Als wir eingestiegen sind, stehen wir in dem grellen Licht mit dem Rücken zum Spiegel und blicken starr geradeaus.

Ich bleibe vor meiner Wohnungstür stehen, die Schlüssel in der Hand. Isaac ist neben mir, die Hände in den Taschen seines langen Mantels. Ob er wohl den Geruch bemerkt, der mich so stört? Die Säuerlichkeit von Viviens Kindheit.

»Ich habe mit Ben gesprochen«, sagt Isaac. »Es ist ihm nicht ganz recht, wenn Sie Alexandra von der Schule abholen. Noch nicht. Er möchte ihre tägliche Routine so weit wie möglich aufrechterhalten und meint, es wäre eher eine Störung, wenn sie von jemand anderem abgeholt wird.«

Ich drehe mich um und lehne mich mit dem Rücken gegen die Wohnungstür, versteife das Rückgrat gegen die Woge der Enttäuschung. »Und wenn ich sie im Haus empfange, wenn sie heimkommt?«

»Es ist zu früh, das ist alles.« Isaac wirkt peinlich berührt.

»Ich kann mir vorstellen, dass Ben so einiges über mich zu sagen hatte.«

Isaac sagt nichts. Von der anderen Seite des Gangs ist ein Scharren unter der Tür hindurch zu hören. Wir haben Mrs Shenkars zwei Spitze gestört. Meine Nachbarin ist krankhaft fettleibig, und sie ist immer zu Hause, normalerweise im Bademantel. Manchmal macht sie die Tür auf und guckt heraus.

»Ich kann Lexi helfen«, sage ich. »Ich sollte sie jeden Tag sehen. Das ist grausam. Ben bestraft uns beide damit. Ich weiß, dass ich versagt habe, aber zählt es denn gar nichts, dass ich meine Tochter verloren habe?«

Ein Schmerz wie von einem Messerstich fährt mir durch die Schläfe und setzt sich hinter dem rechten Auge fest. Die Hunde von gegenüber fangen an, gellend zu jaulen, als sie die Verzweiflung in meiner erhobenen Stimme hören.

Ich halte mir die Hände vor das Gesicht.

»Lassen Sie mich ausreden«, sagt Isaac. »Ich habe nicht nur schlechte Nachrichten.« Sanft löst er meine Hände vom Gesicht. Er hält mich fest.

»Ben möchte mit Alexandra am Samstag zu dem Jahrmarkt in South Bank«, sagt er. »Er hat mich gebeten, sie hinzufahren. Ich habe vorgeschlagen, dass wir Sie fragen, ob Sie nicht mitkommen wollen, und Ben war einverstanden.«

»Ich muss also bis zum Wochenende warten?«

Ich klinge wie ein kleines Mädchen und undankbar, aber es gefällt mir nicht, dass ich von diesem mir beinahe Fremden abhängig bin, so freundlich er auch sein mag, um Zugang zu meiner eigenen Enkelin zu bekommen. Isaac weiß nichts von den Tagen, den Wochen, die ich neben Lexis Inkubator verbracht habe. Ich war diejenige, die während der fürchterlichen Augentests bei ihr war, um sicherzugehen, dass das Beatmungsgerät ihre Augen nicht geschädigt hat. Ben und Vivien konnten es nicht ertragen, sie leiden zu sehen.

»Ich glaube, das wäre ein guter Ausgangspunkt«, sagt Isaac. »Auf neutralem Grund und Boden sozusagen.«

Der Schmerz in meinem Kopf macht es mir schwer, zusammenhängend zu denken. Ich rufe mir ins Bewusstsein, dass Isaac für nichts von alldem etwas kann. »Danke«, sage ich.

Aber ich kann ihn nicht ansehen. Ich ziehe die Hände zurück, drehe mich um und fummle mit dem Schlüssel herum; schließlich gelingt es mir, ihn in das Schloss zu stecken. Als ich die Tür aufdrücke, legt Isaac mir eine Hand auf den Rücken.

»Es ist noch früh«, sagt er. »Alles wird besser.«

Kapitel 8

Die letzten Blätter werden unter meinen Stiefeln zermalmt, und der Saum meiner Jeans ist feucht und schlammbespritzt, als ich den Hang hinauf zum Café im Regent's Park gehe.

Cleo ist früh gekommen. Sie sitzt in dem runden, verglasten Gebäude an einem Tisch am Fenster. Als sie mich kommen sieht, springt sie auf und öffnet mir die Tür.

»Ich bin so froh, dass du es geschafft hast«, sagt sie. Mit ihren aufgesprungenen Lippen drückt sie mir einen Kuss auf die Wange.

Heute sieht sie eher aus wie sonst. Die Haare hat sie zu einem recht strengen Pferdeschwanz zusammengebunden, und sie ist nicht geschminkt, bis auf die nachgezogenen Augenbrauen. Sie zieht mir einen Stuhl heraus, und ich setze mich. Das Stahlgestell ist kalt und unbequem. Auf dem runden Tisch zwischen uns stehen zwei dampfende Pappbecher und zwei Teller mit jeweils einem auf der Seite liegenden Stück Kuchen.

»Ich habe dir einen Earl Grey bestellt«, sagt sie. »Trinkst du noch Earl Grey? Das war doch immer deine Lieblingssorte.«

»Ja«, sage ich. »Danke.«

Cleo plappert nervös weiter, während sie den Deckel des Bechers abmacht. »Ich hasse diese Einwegbecher. Man kriegt nie den Deckel wieder drauf, sobald man ihn einmal abgemacht hat.«

Eine Dampfwolke steigt zwischen uns auf. Ich lange nach meinem Becher, lasse den Deckel aber darauf. Die Pappe ist brühend heiß in meiner Hand.

»Weißt du noch«, sagt Cleo, »wie ich dir manchmal Tee ans Bett gebracht habe, morgens am Wochenende, wenn du mal ausgeschlafen hast?«

Ich lächle, als würde ich das noch wissen, aber in Wahrheit habe ich überhaupt keine Erinnerung daran.

»Ich kann dir gar nicht sagen, wie sehr du mir in meinem Leben gefehlt hast«, sagt sie.

Ich trinke einen Schluck von dem kochend heißen Tee durch den Plastikschlitz, und mir steigen Tränen in die Augen, als ich mir die Zunge verbrenne. Cleo beobachtet mich genau, als wäre ich irgendwie behindert.

»Ich wollte nur sichergehen, dass zwischen uns beiden alles okay ist«, sagt sie. »Ich hatte den Eindruck, neulich abends war da eine gewisse Spannung. Ich nehme an, Ben hat dir nicht erzählt, dass ich bei ihm zu Hause war?«

»Nein«, sage ich. »Ich hatte keine Ahnung.«

Ich kann immer noch nicht festmachen, was genau mir an Cleo nicht behagt, aber irgendwie fühle ich mich unwohl. Vielleicht ist es die Unruhe, die sie ausstrahlt.

»Hast du dich je mit Vivien versöhnt?«, frage ich.

Sie schüttelt den Kopf. »Nein. Aber als ich gelesen habe, was passiert ist, wollte ich Ben meine Unterstützung anbieten.«

Ich fange an, meine Serviette in winzige Teilchen zu zerreißen. »Wie oft siehst du ihn?«

»Ich versuche, jeden Abend vorbeizugehen«, sagt sie.

Ich habe den Eindruck, dass sie jetzt etwas beklommen oder peinlich berührt aussieht, aber ich bin mir nicht sicher, weil Cleo oft so aussieht. Sie hat sich nie wohl in ihrer Haut gefühlt.

Sie fährt sich mit den Fingerspitzen über die Stirn, am Haaransatz entlang, hin und her.

»Du warst so nett zu mir, Rose«, sagt sie. »Ich werde nie vergessen, wie oft ich bei dir mitgegessen habe, wie viele Stunden ich in deiner Wohnung verbracht habe. Du warst so stark und hast so hart gearbeitet. Du warst mein Vorbild, als ich aufwuchs. Ich habe immer so getan, als wärt du und Vivien meine richtige Familie.«

»Das ist sehr großzügig von dir, Cleo. Aber ich bin mir sicher, ich hätte mehr für dich tun können. Du warst immer so ein ängstliches kleines Ding. Du hast nicht viel geredet, aber immer wenn du etwas gesagt hast, dann war das sehr durchdacht und sehr erwachsen. Und du bist so oft hier in der Siedlung herumgelaufen oder an der Hauptstraße, ohne dass einer auf dich aufgepasst hat. Vielleicht hätte ich jemanden informieren sollen – die Schule oder das Sozialamt. Aber ich wusste nicht, ob es am Ende für dich alles nur schlimmer macht, wenn ich sie mit einbeziehe.«

»Nein, das wäre nicht nötig gewesen«, sagt Cleo. »Und ich war nicht die Einzige, auf die niemand aufgepasst hat. Du musstest immer so lange arbeiten. Viv und ich haben aufeinander aufgepasst.«

In diesem Moment frage ich mich, ob sie einfach unsensibel ist oder ob sie mir absichtlich Salz in die Wunde reibt. Dann wird mir klar, dass sie einfach ehrlich ist. Ich ärgere mich weniger über Cleo als über mich selbst.

»Ich habe nie wieder jemanden wie Vivien kennengelernt«, sagt Cleo. »Man wusste nie, was sie als Nächstes sagen oder tun würde. Hast du jemals herausgefunden, was sie mit dem Geld gemacht hat, das du ihr gegeben hast, um Essen zu kaufen, wenn du einmal länger arbeiten musstest?«

Wieder kommt dieses Unwohlsein zurück. Es schmerzt, mit der Tatsache konfrontiert zu werden, dass Cleo meine Tochter besser kannte als ich selbst.

»Nein, ich hatte keine Ahnung, dass sie etwas anderes damit gemacht hat, als Essen zu kaufen.« Mein Ton ist scharf, aber Cleo fällt das nicht auf.

»Du hast Vivien immer mehr gegeben, als sie brauchte. Sie hat es mit mir geteilt, und ich habe mir eine Pizza davon gekauft. Ich habe immer die gleiche bestellt, Margherita mit extra Hühnchen. Ich kann mich noch an den Geruch des geschmolzenen Käses und des Holzofens erinnern. Ich hatte so einen Hunger nach der Schule, und ihr muss es genauso gegangen sein. Aber Vivien hat nie etwas gegessen. Selbst in der Pizzeria, wo es so duftete, hat sie sich nie beirren lassen. Dann habe ich ihr die Hälfte von meinem Essen angeboten, und sie hat sich geweigert, es anzunehmen.«

Ich sehe ihr nicht in die Augen. Ich schaue aus dem Fenster in das schwächer werdende Licht. Die Farben des Parks sind gedämpft, alles vermischt sich zu einer grauen Palette.

»Was hat sie denn dann mit dem Geld gemacht?«, frage ich.

»Sie hat es gespart und sich dann etwas gekauft, wovon sie wusste, dass du es ihr nicht erlauben würdest. Ich weiß noch, einmal hat sie sich so einen Pullover mit Leopardenmuster gekauft.« Cleo lacht. »Als Teenager war sie sehr verschlossen. Ich glaube, du hattest keine Ahnung, was sie alles angestellt hat.«

Ich möchte nichts darüber hören, weder wie sich Vivien etwas vorenthalten hat noch über ihre Einsamkeit oder ihre Neigung zur Täuschung. Es gibt Dinge, die ich nicht wissen will, Wissen, das ich mir lieber ersparen möchte. Aber das habe ich mir nicht verdient.

»Ich habe dir ein Stück Zitronenkuchen geholt«, sagt Cleo

und zeigt auf meinen Teller. »Oder hast du Viviens eisernen Willen, wenn es darum geht, Weißmehl und Zucker zu boykottieren?«

Wieder fühlt es sich an wie ein Stich. Ich antworte nicht. Ich breche mit dem Teelöffel eine kleine Ecke des Kuchens ab und probiere ihn. Er schmeckt schal und trocken. Ich mache noch ein paar Stücke ab, lasse sie dann aber auf dem Pappteller verteilt liegen. Cleo hat ihren fast aufgegessen, aber ich habe keinen Appetit.

»Weißt du noch, wie ich mit Vivien zu den Eisteddfods gehen durfte? Ich war ihre persönliche Dienerin.«

Jetzt lächle ich unbefangener. »Ja, daran erinnere ich mich.«

Cleo und ich haben viele gemeinsame Erinnerungen an die Kindheit meiner Tochter, und diese macht mich stolz. Ich sehe Vivien vor mir, wie sie auf der Bühne steht und von einem Ohr zum anderen grinst, die Haare zu einem Knoten zurückgebunden, eine Siegerschärpe um ihr Trikot und Blumen im Arm. Und die arme Cleo im Trainingsanzug, sie gab sich damit zufrieden, im Glanz von Viviens Ruhm zu baden, und musste nicht auf der Bühne stehen.

»Ich kam mir ganz wichtig vor«, sagt sie, »als ich hinter die Bühne durfte, um ihr beim Anziehen zu helfen. Vivien sah zauberhaft aus, wie sie mit Ringellöckchen schlief. Oder ich habe ihr die Haare toupiert, zehn Tonnen Haarspray draufgesprüht und dann einen Knoten gemacht. Ihre Tutus waren so schön, ganz pink, aus einer Menge Tüll. Ich weiß noch, wie du ihr Glimmer auf die Wangen gestrichen und mit Vaseline fixiert hast.«

Ich bin ihr dankbar für die Erinnerung, dass ich da war für Vivien, wenigstens ab und zu. Manchmal war ich da, wenn auch nicht oft genug.

»Du hattest auch deine Talente, Cleo. Du warst immer die Klassenbeste, während der ganzen Schulzeit. Ich glaube nicht, dass Vivien ohne deine Hilfe so weit gekommen wäre.«

»Ich habe die Schule geliebt. Da war ich so viel besser als zu Hause. Meine Eltern konnten meinen Anblick nicht ertragen.«

»Was hast du denn danach gemacht?«, frage ich.

»Sprachen studiert. Es war mein Traum, als Übersetzerin für die Vereinten Nationen zu arbeiten. Aber stattdessen kam dann Ben.«

Wir schweigen beide. Sie tut mir unwillkürlich leid.

Ein kalter Windstoß von der Tür her bläst die meisten kleinen weißen Serviettenstückchen auf den Boden. Ich versuche die übrigen Fetzen auf der stählernen Tischplatte zusammenzuschieben. Ich weiß nicht, was ich nun damit anfangen soll, und lasse sie in meiner Tasche verschwinden. Ich stecke meine eiskalten Hände tief in den Mantel.

Cleos Finger tanzen unruhig über ihre Stirn, und sie zieht sich Haarsträhnen aus dem Pferdeschwanz.

Ich wusste nie, was zwischen den dreien passiert war. Ich weiß lediglich, dass Cleo und Vivien nicht mehr miteinander gesprochen haben. Ich hatte immer den Verdacht, dass sich Vivien in die Beziehung von Ben und Cleo gedrängt hat und der Grund für ihre Trennung war. Die Einzelheiten wollte ich nicht wissen. Ich wollte nicht sehen, dass meine Tochter fähig sein könnte, jemanden zu verletzen, der schwächer war als sie.

Wir greifen beide nach unseren Pappbechern. Der Tee ist abgekühlt, und ich trinke ein paar Schluck. Earl Grey mag ich immer noch.

Bisher hatten wir das Café für uns, aber jetzt kommt eine Gruppe jugendlicher Mädchen durch die Glastüren hereingestürmt. Sie haben alle schwarz umrahmte Augen, lange Haare und kurze Röcke.

Cleo knabbert am Rand ihres Pappbechers. Die Spuren ihrer Zähne laufen rundherum. Sie lässt ihre Finger wieder hoch zum Haaransatz kriechen und kratzt sich die Haut an der Stirn. Jetzt fällt mir wieder ein, dass sie die nervöse Angewohnheit hatte, sich an den Augenbrauen zu zupfen. Als sie in die Oberschule kam, war kaum noch etwas davon übrig.

Während ich ihr zusehe, wie sie verlegen an sich herumfummelt, fällt es mir schwer zu glauben, dass sie etwas mit dem Streit zwischen Vivien und Ben zu tun hatte. Ich kann mir einfach nicht vorstellen, dass Ben Cleo Vivien vorziehen würde.

»Cleo«, sage ich, »wir kennen uns schon lange, und ich hoffe, du hast nichts dagegen, wenn ich ohne Umschweife frage.«

»Natürlich nicht.«

»Worin genau besteht deine Beziehung zu Ben?«

»Er steht unter Schock, und er ist einsam«, sagt sie. »Ich leiste ihm Gesellschaft. Er möchte nicht allein sein.«

»Ist dir klar, wie verletzlich er ist?«

An dem leeren Ausdruck ihrer Augen sehe ich, dass sie nicht hören möchte, was ich zu sagen habe.

»Ben spricht nicht oft über dich«, sagt sie. »Ich dachte, ich würde dich öfter im Haus sehen.«

Die jugendlichen Mädchen verteilen sich auf drei Tische, die Füße legen sie auf die Stühle. Sie werden immer lauter, lachen und kreischen. Ein Pappbecher ist umgekippt, der Strohhalm ist auf den Boden gefallen, und über die Tischplatte läuft Vanilleshake. Cleo starrt sie an.

»Was hast du denn für eine Beziehung zu Ben?«, fragt sie.

»Das ist kompliziert«, sage ich. »Unter uns, es sieht nicht rosig aus.«

»Vielleicht kann ich helfen«, meint sie. »Ich kann mit ihm reden.«

Wenn es stimmt, was Cleo sagt, wenn sie mich mag und mich schon immer mochte, dann könnte sie mir vielleicht wirklich dabei helfen, Ben für mich zu gewinnen.

»Einen Versuch ist es wert«, sage ich. »Ich würde ihn gern davon überzeugen, mir mehr zu vertrauen, was Lexi angeht.«

»Ich kann ihm sagen, wie wunderbar du zu mir warst, als ich in ihrem Alter war.«

Cleo starrt mich an, sieht mir zu, wie ich mir die Schläfe reibe. »Möchtest du noch einen Tee?«, fragt sie.

»Nein danke.«

Ich blicke hinüber zum Tresen. Dahinter stehen zwei Frauen, beide jung, beide attraktiv, mit heller Haut und dunklen Haaren. Sie lachen zusammen. Ich glaube, sie sprechen eine fremde Sprache. Ob eine der Frauen wohl diejenige ist, die Vivien am Morgen ihres Todes gesehen hat?

»Ist alles in Ordnung mit dir?«, fragt Cleo.

»Ich bekomme immer wieder solche Kopfschmerzen«, sage ich. »Ich glaube, ich muss ein paar Schritte laufen, an der frischen Luft.«

Cleo hält mir die Tür auf, und ich gehe voraus, als wir das Café verlassen und den Abhang hinunterlaufen. Vor uns, in der Mitte der verblassenden Londoner Skyline, ragt der BT Tower auf.

Ein hölzerner Jaguar verharrt über einer leeren Bank, als würde er gleich einen Satz machen. Ich höre einen Löwen brüllen.

Beim Gehen senkt sich der Nebel kriechend um uns, immer

tiefer, bis ich kaum etwas außer weißem Dunst sehen kann. Ich weiß nicht, ob wir uns allein auf diesem Weg befinden oder ob noch andere Leute in der Nähe sind. Meine Tochter ist diese Strecke gelaufen, Tag um Tag.

»So war es auch an dem Tag, an dem sie gestorben ist«, sagt Cleo. »Man konnte keinen Meter weit sehen.«

Kapitel 9

Wir kommen am frühen Samstagvormittag auf dem Rummelplatz an, bevor es zu voll wird. Riesige Teetassen wirbeln rosa und gelb vor dem trüben Himmel. Lexi zerrt uns zu den verschlungenen Schienen der Achterbahn, die sich hoch über dem Fluss hinaufschlängeln. Ihre rotblonden Locken wehen ihr in die Augen, und ihre ohnehin blasse Haut wird noch bleicher, als ihr der Wind, der vom Fluss her kommt, ins Gesicht peitscht. *Geisterhaft*, hat Vivien immer gesagt.

Ihr graues Mäntelchen ist so trist; ich verstehe nicht, warum Vivien ihrer Tochter nie etwas Buntes angezogen hat oder warum Lexi die Haare immer ganz kurz trug, obwohl sie so eine hübsche Farbe haben.

Vielleicht halte ich ihre Hand zu fest. Ich lasse ein wenig locker.

»Vielen Dank, dass ich heute mitdurfte«, sage ich zu Ben. Er hält Lexis andere Hand. Wie neulich abends sieht er schrecklich aus, sein Blick ist düster.

»Du kannst dich bei Isaac dafür bedanken«, sagt er. »Er scheint mit dir der Meinung zu sein, dass Lexi ihre Großmutter in ihrem Leben braucht.«

»Ich freue mich.«

Was Ben auch immer denken mag, seine Tochter braucht mich wirklich. Und ich brauche sie auch. Jetzt, da ihre Hand in meiner liegt, fühle ich mich gleich ein wenig stärker.

Isaac, wie immer im Regenmantel, geht ein paar Schritte hinter uns. Seine Anwesenheit beruhigt mich.

»Bist du schon mal Achterbahn gefahren?«, frage ich Lexi. Ich muss die Stimme erheben, weil meine Worte sonst im Wind untergehen.

Sie schüttelt den Kopf.

»Willst du das wirklich? Ganz sicher?«, fragt Ben.

Lexi nickt, aber sie bekommt große Augen, als sie die Schienen betrachtet, die vor uns aufragen. Doch am Ende sind es Ben und ich, die am nervösesten sind, und Isaac tritt vor. Er behauptet, weder vor der Höhe noch vor der Geschwindigkeit Angst zu haben. Außerdem sei er schon oft mit seinen Stieftöchtern Achterbahn gefahren. Ben klopft ihm dankbar auf den Rücken.

Lexi lässt unsere Hände los, und sie und Isaac nehmen ihre Plätze in der kurzen Schlange ein. Ben und ich lehnen uns gegen das Geländer und behalten sie ihm Auge. Während sie sich langsam weiter nach vorn bewegen, wird Lexi immer kleinlauter. Sie steckt die Hände in die Manteltaschen und lässt den Kopf hängen. Ich frage mich schon, ob sie sich gleich quer über Isaac wird übergeben müssen. Mit Erleichterung sehe ich, dass sich noch kleinere Kinder als sie in die Schlange eingereiht haben. Alle halten sich an der Hand ihrer Mutter fest.

Mir weht es die Haare ins Gesicht, während ich lächle und meiner Enkeltochter zuwinke. Ich nehme mein Handy heraus und halte die Kamera bereit. Als sie an der Reihe sind, steigt Lexi als Erste in den kleinen Wagen, und Isaac folgt ihr sofort. Der Platzanweiser trägt einen flaumigen schwarzen Schnurrbart und hat die Haare zu einem Pferdeschwanz gebunden. Er sieht viel zu jung und zu fahrlässig aus, um für die Sicherheit der Fahrgäste zuständig zu sein. Desinteressiert arretiert er den

Sicherheitsbügel. Lexi rüttelt mehrfach daran und prüft, ob er auch sicher sitzt. Ich mache ein Foto, aber sie lächelt nicht, und das Bild ist verwackelt. Isaac flüstert ihr etwas ins Ohr.

Ich winke, als der kleine Wagen losrollt, aber sie sehen mich nicht. Langsam steigen sie hoch. Immer höher. Lexi wird seitlich gegen Isaac gedrückt. Ihr Wagen bleibt ein, zwei Sekunden am höchsten Punkt der Strecke stehen. Er schwankt im Wind, und ich halte den Atem an, dann kippt er vorwärts und saust nach unten, als würde er von einer Felswand stürzen.

»Ich war gestern mit Cleo Tee trinken«, sage ich. »Im Regent's Park.«

Ben blickt zur Achterbahn hin, als es wieder nach oben geht. »Sie war mir eine große Hilfe«, sagt er. »Vivien und ich haben uns zwar mit ein paar Leuten aus der Gegend angefreundet, über die Schule, aber das ist nicht dasselbe. Es ist vielleicht komisch, aber wenn Cleo da ist, ist das, als hätte ich ein Stück von Vivien zurück. Sie kennt Vivien in- und auswendig, ich muss nichts erklären. Das hört sich wahrscheinlich merkwürdig an.«

»Ich freue mich für dich«, sage ich. Und das stimmt wirklich.

Bens Verletzlichkeit ist keine Überraschung. Ich beobachte das jeden Tag auf der Arbeit, wie ein seelischer Schock einen Menschen öffnet und alle Abwehrmechanismen außer Kraft setzt. Ich hoffe nur, dass Cleo das nicht ausnutzt.

Die Fahrt ist glücklicherweise recht kurz. In Anbetracht des Preises auch eine ziemliche Gaunerei. Isaac und Lexi halten an der Startposition ihres kleinen Wagens, und der desinteressierte Helfer entriegelt den Bügel und befreit sie. Lexi rennt zu Ben und zieht ihn am Arm, sie springt hartnäckig auf und ab und zeigt auf den Kartenschalter. Ben lacht, es tut so gut, sie glücklich und frei von ihrem Schmerz zu sehen, und sei es auch nur für kurze Zeit. Er geht los, um ihnen noch einmal Tickets zu kaufen.

Der Wagen fährt wieder los. Lexi hält sich am Bügel fest und strahlt, während Ben und ich ihr zuwinken. Mein Herz zieht sich zusammen. Sie sieht aus wie jedes andere normale Kind, sage ich mir. Sie kann sich erholen. Wieder beginnt die Achterbahn ihren langsamen, spannenden Aufstieg, während Ben und ich nebeneinander am Geländer stehen. Lexi ist jetzt schon ein alter Hase, und diesmal kreischt sie mehr zur Show. Mit erhobenen Armen rast sie nach unten auf uns zu, Isaac hingegen wirkt etwas grauer und weniger begeistert.

»Hat DS Cole noch einmal Kontakt zu dir aufgenommen?«, fragt Ben.

»Ja. Sie war im Krankenhaus.«

Er wendet sich mir zu. »Was wollte sie?«

Ich zögere. Zwischen uns steht es zaghaft gut. Ich bin eine normale Großmutter auf einem normalen Familienausflug. Ich will nicht über den Streit zwischen Vivien und Ben reden oder über die Nacht, die er in einem Hotel verbracht hat. Ich will nicht einmal daran denken. Aber ich habe keine Wahl, denn ich möchte ihn nicht anlügen.

»Sie hat gefragt, ob ich etwas über einen Streit zwischen dir und Vivien weiß, am Tag vor ihrem Tod. Ich habe ihr gesagt, dass ich nichts darüber weiß. Was ja auch stimmt.«

Ben nickt. Er beißt die Zähne zusammen. Ich strecke die Hand aus und drücke ihm sanft die Schulter. »Es tut mir leid, Ben. Ich kann mir vorstellen, wie du dich fühlst.«

Ich bemühe mich verzweifelt, nichts Falsches zu sagen, seine Schuldgefühle nicht noch schlimmer zu machen, und daher verfalle ich in Schweigen. Es ist, als würde ich einen

Drahtseilakt vollführen, indem ich versuche, für Ben und auch zwischen uns nicht alles noch schlimmer zu machen. Er sieht mich zwar nicht an, aber langt hoch und tätschelt mir die Hand, die noch auf seiner Schulter liegt.

»Die Presse macht mir Sorgen«, sagt Ben. »Du musst aufpassen, was du sagst, ich will nicht, dass irgendwelches Gerede in Umlauf kommt. Unsere Story ist lukrativ, und die Polizisten sind auch nur Menschen. Isaac sagte, er hätte früher einige Leute bei der Polizei gekannt, die ihn mit Informationen versorgt hätten.«

Ich bin schockiert darüber, was Ben gesagt hat. Ich hatte angenommen, er würde sich entsetzliche Vorwürfe machen, statt sich wegen Klatsch und Tratsch zu sorgen. Denn das letzte Mal, als er Vivien gesehen hat, war er böse auf sie. Er hat sie verlassen.

Ich nehme die Hand von seiner Schulter. Meine Haut ist fleckig von der Kälte. »Ich beantworte ihre Fragen, das ist alles. Ich schmücke nichts aus.«

»Gut«, sagt er.

Der Eidechsenmann kommt näher, seine Brust ist entblößt, und er ist von Kopf bis Fuß von grünen Schuppen bedeckt. Er züngelt mit seiner gespaltenen Zunge, während er laut Karten für seine Monstrositätenschau anpreist. Ich kann ihn gar nicht ansehen, die grotesken Verunstaltungen, die er seinem Körper zugemutet hat, die Tätowierungen, die geteilte Zunge, die Auswüchse entlang der Augenbrauen.

Als Ben spricht, ist sein Tonfall bitter, selbst als er seiner Tochter lächelnd zuwinkt, während der kleine Wagen zum Ausgangspunkt zurückrollt. »Vergiss nicht«, sagt er, »alles, was in der Presse gemeldet wird, steht bald überall im Internet. Und dort bleibt es, auf Dauer. Und es wird Lexi wehtun, wenn sie alt genug ist, um nach Informationen über den Tod ihrer Mutter zu suchen.«

»Das verstehe ich doch, Ben.«

In den Zeitungen stand nicht so viel über Viviens Tod, wie ich erwartet hatte. Vielleicht zeigt das, wie groß der Einfluss Bens ist oder der exklusiven Gemeinschaft, in der sie leben und in der sich Nachbarn und Freunde vor Klatsch und Tratsch hüten, weil sich solche Artikel auf die Immobilienpreise auswirken. Jedenfalls bleibt meine Tochter im Tode so zurückgezogen, wie sie es im Leben war.

Isaac hilft Lexi, aus der Achterbahn auszusteigen, und sie kommen Hand in Hand durch die Absperrung zurück zu uns. Sie lächeln beide, fühlen sich miteinander ganz entspannt.

»Ich habe niemandem etwas gesagt«, füge ich hinzu. »Es gibt nichts zu sagen. Ich weiß nichts über den Streit, und Vivien hat nie mit mir über eure Ehe gesprochen, falls du dir darüber Gedanken machen solltest. Ich habe nicht die geringste Absicht, die Privatsphäre meiner Tochter zu desavouieren. Ich war überrascht zu hören, dass du sie allein gelassen hast, weil es dir nicht ähnlich sieht. Aber meine einzige Sorge ist, dass es Lexi gut geht, und dir auch.«

Ben hat mir den Rücken zugewandt, ich weiß nicht, ob er mich gehört hat. Er streckt die Arme aus, und Lexi rennt auf ihn zu. Er schwingt sie hoch in die Luft und drückt sie sich dann eng an die Brust.

Der Wind lässt nicht nach, und silberblonde Strähnen wehen mir ins Gesicht. Ich bemühe mich vergeblich, sie irgendwie zu bändigen.

Ich bemerke, dass Isaac Ben auf die Schulter klopft, als er näher kommt. Es ist eine warme, vertraute Geste. Eine beinahe väterliche Berührung.

Gegen halb neun an diesem Abend klingelt mein Handy. Wegen des Lärms im Hintergrund verstehe ich kaum, was Ben sagt. Lexi brüllt.

Ich höre ihm an, dass er verzweifelt ist, und noch bevor das kurze Telefonat beendet ist, schnappe ich mir meinen Mantel und ziehe mir die Stiefel an. Die Wohnungstür knallt hinter mir zu, und ich renne die Treppe hinunter. Ich winke ein vorbeifahrendes Taxi heran und sage dem Fahrer, er soll sich beeilen.

Ich weiß, es ist falsch, aber ich freue mich. Ich freue mich darüber, dass Ben mich angerufen hat, ich freue mich, gebraucht zu werden.

Als er die Haustür öffnet, kann er Lexi gerade noch so festhalten, er versucht, sie zu bändigen. Sie dreht und windet sich, hämmert mit den Fäusten gegen ihn und strampelt mit den Beinen. Sie ist rot im Gesicht.

Sie brüllt *Nein*. Immer und immer wieder. *Nein. Nein. Nein.*

Ich schiebe das Gartentor auf, renne die Vortreppe hinauf auf sie zu und strecke die Arme nach ihr aus. Ben stolpert, als Lexi sich aus seinem Griff befreit, und ich bin da, um sie zu fassen. Erst schiebt sie mich weg, aber es gelingt mir, ihre beiden Handgelenke zu erwischen. Sie ist ein kräftiges kleines Ding, aber ich bin viel stärker. Mit dem Fuß mache ich die Haustür hinter mir zu.

Ben weicht ein paar Schritte zurück, er sieht erschüttert aus.

Mein Überraschungsauftritt scheint gewirkt zu haben, denn Lexi hat aufgehört zu schreien und wehrt sich nicht mehr. Ich löse den Griff um ihre Handgelenke und schlinge ihr die Arme um den Bauch. Ich setze mich auf den Boden, ziehe sie zu mir auf den Schoß und halte sie fest.

Ben steht vor uns. Sein T-Shirt ist feucht und zerknittert,

unter den Armen hat er Schweißflecken. Er ist barfuß und unrasiert, und ich glaube, einen Hauch Alkohol zu riechen. Auf der linken Wange hat er eine leuchtend rote Strieme unter dem Auge.

Ich sage nichts. Ich sitze auf dem Boden im Flur, die Arme um Lexi geschlungen, und halte sie einfach fest. Nach und nach beruhigt sie sich. Mir fällt auf, wie ungewöhnlich kalt ihre Haut ist. Bei mir ist das genauso, als hätten sich unsere Knochen seit Viviens Tod in Eis verwandelt und würden uns von innen nach außen gefrieren lassen.

Ben geht weg, ins Wohnzimmer. Durch die Tür sehe ich, wie er sich ein Glas Whisky einschenkt.

»Was ist los, Lexi?«, flüstere ich, den Mund an ihren feuchten Locken. Ihre Haare riechen säuerlich, als wäre sie krank. Die Augen sind rot und geschwollen, und ihre Nase läuft. Sie sieht elend aus.

Ich halte sie mit einer Hand fest, während ich mit der anderen in die Manteltasche lange und ein Taschentuch heraushole. Ich wische ihr die Wangen, die Nase und den Mund ab.

»*Mami*«, sagt sie.

Ich glaube, dass sie das sagt.

Sie lehnt den Kopf zurück an meine Brust. Ben sieht uns wieder zu, von der Wohnzimmertür aus, ein Glas in der Hand. Vater und Tochter haben den gleichen aschfahlen Teint.

Ich trage Lexi hinauf in ihr Zimmer. Ich muss meine ganze Kraft aufwenden, aber es gelingt mir. Ihr Kopf ruht schwer auf meiner Schulter. Als ich sie auf das Bett lege, dreht sie sich weg, auf die Seite. Ihr fallen die Augen zu, als ich mich über sie beuge, um ihr die ungebärdigen Locken aus dem Gesicht zu streichen. Ich decke sie mit dem Federbett zu und stecke die Decke um die Matratze herum fest.

Ich setze mich auf den Bettrand, halte ihre Hand und sehe zu, wie sie eindämmert. Ich hoffe, meine Berührung spendet ihr ein bisschen Trost in einer Welt, die so unsicher geworden ist. Ich fühle mich hilflos, als ich sie betrachte.

Ben ist nicht nach oben gekommen, um nach ihr zu sehen.

Lexi scheint tief zu schlafen, und so gehe ich wieder nach unten. Ich ziehe mir die Stiefel aus und lasse sie einfach unter dem runden Mahagonitisch stehen. Ich lege meinen Mantel über das Treppengeländer. Jetzt könnte ich selbst einen Whisky gebrauchen.

»Ben?«

Ich werfe einen Blick ins Wohnzimmer, aber es ist leer. Der Barschrank steht weit offen, und die Whiskyflasche ist weg. Ich gehe in die Diele zurück und schaue über das Treppengeländer ins Souterrain, wo nur eine dicke und schweigende Dunkelheit wartet. Ich gehe wieder hinauf in den ersten Stock und schaue in Lexis Zimmer. Sie schläft tief und fest.

Die Lampe auf dem Treppenabsatz kommt mir viel zu hell vor. Es ist unheimlich, hier zu stehen, umgeben von diesen Fotografien, von den Geistern einer glücklichen Familie.

»Ben?«

Keine Antwort.

Ich steige in den zweiten Stock hinauf und halte mich dabei am Treppengeländer fest. Als ich oben an der Treppe angelangt bin, fühle ich mich ausgelaugt, und meine Beine sind schwach, als hätten sie nicht mehr die Kraft, mich zu tragen. Ich bleibe stehen.

Mein Lieblingsporträt von Vivien hängt hier, auf dem Treppenabsatz. Ihr Hochzeitsschleier bedeckt ihr Gesicht, macht ihre Züge weicher, während sie mich ansieht. Ihre Augen glühen noch, eindringlich und lebendig. Sie ist meine exotische Prinzessin, mein geschmeidiger, dunkeläugiger Panther.

Meine Tochter hat sich immer von anderen abgehoben. Nicht ganz asiatisch, nicht ganz weiß, ihre Gesichtszüge waren stets eine Mischung, die sich immer wieder veränderte. Sie hatte etwas Fesselndes an sich, etwas, das die Blicke der Leute auf sich zog; vielleicht lag es an ihren mandelförmigen Augen, oder auch an ihrer Haltung.

Ich strecke die Hand aus und lege sie auf das kühle Glas, das ihre Haut bedeckt. Dann wende ich mich ab und betrete das Elternschlafzimmer.

Links ist eine Ankleide mit hohen Eicheneinbauschränken. Das Licht brennt, und ich sehe mich selbst in dem Standspiegel auf der anderen Seite des Raums. Wie erwartet sehe ich mitgenommen aus, das Gesicht zerknautscht, die Haare strähnig. Mein Spiegelbild hat etwas Unheimliches. Ich bin irgendwie farblos, es ist, als würde ich mich in Schwarz-Weiß sehen, als würde ich meinen eigenen Geist betrachten.

Ich sehe Vivien als Kleinkind, wie sie sich im Spiegel ansieht, einen Schmollmund macht und lächelt, erfreut über das, was sie sieht.

Ich gehe weiter in das Zimmer hinein und öffne nacheinander die Schränke. In den ersten beiden sind Anzüge, Hemden und Krawatten. Sie riechen nach Leder und Vetiver, nach Ben. Aber als ich den dritten aufmache, weht mir Viviens Duft entgegen, ihr süßes Parfum, das nach Blumen duftet. Ihre Kleider hängen noch ordentlich da, als könnte sie zurückkommen. Ich berühre ein weiches Crêpe-Kleid. Ich nehme es heraus und halte es mir vor das Gesicht. Ich atme sie ein.

Als ich die Augen aufschlage, steht Ben in der Tür. Verlegen hänge ich das Kleid wieder in den Schrank und mache ihn zu.

»Es tut mir leid«, sage ich. »Ich wollte nicht eindringen. Ich habe dich hier oben gesucht.«

Er zeigt auf den Schrank hinter mir. »Wolltest du etwas von ihr mitnehmen?«

»Nein. Danke. Aber bestimmt will Lexi ihre Sachen haben, wenn sie älter ist. Du wirst sie doch nicht wegwerfen, oder?«

»Nein. Natürlich werfe ich sie nicht weg«, sagt er.

»Lexi schläft tief und fest.«

Ben wirkt desorientiert. »Ich wollte mich kurz hinlegen und bin eingeschlafen.«

»Ich bin froh, dass du mich angerufen hast. Froh, dass ich helfen konnte.«

»Danke. Du warst heute die Rettung. Ich glaube, die ganze Aufregung von heute Vormittag war zu viel für sie. Gegen fünf ist sie vor dem Fernseher eingeschlafen, und ich habe sie hoch ins Bett gebracht. Ein paar Stunden später ist sie dann aufgewacht und war völlig aus dem Gleichgewicht. Ich konnte sie nicht beruhigen. Sie war eine halbe Stunde hysterisch, bevor ich dich angerufen habe. Ich dachte, ich drehe durch.«

»Aber das bist du nicht. Es war richtig von dir, mich anzurufen.«

»Sie hat noch nie gut geschlafen«, sagt er. »Sie hatte schon immer Albträume und Wutanfälle. Und Vivien musste damit ganz allein zurechtkommen. Ich war nie zu Hause, um sie ins Bett zu bringen oder sonst etwas zu tun. Und seit Viv tot ist, wacht sie fast jede Nacht auf. Manchmal höre ich sie im Bett weinen, oder ich stelle fest, dass sie im Haus herumläuft. So schlimm wie heute Abend war es noch nie.«

Sein Gesicht ist von einem Schweißfilm überzogen, und in der kleinen Ankleide riecht es stark nach Körperausdünstungen und Alkohol.

»Mit dir war sie ruhiger«, sagt er.

»Sie war schon erschöpft, als ich hier angekommen bin.«

»Nein«, sagt er. »Du konntest schon immer gut mit ihr umgehen, schon als sie ein Baby war. Das ist mir früher schon aufgefallen, diese Verbindung zwischen euch. Deshalb habe ich nie verstanden, warum du nicht mehr gekommen bist.«

Jetzt ist nicht der richtige Zeitpunkt, um ihm das zu erklären. Er ist erschöpft, und er spricht etwas undeutlich.

»Ich war so wütend«, sagt er. »Es hat mir Angst gemacht, wie wütend ich auf sie war. Ich hätte sie schlagen können.«

»Du stehst unter extremem Stress. Und du hast sie nicht geschlagen.«

Ich betrachte die rote Stelle unter seinem Auge und frage mich, was wohl passiert ist. Ich hoffe, er hat ihr nicht wehgetan. »Ben, Alkohol wird dir nicht helfen, den Stress, unter dem du stehst, zu bewältigen. Ich glaube, du musst ein bisschen aufpassen, wie viel du trinkst.«

Er nickt, aber ich bin nicht beruhigt. Er verfällt vor meinen Augen, verliert die Kontrolle. Er bewältigt die Situation nicht.

»Geh ins Bett und ruh dich aus«, sage ich. »Ich bleibe hier. Ich gehe zu ihr, wenn sie wieder aufwacht.«

Ben schwankt, dann stützt er sich gegen den Türrahmen.

»Bitte, geh wieder ins Bett. Ich bleibe noch eine Weile und verschwinde dann einfach. So kannst du ein paar Stunden ungestört schlafen und fühlst dich besser.«

Jetzt höre ich mich wieder normaler an. Bestimmend und alles im Griff habend. In dieser Rolle fühle ich mich wohl.

Ben wendet sich von mir weg. Er öffnet die Tür hinter sich, die Tür, die die ganze Zeit geschlossen war. Die Tür, die zu ihrem Badezimmer führt. Das Blut gefriert mir in den Adern, als er darin verschwindet und ich das Klicken des Schlosses höre. Ich stelle mir vor, wie Vivien dort auf dem Boden liegt. Sie wartet auf mich, verzweifelt, hofft, dass ihre Mutter kommt und sie rettet.

Ich muss hier raus. Taumelnd gehe ich durch den kurzen Durchgang und hinaus auf den Treppenabsatz. Ich kann ihr Hochzeitsporträt nicht ansehen. Ich spüre, wie sie mich anstarrt. Um Hilfe fleht. Kein Wunder, dass Ben trinkt.

Die Küche im Souterrain ist lang und schmal, mit Edelstahloberflächen und Steinfußboden. Ich schalte das Licht an, froh, so weit weg wie möglich von Viviens Badezimmer zu sein, obwohl dieser Raum nicht gerade viel Trost spendet. Selbst bei eingeschaltetem Licht ist er düster und voller Schatten.

Draußen klatscht der Regen auf den rechteckigen Rasen.

Ein Ende der Küche wird von einem gusseisernen viktorianischen Kamin beherrscht, am anderen Ende sind schmale Fenster, die auf den Garten hinausführen. Davor steht eine Reihe Keramiktöpfe mit Kräutern darin: Basilikum, Salbei, Minze und Koriander. Die Pflanzen welken.

Ich wollte mir eigentlich eine Tasse Tee zubereiten, aber das ist mir doch zu anstrengend. Hohe graue Küchenschränke ragen auf jeder Seite über mir auf, und ich weiß nicht, wo ich anfangen soll zu suchen. Stattdessen nehme ich einen Becher mit Kaffeeflecken aus der Spüle und gebe den Pflanzen ein wenig Wasser.

Als die Klingel ertönt, bin ich nicht überrascht. Ich habe schon mit ihr gerechnet. Draußen im Regen wartet Cleo.

Kapitel 10

Cleo tritt schnell ins Haus. Wasser tropft auf Viviens Fliesen, als Cleo sich den langen Kapuzenmantel auszieht. Sie öffnet den Schrank neben der Haustür, nimmt sich einen Bügel und hängt den Mantel auf. Dann macht sie den Reißverschluss ihrer kniehohen Stiefel auf und zieht sie aus. Sie legt sie neben meine, unter Viviens Mahagonitisch.

Die Leichtigkeit, mit der sie sich im Haus meiner Tochter bewegt, verblüfft mich.

»Ben ist oben und schläft«, sage ich. »Er ist erschöpft. Lexi war ziemlich schwer ins Bett zu bringen.«

Mein etwas ungeduldiger Tonfall beinhaltet, dass jetzt nicht die richtige Zeit für einen Besuch ist, aber Cleo scheint das nicht aufzufallen. Sie klopft sich auf die Wangen, wischt die letzten Regentropfen ab. Heute Abend sieht sie elegant aus, sie trägt ein marineblaues Poloshirt und schmal zulaufende Jeans. Die Haare hat sie wieder nach hinten gebunden, diesmal locker zu einem Knoten im Nacken. An ihren Ohrläppchen hängen große Kreolen.

»Trinken wir ein Glas Wein zusammen«, sagt sie.

»Cleo, ich glaube … Verzeih mir, wenn ich so direkt bin, aber ich finde, du solltest lieber nach Hause fahren. Ben braucht jetzt wirklich Ruhe, Lexi hatte einen fürchterlichen Anfall.«

»Ich habe mich bei diesem scheußlichen Wetter quer

durch ganz London gekämpft«, sagt sie. »Trink wenigstens ein Glas mit mir, bevor ich mich wieder in den Regen aufmache.«

Sie lächelt mich an, während sie durch das Wohnzimmer zu dem offenen Barschrank geht. »Die Whiskyflasche fehlt«, sagt sie.

Cleo fällt also auch auf, dass er trinkt.

»Ben muss sie mit nach oben genommen haben. Trinkt er jeden Abend?«

Sie nickt. »Das würde ich auch, wenn ich allein im Haus wäre und darüber nachdenken würde, was da oben in diesem Badezimmer passiert ist.«

Ihr unbekümmerter Tonfall stört mich. Sie sieht das Weinregal durch, zieht ein paar Flaschen heraus und begutachtet die Etiketten. Schließlich wählt sie einen Merlot aus. Sie findet mühelos einen Flaschenöffner in einer kleinen Schublade neben dem Spiegelschrank. Dann sucht sie zwei Weingläser aus und schenkt ein.

»Du siehst aus, als würde dir das guttun«, sagt sie.

Der Adrenalinstoß von vorhin hat sich aufgelöst. Ich bin gereizt, verunsichert nach meinem Vorstoß oben in Viviens Schlafzimmer. Viel ist nicht nötig, um mich zu überreden.

»Du hast recht, ich könnte wirklich ein Glas gebrauchen.« Ich trinke einen Schluck aus dem Glas, das Cleo mir reicht. Mein Mund füllt sich mit einem weichen, pflaumigen Geschmack. Der sanfte Merlot tut meinem Hals und meinem schmerzenden Kopf gut.

»Wenn Ben Probleme hat, das zu bewältigen, sollte er zu seinem Arzt gehen«, sage ich. »Vielleicht braucht er ein Antidepressivum. Das wäre besser für ihn als Alkohol. Kannst du nicht einmal mit ihm reden? Ich habe schon angedeutet, dass er aufpassen muss, aber ich glaube, ich habe nicht so viel Einfluss auf ihn.«

»Klar«, sagt sie.

Wir stehen auf und trinken unseren Wein am rückwärtigen Fenster, während wir hinaus in den Garten blicken, auf die Reihe von kleinen Lämpchen und den traurigen Betonlöwen. Und schon ist mein Glas leer, und ich werde lockerer, wie ein Seil, das ganz fest aufgerollt war und sich löst.

»Weißt du noch, wie wir Ben kennengelernt haben?«

»Ja«, sage ich. »Ihr habt euch über mich kennengelernt. Bens Vater war Patient auf der Schlaganfallstation, und der Eingang liegt direkt gegenüber der Weissman-Station.«

Cleo nickt. »Es war in den Weihnachtsferien, Vivien war von der Schule für darstellende Künste zurück, und wir standen am Automaten, weil wir darauf gewartet haben, dass deine Schicht zu Ende ist und wir zusammen losziehen, um Geschenke zu kaufen. Ben kam aus der Station seines Vaters, um sich einen Kaffee zu holen. Sobald er Vivien gesehen hat, war es um ihn geschehen.«

»Damals war Vivien aber schon mit Sebastian zusammen, oder?«

Sebastian hatte kantige Gesichtszüge und war genauso groß und blond, wie Vivien zierlich, eurasisch und dunkel war. Er kam aus einer Familie mit altem Geld, sie aus einer Sozialwohnung. Er war fünf nervenaufreibende Jahre in unserem Leben, und Vivien wollte für diese fünf aufwühlenden Jahre nichts anderes als einen Ring am Finger.

»Genau«, sagt Cleo. »Vivien hat sich überhaupt nicht für Ben interessiert. Er wollte mit ihr ausgehen, und sie hat Nein gesagt. Ich hingegen habe auf den ersten Blick gesehen, dass er etwas Besonderes an sich hat.«

Cleo schenkt mir nach. Ich fühle mich ruhiger. Ich bin froh, dass sie geblieben ist, froh, neben ihr zu stehen und an meine Tochter zu denken. Ich verstehe, was Ben damit meint, dass es hilft, mit jemandem zusammen zu sein, der Viviens Geschichte kennt; die Geschichte von uns allen. Es ist wirklich schade, dass Cleo und ich – aus unterschiedlichen Gründen – beide in den vergangenen Jahren den Kontakt zu Vivien verloren haben.

»Ich wollte Ben unbedingt wiedersehen«, fährt Cleo fort. »Ich habe dafür gesorgt, dass wir am nächsten Tag wieder ins Krankenhaus sind, und da habe ich ihn selbst gefragt, ob er mit mir ausgehen möchte. So etwas hatte ich noch nie zuvor gemacht, und ich glaube, Ben war nicht im Entferntesten interessiert, aber er wollte mir wohl einen Gefallen tun, deshalb hat er sich bereit erklärt, mit mir essen zu gehen. Wir wurden Freunde und haben per E-Mail weiterhin Kontakt gehalten, als er dann in Cambridge war. Zuerst war ich mir ziemlich sicher, dass er sich nur mit mir angefreundet hat, weil ich ihn mit Informationen über Vivien versorgen konnte. Aber dann haben sie und Sebastian sich verlobt, und Ben hat einen Job in London bekommen, sodass wir schließlich zusammengezogen sind.«

»Vivien und Sebastian waren so unglücklich«, sage ich. Es klingt, als würde ich Entschuldigungen für meine Tochter suchen, aber ich habe das Gefühl, als müsse ich erklären, als müsse ich mich für sie einsetzen. »Vivien hat sich immer Sorgen gemacht, wo Sebastian war, wenn er nicht bei ihr war, sie dachte, ihm wären seine Freunde wichtiger als ihre Beziehung, und sie war todunglücklich, wenn sie bei einem Familienausflug auf irgendeine Insel oder in ein schottisches Schloss nicht dabei sein durfte. Sie hat ihn vergöttert. Sie hat sich so sehr angestrengt, Teil seiner Familie zu werden und sich mit seinen Schwestern anzufreunden, aber sie war fehl am Platz, spielte in einer anderen Liga. Sebastian bewegte sich in einer Welt, zu der sie nie gehören konnte. Deshalb war ich völlig platt, als er Vivien einen Heiratsantrag gemacht hat.«

Ich stelle fest, dass das zweite Glas Merlot jetzt auch schon leer ist, und bin ein wenig benommen. Ich lehne mich gegen das Sofa. Ich möchte weiter die hübschen Lichter draußen im Garten ansehen. Vivien hatte alles um sich herum so schön gestaltet.

»Die Verlobung hat nicht lange gehalten, oder?«, sagt Cleo.

»Ich habe den Verdacht, dass Vivien Sebastian irgendwie dazu gedrängt hat«, sage ich, »und er hat es dann wohl bald bereut.«

»Vivien wusste, dass du wolltest, dass die Beziehung funktioniert«, sagt Cleo. »Sie dachte, du wärst wegen der Trennung am Boden zerstört.«

»Das stimmt nicht.« Es überrascht mich, das zu hören; wieder etwas, was ich nicht wusste. »Ich war erleichtert, als sie sich getrennt haben. Ich hatte befürchtet, Vivien sei aus den falschen Gründen mit ihm zusammen. Ich hatte immer das Gefühl, Sebastians Geld und sein Status wären attraktiver für sie als Sebastian selbst. Nicht, dass ich ihr das vorwerfen würde, wenn dem so war. Du weißt doch noch, wie es sich damals verhielt, als ihr aufgewachsen seid?«

»Ja, natürlich.«

»Als Vivien heranwuchs, hatte ich immer Angst«, sage ich. »Geld hat mir Angst gemacht beziehungsweise dass es nicht reichen würde, um zu überleben.«

Bis Vivien wieder bei mir einzog, schickte ich den größten Teil meines Gehalts nach Hause zu meiner Mutter. In diesen

Jahren konnte ich mir eine Busfahrt pro Tag leisten: Ich konnte mit öffentlichen Verkehrsmitteln entweder von zu Hause ins Krankenhaus oder von dort nach Hause fahren, die andere Strecke musste ich zu Fuß zurücklegen. Ich musste mich entscheiden, und ich werde nie vergessen, was das für ein Gefühl war.

Ich habe Vivien erzählt, wie schwer das war. Das hätte ich nicht tun sollen, aber ich habe es gemacht. Sie wusste, wie es war, ständig Geldsorgen zu haben; ich habe ihr all meine Angst und Erschöpfung mitgegeben. Sie hat gesehen, wie die Jahre des Kampfes als alleinerziehende Mutter mit einem Krankenschwesterngehalt an mir gezehrt haben. Ich habe es nicht vor ihr verborgen, ich habe sie nicht geschützt.

»Vivien hat mir erzählt, sie war diejenige, die die Verlobung gelöst hat«, sagt Cleo, »aber zwischen den Zeilen gelesen sah es so aus, als hätte er wieder Affären. Ich glaube, das war so erniedrigend, dass nicht einmal mehr Vivien den Schein wahren konnte.«

Cleos Worte sind zu scharfen Gegenständen geworden, sie treffen mich seitlich an meinem bereits mürben Kopf. Meine Schultern verspannen sich, und ich habe das gleiche Gefühl wie im Park. Irgendwie habe ich den Eindruck, dass sie mir wehtun will, auch wenn sie sich dessen selbst nicht bewusst ist.

Sie war schon immer so, sie hat eine Neigung dazu, genau das zu sagen, was sie denkt. Ich kann nichts dagegen tun, ich gehe ihr in die Falle.

»Als sie mit Ben zusammengekommen ist, war das anders«, fahre ich fort. »Sie haben einander gutgetan.«

Das mit dem Wein war wahrscheinlich ein Fehler; es ist absehbar, dass ich etwas sage, was ich nachher bereue. Mir ist schwummrig, aber ich will mich nicht hinlegen, damit ich nicht einschlafe und dann womöglich Lexi nicht höre. Ich stelle das Glas weg und strecke die Arme aus, schiebe die Finger ineinander und drücke sie nach vorn, richte mich gerade auf und nehme die Schultern zurück. Ich sollte nach oben gehen und nach Lexi sehen, aber mir ist noch zu schwindelig.

Cleo geht langsam durch Viviens Wohnzimmer. Sie fährt mit der Hand über den Rand der mit Leder überzogenen Schreibtischplatte. Dann nimmt sie den großen silbernen Rahmen mit dem Bild von Vivien hoch und stellt ihn wieder hin. Aber nicht ganz richtig, der Winkel ist anders. Viven blickt nicht mehr in den Raum, sie ist ein kleines bisschen der Wand zugekehrt.

»Das Seltsame ist, dass es gar nicht Ben war, an den ich in all diesen Jahren gedacht habe«, sagt Cleo, »sondern vielmehr Vivien. Sie war meine engste Freundin, und ich habe sie wahnsinnig vermisst.«

Sie sieht mich an, als würde sie erwarten, dass ich etwas sage, aber ich schweige. Und jedes Mal wenn Cleo etwas anfasst, was meiner Tochter gehört, möchte ich sie anbrüllen, sie soll damit aufhören.

»Ich habe die Wörter *Vivien Kaye* öfter in die Suchmaschine eingetippt, als ich zugeben möchte«, sagt sie. »Es gibt viele Frauen mit diesem Namen: Geschäftsfrauen, sogar eine Kunsthistorikerin. Aber keines dieser Profile oder Fotos gehörte zu deiner Vivien, zu Bens Frau. Sie hatte keine Facebookseite, keinen Twitteraccount, nirgendwo in den sozialen Netzwerken gab es eine Spur von ihr. Sie war immer sehr zurückgezogen.«

»Ja«, sage ich. »Das war sie wirklich.«

Vielleicht aus gutem Grund, denke ich.

»Mit Ben hatte ich mehr Glück«, sagt Cleo. »Es gibt Hunderte von Fotos und Artikeln über ihn, er ist überall im

Internet präsent. Wusstest du, dass seine Firma gerade eine Investition über fünfhundert Millionen Pfund in der mitteleuropäischen Breitbandindustrie getätigt hat?«

»Nein.«

»Ich habe nur eine einzige Aufnahme von Ben und Vivien zusammen gefunden«, sagt Cleo. »Sie waren auf einer Wohltätigkeitsveranstaltung. Vivien sah wunderschön aus. Sie hatte die Haare nach hinten gekämmt, aus dem Gesicht, und sie trug ein weißes, ärmelloses Kleid. Ich habe noch ihre Armmuskeln vor Augen. Und sie wirkte so glücklich, ganz selbstzufrieden. Als hätte sie alles, was sie je gewollt hatte.«

Ich weiß nicht recht, was ich von dem halten soll, was sie mir erzählt. Schließlich googeln wir uns doch alle gegenseitig. Ich habe Isaacs Namen eingegeben, ein paar seiner Artikel online gelesen. Ich habe nach Bildern von Andrew Lissauer und seiner Frau gesucht. Aber das würde ich niemals zugeben.

»Es ist überraschend einfach, andere Menschen zu finden und zu sehen, wie sie leben«, sagt Cleo. »Ich habe kleine Bausteine gefunden und die Informationen zusammengesetzt wie ein Puzzle. Ich wusste, wo Ben und Vivien wohnten, ich wusste, an welchen Veranstaltungen sie teilnahmen, welche Wohltätigkeitsorganisationen sie unterstützten. So etwas wie Privatsphäre gibt es quasi nicht mehr, findest du nicht?«

»Nein. Aber das bedeutet nicht, dass du in das Leben anderer Menschen eindringen solltest, Cleo.«

Sie blinzelt und sieht sich im Zimmer um. »Viviens Haus ist wirklich umwerfend.«

Sie trinkt einen Schluck Wein, er ist dunkelrot, wie Blut, und ihre Lippen sind fast schwarz davon.

»Jedes Mal wenn ich durch die Tür gehe, habe ich den Eindruck, betört zu werden«, sagt sie. »Ich mag gar nicht mehr wieder gehen.«

Sie wendet sich zu mir und lächelt, als würden wir uns auf einer Cocktailparty unterhalten und nicht in dem Haus stehen, in dem meine Tochter gestorben ist. »Ich will nicht wieder hinaus in die echte Welt«, sagt sie. »Ich will hier drinbleiben, in Viviens Fantasie.«

Ihre Miene verfinstert sich, als sie von mir wegtreibt, an einen Ort in ihr selbst. »Ich glaube, wir sind uns sehr ähnlich, du und ich«, sagt sie. »Gerade du weißt, wie es ist, allein zu sein. Wir gehörten nicht zu Ben und Vivien, wir haben ihr goldenes Leben von außen betrachtet. Wir standen draußen in der Kälte und haben durch die Fensterläden hineingesehen. Aber jetzt sind wir an der Reihe, jetzt sind wir drinnen. Gib es doch zu, Rose, gefällt dir das nicht besser, dazuzugehören?«

»Das ist eine etwas merkwürdige Aussage, Cleo.«

Sie lächelt mich wieder an, als hätte sie die implizite Kritik nicht mitbekommen.

»Du siehst wirklich müde aus, Rose. Du solltest nach Hause fahren und etwas schlafen.«

»Cleo, ich habe dir doch schon gesagt, ich bleibe, für den Fall, dass Lexi wieder aufwacht.«

Sie geht um das Sofa herum und stellt ihr Glas auf Viviens Acrylglastisch. Sie reibt sich die Augenbraue. Cleo ist nicht unattraktiv. Nur wirkte ihr Gesicht neben Viviens immer rundlich und gewöhnlich. Ihre Haare sind mausbraun, während Vivien dramatische rabenschwarze Haare hatte.

Ich stütze mich an der Sofalehne ab.

Ich nehme kein Blatt vor den Mund, dazu habe ich nicht die Geduld. Das verfluchte Pochen in meinem Schädel verunmöglicht jegliches Taktgefühl, und der Wein macht es mir sogar noch leichter als sonst, mich unverblümt auszudrücken.

»Hör zu, Cleo«, sage ich, »du besuchst Ben jeden Abend. Ich halte das nicht für eine gute Idee. Du drängst dich dieser Familie geradezu auf. Wir hatten noch nicht einmal die Möglichkeit, Vivien richtig zu beerdigen, und Ben leidet. Mir ist klar, dass du noch etwas für ihn empfindest, aber ich würde dich dennoch bitten, dich angemessen zu verhalten und uns etwas Raum zu geben. Ben und Lexi sind extrem verletzlich.«

Cleo bekommt rote Wangen, aber sie sagt kein Wort. Ich bin mir nicht sicher, ob sie meine Worte überhaupt zu sich durchdringen lässt. Ich habe den Verdacht, sie will nicht hören, was ich zu sagen habe. Ich rede weiter, in der Hoffnung, etwas damit zu bewirken.

»Ich glaube, deine Beziehung zu Ben könnte seiner Trauer im Weg stehen. Deine Anwesenheit in diesem Haus ist nur eine Ablenkung, als würde man ein Pflaster auf eine tiefe Wunde kleben. Kurzfristig fühlt er sich vielleicht besser, aber langfristig könntet ihr beide Probleme bekommen, wenn ihr so früh eine Beziehung eingeht.«

»Was denn für Probleme?«, fragt sie.

Ihre Antwort ist absurd, als hätte sie absichtlich die Hälfte dessen, was ich gesagt habe, überhört.

»Sollte dir wirklich etwas an Bens Wohlergehen liegen«, sage ich, »dann warte noch ein bisschen. Wenn es sein soll, wird es auch passieren. Aber nicht jetzt, in der Zeit, in der er noch unter Schock steht. Du willst doch keine vorläufige Lösung für seinen Kummer sein, oder?«

Ich will irgendwie an ihre Vernunft appellieren, sie so oder so verstehen lassen, dass es in ihrem eigenen Interesse liegen könnte, Ben etwas Raum zu geben.

»Vivien hätte nicht gewartet«, sagt Cleo. »Vivien wusste, wenn man etwas haben will, dann muss man die Gelegenheit beim Schopf packen.«

Ich bin jetzt wütend, weil sie keinen Respekt vor dem Verlust zeigt, den diese Familie erlitten hat. Ich will nur noch, dass sie geht. Und zwar jetzt, in dieser Sekunde.

Wie sie heute Abend im Haus meiner Tochter vor mir steht, wirkt Cleo nicht mehr verlegen oder als ob sie sich nicht wohl in ihrer Haut fühlen würde. Sie hat ihr Erbe angetreten. Wie ein Geier, der sich von der Leiche meiner Tochter ernährt.

Obwohl ich gar nichts gesagt habe, fällt ihr mein Gesichtsausdruck auf.

»Rose«, sagt sie, »bitte nimm mir das nicht übel. Du kennst mich doch, ich bin ein praktischer Mensch. Ich verstehe Ben besser als jeder andere, und er kann nicht gut allein sein. Er ist ein Familienmensch. Und er ist reich, attraktiv und immer noch jung. Denk doch mal darüber nach. Er wird auf jeden Fall wieder heiraten, das ist unvermeidlich. Ich werde mich nicht danebenstellen und riskieren, ihn ein zweites Mal zu verlieren. Und es ist auch zu deinem eigenen Besten, wenn ich da bin. Ich bete dich an. Ich werde dafür sorgen, dass du immer einen wichtigen Platz in Lexis Leben einnimmst.«

Jetzt erkenne ich, dass sie alles will. Sie ist nicht nur an Ben interessiert. Sie will dieses Haus, sie will sein Kind, und vielleicht will sie auch mich. Eine Mutter.

»Cleo«, sage ich mit, wie ich finde, bewundernswerter Beherrschung, »es war ein anstrengender Tag. Im Moment hätte ich gern, dass du nach Hause gehst und uns in Frieden lässt. Bitte. Wenn du mich respektierst, wie du behauptest, dann tust du, worum ich dich bitte.«

»Ich wollte dich nicht verärgern«, sagt Cleo. »Das ist das Letzte, was ich jemals wollen würde.«

»Dann zieh dir Mantel und Schuhe an und geh nach Hause.«

»In Ordnung.«

Ich bin erleichtert und gleichzeitig überrascht, dass sie so leicht nachgegeben hat. Sie trinkt den letzten Schluck ihres Weins und stellt klirrend das Glas ab. Sie hastet an mir vorbei und streift mich an der Schulter, als sie aus dem Zimmer geht. Sie setzt sich auf die unterste Stufe, während sie sich die Stiefel anzieht, dann steht sie auf und nimmt ihren noch feuchten Mantel aus dem Schrank.

»Es tut mir leid, wenn ich heute Abend gestört habe«, sagt sie. »Ich weiß, dass mein Verlust nichts im Vergleich zu deinem ist. Und dem von Ben und Lexi. Bitte verzeih mir.«

Bevor ich Gelegenheit habe zu antworten, eilt sie auf mich zu, nimmt mich an den Schultern und küsst mich auf die Wange. Ich weiche zurück und gehe um sie herum zur Haustür.

Die Kombination aus dem Wein und dem Schmerz auf der rechten Seite des Kopfes schlägt mir auf den Magen. Es tut gut, als ich die Haustür öffne und mir ein kalter Luftschwall entgegenschlägt.

Cleo sieht mir nicht in die Augen, als sie geht. Sie verabschiedet sich nicht. Ich sehe zu, wie sie langsam die Stufen hinunter und über den kurzen Weg läuft. Als ich den Türöffner für das Tor drücke, weiß ich schon, dass sie es nicht schafft, lange wegzubleiben.

Kapitel 11

»Ach, da bist du«, sagt Wendy.

Klein und picobello und leichtfüßig wie immer kommt sie ans Fenster der Intensivpflegestation, wo ich mit Yusuf in den Armen stehe. Er sitzt auf meiner Hüfte, blickt nach draußen und saugt an seiner Faust. Wir sehen uns die Autos unten auf der Praed Street an.

Wendy tätschelt Yusuf den Kopf, dann langt sie in ihre Tasche und zieht mein Handy heraus. »Das hast du im Büro gelassen. Es hat ständig gesummt. Ich dachte, es wäre vielleicht etwas Wichtiges.«

Sie lächelt und versucht, ungezwungen zu wirken, aber es gelingt ihr nicht. Mir rutscht das Herz in die Hose, als ich Bens Namen auf dem Bildschirm sehe. Ich habe fünf verpasste Anrufe von meinem Schwiegersohn. Als ich das letzte Mal seine Anrufe verpasst habe, war ich auch mit Wendy zusammen.

Mit zitternden Armen reiche ich Wendy Yusuf. Sie wiegt ihn, während sie mich beobachtet. Sie hat auch Angst. Ich versuche, die richtigen Tasten zu treffen, aber ich tippe daneben, meine Finger scheinen geschwollen zu sein. Schließlich gelingt es mir, Bens Nummer zu wählen.

»Bitte geh ran«, sage ich laut. »Bitte geh ran.«

Yusuf spürt unsere Spannung und beginnt in Wendys Armen zu quengeln.

Ich darf gar nicht daran denken, was mit Lexi passiert sein

könnte. Ich hätte das Haus in den frühen Morgenstunden nicht verlassen sollen. Ich hätte bleiben sollen. Aber sie hatte durchgeschlafen, die ganze Nacht, und ich musste noch nach Hause, um vor dem Schichtbeginn meine Schwesternuniform zu holen.

Als Ben den Anruf annimmt, ist er atemlos.

»Was ist passiert?«, sage ich.

»Ich habe ein Problem hier«, sagt er, »und ich wollte fragen, ob du heute Nachmittag vielleicht Zeit hättest, mir mit Lexi zu helfen.«

»Natürlich. Aber ist denn alles in Ordnung?«

»Die Polizei hat gefragt, ob heute Nachmittag Beamte ins Haus können, und ich wollte nicht, dass Lexi da ist, wenn sie kommen. Ich möchte nicht, dass sie das Gefühl hat, sie müsste vor etwas Angst haben. Könntest du sie von der Schule abholen?«

»Ja. Das ist kein Problem. Es geht Lexi also gut?«

»Ja, es tut mir leid, ich hätte dir Bescheid geben sollen. Heute Morgen war alles in bester Ordnung mit ihr. Ich glaube, sie erinnert sich gar nicht an die letzte Nacht. Vielen Dank noch einmal für deine Hilfe.«

Ich atme wieder normal. Ich bin so erleichtert, dass mir beinahe schwindelig ist.

»Du musst dich nicht bei mir bedanken«, sage ich.

»Wenn du sie also von der Schule abholst, dann ist Isaac so gegen sechs Uhr bei dir und bringt sie nach Hause.«

Ich halte das Telefon weg von meinem Ohr und starre entsetzt die Anzeige der Anrufe an. Das kommt mir alles viel zu einfach vor. Mir fällt auf, dass Bens Anrufe nicht die einzigen waren, die ich verpasst habe. Mrs Murads Büro hat mich angerufen. Schon wieder.

»Wendy, es tut mir wirklich leid«, sage ich. »Ich muss heute wieder früher weg. Ben braucht mich, ich soll Alexandra von der Schule abholen.«

»Mach dir keine Sorgen wegen der Station. Ich besorge eine Vertretung für dich.«

Dankbarkeit überkommt mich. Cleo irrt sich. Ich war die ganzen Jahre über nicht allein.

Wendy legt Yusuf in sein Bettchen. Sie legt ihn auf den Rücken, dann zieht sie das Mobile auf, das über seinem Kopf hängt. Bach erklingt in der Station, als die bunten Tiere sich zu drehen anfangen. Unwillkürlich überrasche ich sie mit einer festen Umarmung.

An der Endsleigh School ist um zwanzig nach drei Unterrichtsschluss, und ich sehe zu, dass ich vor der Zeit da bin. Die Eingangstür des fröhlichen edwardianischen Backsteingebäudes hat die Farbe von Sonnenschein, und an den Schiebefenstern im ersten Stock sind Kinderzeichnungen aufgehängt wie Wimpel. Zu meinen Füßen sind auf den Asphalt Linien für ein Fußballfeld markiert.

Bald füllt sich der Pausenhof mit Müttern, Kindermädchen und Au-Pair-Mädchen; jüngere Geschwister sausen die Rutsche hinunter und hangeln an den Stangen des Klettergerüsts. Ich schiebe meine rauen Hände tief in die Manteltaschen und bin froh, mich hinter meiner übergroßen Sonnenbrille verstecken zu können, die ich an diesem trüben, bewölkten Nachmittag eigentlich gar nicht brauche.

Ich stelle mir vor, dass die Leute mich anstarren. Die Hochstaplerin. Meine Enkeltochter ist acht Jahre alt, und ich habe noch nie ihre Schule betreten. Ich war nicht in ihrem Klassenzimmer, um ihre Zeichnungen und ihre Projekte zu bewundern. Ich war zu keinem verregneten Sportfest da, um zuzusehen, wie die anderen Kinder Medaillen gewinnen.

Ich streiche mir die Haare glatt. Vivien war immer so elegant, so zierlich in ihren maßgeschneiderten Blusen, die sie meistens trug, den engen Jeans und dem hellrosa Lippenstift. Meine Tochter hatte begriffen, wie wichtig es ist, der Außenwelt ein bestimmtes Image zu liefern. Ich weiß nicht, mit wem sie hier befreundet ist. Aber ich bin fest entschlossen, keine Fragen zu beantworten, wenn mich jemand anspricht. Es mag ja sein, dass hier ein paar Leute sind, denen sie wichtig war und die es gut meinen, aber es wird auch diejenigen geben, die nur die schmutzigen Einzelheiten hören wollen.

Schließlich geht die Schultür auf, und die Kinder schwärmen heraus. Meine Enkeltochter erkenne ich leicht in der Menge, weil ihre hellen Locken leuchten und hüpfen, selbst an diesem furchtbar trüben Tag. Sie zieht ihren Spiderman-Rucksack hinter sich her, als sie die Gesichter der Mütter, der Kindermädchen und der wenigen Väter absucht. Sie ist ein robustes Kind, das nur langsam vorankommt, ein wenig verwirrt inmitten der Menge der sich schnell bewegenden Körper. Sie rechnet nicht damit, mich zu sehen, und geht einfach an mir vorbei, schwerfällig, als wäre ihr Rucksack mit Blei gefüllt.

Ich beeile mich und lege ihr eine Hand auf die Schulter, halte sie auf.

»Hallo Lexi«, sage ich. Meine Stimme klingt unnatürlich fröhlich.

Sie blickt mit sanften, traurigen Augen zu mir hoch, Augen, die mich an Ben erinnern. Viviens Augen hatten immer etwas Schelmisches, ja Hinterlistiges.

»Dein Papa hat mich gebeten, dich heute abzuholen«, sage ich.

Lexi zwinkert mit ihren fast blonden Wimpern. Ich strecke ihr die Hand hin. Sie zögert zwar im ersten Moment, aber dann ergreift sie sie doch. Ich hänge mir ihren Schulrucksack über die Schulter und gehe weiter, ich halte mit einem starren Lächeln im Gesicht ihre Hand. Ich stelle mir vor, dass jede meiner Bewegungen genau beobachtet wird, und versuche, mich nur auf ihre kleine Hand zu konzentrieren, die in meiner Hand warm wird. Ich frage sie nach ihrem Schultag; ich glaube, sie antwortet nicht. Ich führe sie über den Pausenhof und auf den Ausgang zu.

»Hast du Lust auf eine heiße Schokolade?«, frage ich. »Irgendwie ist heute ein Tag für eine heiße Schokolade, was meinst du? Mit Marshmallows obendrauf?«

Als ich hinunterblicke, sieht sie mich mit erwartungsvollen Augen an und lächelt ganz leicht. Ihr Lächeln ist zögerlich, das Lächeln eines Kindes, das seine Großmutter eher als gutmütige Fremde wahrnimmt denn als die Person, die jetzt am ehesten einer Mutter gleichkommt.

Ich frage mich, ob sie überhaupt etwas von der letzten Nacht in Erinnerung hat.

Wir haben es geschafft; wir befinden uns außerhalb des Schultors. Ich fühle mich besser, entspannter, weil mehr Entfernung zwischen uns und den anderen liegt. Trotzdem halte ich Lexis Hand so fest wie möglich, ohne ihr wehzutun.

Sie sitzt in ihrem Schulblazer und dem Faltenrock an meinem Esstisch und lässt die Beine, die in dicken Strumpfhosen stecken, vor- und zurückbaumeln. Vor und zurück. Vor und zurück.

Ich führe meinen besonderen Großmuttertrick vor. Mit einem Gemüsemesser schäle ich eine Orange in einer einzigen geschmeidigen Bewegung, sodass die Schale sich als lange Spirale ablöst. Lexi ist fasziniert, sie sieht mir wortlos zu. Als ich fertig bin, reiche ich ihr die Schale und dann einen wasserfesten Filzstift. Sehr sorgfältig und konzentriert malt sie Augen und eine gegabelte Zunge auf die Orangenschale. Mein Blick fällt dabei auf die winzigen Narben der Nadelstiche auf ihren Handrücken, Zeugnis der Zeit, die sie bei uns als Baby auf der Weissman-Station verbracht hat.

Wir haben zusammen eine Schlange gemacht.

»Meine Oma hat die immer so für mich zurechtgeschnitten«, sage ich.

»Hast du für Mami auch so eine gemacht?« Sie hält sie vorsichtig in beiden Händen.

»Ja«, sage ich.

Ich versuche mich zu erinnern. Ich habe das sicherlich getan, denn so schäle ich Orangen immer. Vivien und ich müssen an diesem Tisch gesessen haben, nebeneinander, genau wie Lexi und ich jetzt. Ich kann mir nur nicht vorstellen, wie meine Tochter als Achtjährige aussah.

Ich habe manchmal Erinnerungslücken, die ich nicht dem Alter zuschreibe, sondern eher der Ablenkung. Ich musste mich eigentlich immer zweiteilen, zwischen Arbeit und Zuhause; es war schwierig, sich nur auf eines zu konzentrieren. Wie jetzt, während ich mit Lexi zusammen bin, auf das Dasitzen und dabei voll und ganz anwesend zu sein.

Ihre Miene ist immer noch ernst. Lexi legt die Orangenschale vorsichtig auf den Tisch. Ihre Tasse mit der heißen Schokolade ist leer, von ihrem Inhalt zeugt nur noch ein leichter Schokoladenschnurrbart auf der Oberlippe. Ich beuge mich vor und wische den braunen Streifen sanft mit den Fingerspitzen ab.

Sie zappelt immer noch unter dem Tisch, jedes Mal wenn sie das Tischbein trifft, gibt es einen dumpfen Schlag. Sie ist unruhig, aber sie ist so schlau, dass sie mich nicht fragen wird, ob sie aufstehen darf, bis ich es ihr anbiete. Sie ist gefügig, als wäre das Feuer in ihr gelöscht worden. Vielleicht war sie aber auch schon immer so, ein ruhiges Mädchen.

Ich bin in höchster Alarmbereitschaft, ich suche nach Anzeichen dafür, dass irgendetwas anders ist, dass irgendetwas nicht stimmt. Bisher fällt mir nichts auf. Nur dass sie nicht mehr richtig lächelt, seit sie ihre Mutter verloren hat. Und sie spricht auch nicht viel.

»Möchtest du dir Fotos anschauen? Von deiner Mami, als sie ein kleines Mädchen war wie du?«

Lexi nickt.

Die Fotoalben stehen im untersten Fach meines Bücherregals. Es gibt ältere mit rotem Einband und Goldrand, und darin kleben Farbfotos mit Fotoecken auf Karton. Manche sind schon verblasst.

Lexi und ich setzen uns zusammen auf das Sofa. Sie zieht die Knie hoch und kuschelt sich an mich; sie drückt ihren Körper gegen meinen. Ich wähle ein nicht ganz so altes Steckalbum mit den Bildern von Vivien in ihren Ballettkostümen: im Unterricht, vor den Prüfungen, bei Auftritten, geschminkt für die Bühne. Das Bild, das Lexi am längsten betrachtet und das ihr am besten gefällt, zeigt Vivien als Maus verkleidet, mit rosa Ohren und einem langen Schwanz. Lexi fährt die Umrisse ihrer Mutter unter dem Plastik nach.

Es gibt auch mehrere Aufnahmen von Vivien im Ballettunterricht nach der Schule. Sie steht an der Barre in der städtischen Sporthalle. Vivien ist gestochen scharf, aber alles im Hintergrund, auch die anderen Mädchen, ist nur verschwommen zu erkennen. Vivien ist in mehreren Positionen aufgenommen, im Plié, im Jeté und bei Drehungen. Sie war unglaublich grazil, ein ganz schlankes Mädchen, und ernst, mit großen Augen und hohlen Wangen, der Kopf ein wenig zu groß für ihren kleinen Körper.

Ich weiß, dass ich diese Bilder nicht aufgenommen habe. Ich kann mich an diesen Unterricht nicht erinnern; ich erinnere mich an Viven als Maus kostümiert und in einem lila Gymnastikanzug als Zuckerfee, aber nicht so. Es muss Cleo gewesen sein, die ihre Freundin auf diese Weise würdigte.

Ich ziehe Lexi ein Stück näher heran. Ich fühle mich wohl mit dem Kind neben mir. Ich möchte sie fragen, ob sie leidet, aber ich finde keine Worte. Ich sage mir, dass sie sich erholen wird. Dass sie damit zurechtkommen wird. Dass ich da bin, auch wenn ihre Mutter weg ist. Ich streiche ihr über die Haare und denke mir, wie leicht es ist, sie liebzuhaben.

Als Isaac um sechs kommt, um sie abzuholen, knien wir beide neben dem Sofatisch auf dem Boden und malen mit Filzstiften. Lexi hat ein Haus gemalt – ein recht gewöhnliches Haus mit einem viereckigen Körper und einem dreieckigen Dach. Aber sie gibt sich sehr viel Mühe mit dem Garten, sie malt mehrere große rosa Blumen und dann noch eine schwarze Katze mit Schnurrhaaren. Meine Aufgabe besteht darin, die Blütenblätter der Blumen in einem helleren Rosa auszumalen. Lexi verleiht der Katze zwei große und überraschte grüne Augen. Bisher gibt es keine Menschen in ihrer Welt.

Als es klingelt, legt Lexi sofort den Stift weg und springt mit hoffnungsvoller Miene auf. Ich bin mir sicher, dass sie es vergessen hat und in diesem Moment glaubt, ihre Mutter kommt sie holen. Dann wird die flüchtige Hoffnung durch eine gewisse Leere ersetzt, als würde sie sich aus dieser Welt zurückziehen, in der sie mit der Tatsache konfrontiert wird, dass ihre Mutter nie mehr zurückkommt.

Als ich die Tür öffne, steht Isaac da, mit einem Strauß elfenbeinfarbener Rosen. Nach einem kurzen Zögern nehme ich die Blumen entgegen. Mit geschlossenen Augen atme ich tief den Duft der seidigen Blüten ein. Der feine Geruch macht mich entsetzlich traurig.

Ich lasse die Augen ein paar Sekunden geschlossen und rufe mir in Erinnerung, dass auf meiner Station ständig Babys sterben; ich bin keineswegs die einzige Mutter, die leidet. Dann sehe ich Isaac an. Er lächelt, und ich merke, wie mein Gesicht heiß und rot wird.

»Möchten Sie kurz hereinkommen?«, frage ich.

»Tut mir leid«, sagt er. »Ben erwartet uns zu Hause.«

»Lexi hat schon ein paar Nudeln gegessen«, sage ich. »Sie wird wahrscheinlich nicht mehr viel wollen.«

»Ich richte ihm das aus.«

Er wartet in der Tür zu meiner kleinen Küche, die Arme vor sich überkreuzt, wie er es immer tut, während ich etwas für die Blumen suche. Unter der Spüle finde ich eine alte grüne Glasvase und fülle sie mit warmem Wasser. Vorsichtig schneide ich das Papier und das Gummiband auf und arrangiere die Rosen. Als ich fertig bin, drehe ich mich mit den Blumen in der Hand um.

»Worum ging es bei der polizeilichen Befragung?« Ich spreche leise.

Im Wohnzimmer fallen Filzstifte klappernd auf den Holzboden.

»Wir sprechen später«, sagt Isaac.

Er dreht sich um, zur Glastür, durch die wir Lexis Silhouette sehen. Sie kniet neben dem Sofatisch.

Isaac geht zur Seite, um mich vorbeizulassen, dann folgt er mir durch den Flur. Lexi blickt kaum auf, als wir das Zimmer betreten. Sie ist über das Blatt Papier gebeugt, zieht konzentriert die Augenbrauen hoch und beißt sich auf die Oberlippe, während sie die Blumen in ihrem Garten vollendet. Sie hat jedes der rosa Blütenblätter leuchtend blau umrandet.

»Was für ein schönes Bild«, sage ich.

Sie nickt, ernst wie immer.

Ich stelle die Blumen in die Mitte des Esszimmertischs, wo sie sehr schön aussehen.

»Lexi«, sage ich, »es ist Zeit, nach Hause zu gehen.«

Bevor sie aufsteht, steckt sie sorgfältig die Kappe auf den Filzstift. Wieder finde ich es beunruhigend, wie gehorsam sie ist. Vivien war immer so aufsässig, immer bereit zu einer Auseinandersetzung. Daran erinnere ich mich.

»Möchtest du deine Zeichnung mit nach Hause nehmen?«, frage ich sie.

»Du darfst sie behalten«, sagt Lexi. Sie lässt sie auf dem niedrigen Tisch liegen.

Sie wehrt sich nicht, als ich ihr helfe, in der Diele in ihren grauen Mantel und die Schulschuhe zu schlüpfen. Unsere Orangenschalenschlange stecke ich in eine Plastiktüte und reiche sie ihr.

»Legst du sie auf die Heizung in deinem Zimmer, wenn du nach Hause kommst?«, frage ich.

»Warum?«

»Weil dein Zimmer dann nach Orangen duftet und du daran erinnert wirst, wie lieb ich dich habe.«

»Okay.« Lexi schenkt mir ein kleines und schüchternes Lächeln, das allerdings so flüchtig ist, dass ich es mir auch eingebildet haben könnte.

Isaac macht ein mitleidiges Gesicht. Er legt ihr den Arm um die Schultern und führt sie durch die offen stehende Wohnungstür hinaus in das muffig riechende Treppenhaus.

»Bis bald«, sage ich. Ich versuche, möglichst ungezwungen zu klingen, als ich mich bücke, um Lexi auf ihre kühle Wange zu küssen. Ich drücke sie, meine geschlossenen Augen berühren ihre wirren Locken. Sie riecht nach Schokolade. Meine Augen brennen, aber ich weine nicht. Lexi hat schon genug zu bewältigen.

Ich winke und lächle, als sich die Aufzugtüren öffnen, aber sie dreht sich nicht um. Es ist schwer zu sagen, ob es ihr etwas ausmacht, von mir weggehen zu müssen, oder nicht. Ich fürchte, in Wahrheit macht es ihr nichts aus.

Kapitel 12

Gegen neun Uhr an diesem Abend, als ich sicher sein kann, dass Ben Lexi schon ins Bett gebracht haben wird, komme ich in der Blackthorn Road an. Ich habe gebratenes Hühnchen dabei, aus einem Deli an der Hauptstraße, von dem Vivien sich häufig etwas liefern ließ. Hinter der Theke steht immer eine ältere Griechin, die stets von Kopf bis Fuß in Schwarz gekleidet ist. Heute konnte ich ihren mürrischen Gesichtsausdruck nachempfinden.

Die Zufahrt ist hell erleuchtet. Die zwei identischen Range Rover mit ihren BKAYE- und VKAYE-Nummernschildern parken nebeneinander. Im Souterrain und im Erdgeschoss brennt Licht, aber im ersten und zweiten Stock des Hauses ist es ganz dunkel. Hoffentlich kann Lexi heute Nacht friedlich schlafen. Hoffentlich hat Ben noch nicht so viel Whisky getrunken.

Mit dem Ellbogen drücke ich auf die Klingel, während ich das Essen auf dem Arm balanciere. Ich überlege, was ich zu Ben sagen werde. Ich könnte sagen, ich wollte etwas vorbeibringen, damit er auch anständig isst. Ich könnte sagen, ich wollte nachsehen, wie es Lexi geht, wie sie auf den Besuch in meiner Wohnung reagiert hat.

Und wenn die Atmosphäre zwischen uns dann immer noch herzlich ist, werde ich Ben nach dem Besuch der Polizei fragen.

Ich warte. Ich blicke in das runde Glasauge der Kamera. Das saftige, pikante Hühnchen unter der Alufolie schwimmt in Öl. Der Geruch wird jede Minute stärker.

Als die Haustür aufgeht, steht eine Frau oben an der Treppe, eine dunkle Silhouette vor den hellen Lampen in der Diele. Mir bleibt das Herz stehen, dann hämmert es mir wie wild gegen die Rippen. Eine Welle der Freude überkommt mich, die jedem vernünftigen Gedanken trotzt. *Meine Tochter ist am Leben.*

Doch als sie sich dann bewegt, sehe ich, dass es gar nicht Vivien ist. Ihr Gang ist nicht so anmutig, als sie die paar Stufen hinuntersteigt und auf mich zukommt. Vivien hat ihre Ballerinahaltung nie abgelegt, sie ging stets mit gerecktem Hals und gehobenem Kinn. Die Schultern dieser Frau sind ein wenig rundlich, und ihre Schritte sind schwerer als die meiner Tochter.

Mein Herz rast immer noch, so sehr hat mich die Hoffnung gepackt.

Natürlich ist es Cleo. Sie hätte von der Haustür aus das Tor öffnen können, doch stattdessen kommt sie nervtötend langsam zu mir herunter, bis wir uns auf beiden Seiten des verschlossenen Tors gegenüberstehen.

Sie wirkt überrascht, mich zu sehen. »Rose«, sagt sie, »was machst du denn hier?«

»Der Öffner für das Tor ist drinnen gleich neben der Haustür.« Ich balanciere den Behälter mit dem Hühnchen auf einem Arm und zeige hoch zum Haus und der offenen Tür hinter ihr.

»Das ist jetzt wirklich kein guter Zeitpunkt«, sagt Cleo. »Lexi hatte schon wieder einen Albtraum, und Ben ist oben und versucht, sie zu beruhigen.«

»Mach das Tor auf. Ich muss zu ihr.«

Cleo rührt sich nicht. Ich könnte schwören, ich rieche ihr Parfüm. Den süßlichen Duft von Gardenien.

»Cleo, würdest du bitte das Tor öffnen. Auf der Stelle.«

Sie dreht sich zu der geöffneten Haustür um, dann geht sie einen Schritt zurück.

»Cleo, geht es Ben gut? Hat er getrunken?«

Ich frage mich, ob Ben wohl weiß, dass ich vor dem Haus stehe. Ich frage mich, ob er Cleo gebeten hat, mich zurückzuweisen. Ich frage mich, was genau die Polizei ihm an diesem Nachmittag zu sagen hatte.

Ich bin verunsichert, weil ich ausgesperrt, weil ich von Lexi ferngehalten werde. Ich lasse das Paket mit dem Hühnchen auf den Gehsteig fallen und packe die kalten Metallstäbe.

Cleo hat mir den Rücken zugewandt; sie ist schon zur Hälfte die Treppe hinauf. Ich strecke den Arm aus und schlage auf die Klingel. Immer wieder haue ich auf den Knopf.

Sie bleibt stehen und wendet den Kopf. »Hör auf!«, sagt sie. »Lexi konnte wirklich kaum einschlafen. Bitte, Rose.«

Mir brennen die Handflächen von den eiskalten Stäben. Ich rüttle an ihnen, obwohl ich weiß, dass sie nicht nachgeben. Cleo kommt wieder herunter und stellt sich ganz dicht vor mich.

»Rose«, sagt sie, »es ist besser, wenn du anrufst, bevor du vorbeikommst.« Sie lächelt herablassend, und das macht mich wütend. Ich bin machtlos.

»Geh nach Hause, Rose.« Sie spricht ganz ruhig. Sanft sogar. Dann wendet sie mir wieder den Rücken zu, und ich sehe ihr nach, wie sie die flachen Stufen hinaufsteigt, durch die Tür tritt und sie hinter sich zumacht.

Rasend vor Wut bücke ich mich und hebe die Aluschale auf.

Der Deckel ist abgegangen, und das Öl tropft auf den Beton. Mir wird schlecht von dem Geruch.

Auf der Suche nach einem Mülleimer bemerke ich eine Bewegung im Innern des Hauses. Rechts unten, in der Küche im Souterrain, sind die Jalousien leicht schräggestellt. Ein Mann geht durch den Raum. Ich erkenne Ben, seine Figur und die entschlossene Haltung seiner Schultern.

Ich kehre in meine Wohnung zurück, erschöpft und besiegt. Ich wurde aus Viviens Haus und aus Lexis Leben verbannt. Ich darf nicht so auf meine Enkeltochter aufpassen, wie es mich drängt. Ich bin wütend und verzweifelt, aber ich weiß nicht, was ich machen soll.

Schmerz trifft mich hinter dem rechten Auge, es ist, als würde man mir einen Amboss gegen die Schläfe rammen. In der Küche hole ich mir Kodeintabletten. Ich spüle sie mit Wasser hinunter.

Der Schmerz in der rechten Seite meines Schädels lässt mich nicht los, und mir wird übel. Ich gehe durch den Korridor, stütze mich an den getüpfelten Wänden ab und schaffe es geradeso ins Bad. Ich drücke mich in die geflieste Ecke, den kleinen Zwischenraum zwischen dem Waschbecken und der Toilette, während ich darauf warte, dass die Schmerzmittel wirken. Ich umfasse meinen Kopf mit beiden Händen, krümme meine Finger wie Klauen.

Ich ziehe mich nach vorn, halte mich an dem weißen Porzellanrand der Toilettenschüssel fest und würge. In Wellen kommt mir immer wieder bittere gelbe Galle hoch. Ich hoffe nur, dass ich etwas von dem Kodein bei mir behalten habe.

Mein Handy, das auf dem Rand der Badewanne liegt, vibriert. Ich greife nicht danach.

Ich steige die Treppe in der Blackthorn Road 36 hinunter.

Vivien steht unten und blickt zu mir hoch. Ihre Haare sind sauber und glänzen, sie ist gerade vom Friseur zurückgekommen. Sie sieht schön aus, in einer maßgeschneiderten Bluse und engen Jeans. Sie ist gut ausgeruht.

Ich war die ganze Nacht wach. Ich habe Lexi die Nacht über gefüttert. Früh am Morgen habe ich die leeren Flaschen in Lexis Zimmer eingesammelt und sie in die Küche gebracht, um sie zu sterilisieren.

Und statt wieder ins Bett zu gehen, habe ich meinen Koffer gepackt.

Ich bin an der untersten Stufe angelangt und setze den Koffer auf den Fliesen ab.

»Es ist Zeit für mich zu gehen«, sage ich.

Vivien schweigt einen Augenblick lang verwirrt. Dann tritt sie vor und umarmt mich. Ihre Haare riechen so frisch, so gut. Ich stehe steif wie ein Brett da, dann schiebe ich sie weg.

»Es ist wirklich Zeit«, sage ich. »Lexi ist jetzt größer, sie braucht keinen Sauerstoff mehr, und ich muss wieder arbeiten gehen. Sie wollen meine Stelle nicht länger freihalten.«

»Du musst nicht arbeiten«, sagt Vivien. »Du musst nie wieder arbeiten.«

»Doch.«

Sie zittert. »Lass mich das noch einmal klarstellen«, sagt sie. »Wir haben alles Geld der Welt, so viel, dass wir gar nicht wissen, was wir damit anfangen sollen, und du entscheidest dich dafür, in deiner widerlichen Wohnung zu bleiben und wieder arbeiten zu gehen, wo du dich um die kranken Kinder anderer Leute kümmerst, statt mir dabei zu helfen, dein eigenes Enkelkind zu versorgen?«

»Es geht ihr gut, Viv. Sie ist ein vollkommenes kleines Mädchen. Du brauchst mich nicht.«

»Ich kann das nicht«, sagt sie.

»Doch. Du bist ihre Mutter.«

»Ich bin nicht ihre Mutter.«

»Das möchte ich nie wieder hören.«

Ich sage mir, dass sie Angst hat, das ist alles, deshalb sagt sie so etwas.

»Lass mich nicht allein.« Tränen treten ihr in die Augen und laufen ihr über die Wangen.

Ich blicke an ihr vorbei, nicht in ihre Augen. Ich nehme meinen Koffer und gehe über den im Schachbrettmuster gefliesten Boden geradewegs auf die Haustür zu.

Ich merke, wie ich ruhiger werde, als die Wirkung des Kodeins einsetzt und meine Schmerzen lindert. Ich lange nach meinem Telefon. Ich habe eine SMS von Wendy bekommen, die meine morgige Schicht bestätigt. Und eine Sprachnachricht, von Isaac. Er möchte vorbeikommen. Er muss mit mir reden.

Der Klang seiner Stimme beruhigt mich. Ich will heute Abend nicht allein sein. Ich muss mit jemandem darüber reden, was passiert ist, und ich brauche seinen Rat. Ich brauche einen Verbündeten.

Kapitel 13

Isaac schlüpft aus seinem Regenmantel. Ich hänge ihn an die Garderobe neben der Wohnungstür. Offenbar regnet es wieder, sein Mantel ist patschnass. Darunter trägt er ein weißes Hemd und schwarze Jeans. Die Ärmel hat er bis zu den Ellbogen hochgekrempelt.

Er folgt mir durch das Wohnzimmer, wo zwei Flaschen kaltes Bier auf dem Sofatisch stehen. Es ist Peroni, die gleiche Marke, die wir bei dem Italiener getrunken haben; ich habe sie am Tag danach im Supermarkt entdeckt.

Isaac hält mein Glas schräg, als er einschenkt. Ich sitze neben ihm auf dem Sofa, die Beine untergeschlagen. Meine Haare sind noch feucht von der Dusche, und die Kopfschmerzen sind weg. Das Kodein macht meinen Körper leicht und schwerelos, und neben Isaac, mit einem Glas Peroni in der Hand, habe ich das Gefühl, ich verstecke mich vor der schwarzen Schuld, die mich Tag und Nacht quält.

»Ich war vorhin drüben in der Blackthorn Road«, sage ich. »Cleo war an der Tür und hat sich geweigert, mich hineinzulassen. Ich habe immer gedacht, sie wäre furchtsam wie eine Maus, aber offensichtlich habe ich mich getäuscht.«

Isaac zieht die Augenbrauen hoch, äußert sich aber noch nicht dazu.

»Isaac, übernachtet sie bei ihm?«

»Das glaube ich nicht. Ich bin normalerweise um sechs Uhr

dort, und da ist nichts von ihr zu sehen. Aber ganz sicher kann ich es nicht sagen. Ich räume ein bisschen auf«, sagt er, »um Ben zu helfen, und meistens stehen morgens zwei Gläser im Wohnzimmer.«

»Cleo hat ein paar merkwürdige Dinge gesagt«, erzähle ich. »Sie hat davon geredet, dass sie Bilder von Vivien und Ben im Internet gesucht hat.«

Wir sind uns gegenüber, ganz nah. Ich will gar nicht daran denken, wie mitgenommen ich aussehe. Ich weiß, dass Viviens Tod sich in die Linien meines Gesichts eingegraben hat.

»Ich habe Angst um Lexi. Verstehst du das, Isaac? Ich bin jetzt verantwortlich für sie. Sie hat niemanden, der ihr mehr eine Mutter sein kann als ich. Es macht mich wütend, dass Cleo glaubt, sie hätte das Recht, mich von meiner Enkeltochter fernzuhalten.«

Isaac streckt den Arm aus. Er legt die Hand über meine, die zwischen uns auf dem Sofa ruht. Ich blicke hinunter, es ist ein merkwürdiges Gefühl, als würden diese beiden wettergegerbten Hände anderen Menschen gehören.

»Ich muss mit Ben reden«, sage ich. »Ich frage ihn nach diesem verdammten Streit. Ich will wissen, warum er Vivien allein gelassen hat. Und dann frage ich ihn, was genau zwischen ihm und Cleo ist. Ich werde ihm sagen, dass ich ihr nicht traue.«

Isaac räuspert sich. »Genau deswegen wollte ich dich sehen«, sagt er. »Ich finde, du solltest wissen, worüber Ben und die Polizei heute Nachmittag gesprochen haben.«

Er drückt meine Hand.

»Wusstest du, dass Ben eine Eigentumswohnung in Bermondsey besitzt?«, fragt er. »Eine Wohnung in einer Anlage namens Cinnamon Wharf.«

»Ich kenne die Wohnung. Aber mir war nicht klar, dass er sie noch hat. Dort haben Vivien und er zusammengewohnt, bevor sie geheiratet haben.«

»Und wusstest du, dass die derzeitige Bewohnerin der Immobilie eine gewisse Cleo Baker ist?«

Ich weiche zurück und setze die Füße auf den Boden. »Ich hatte keine Ahnung, dass Cleo noch dort wohnt.«

»Aber du wusstest, dass die drei zusammen in Cinnamon Wharf gewohnt haben? Ben, Vivien und Cleo?« Isaac klingt ungläubig. Mich kribbelt es überall.

»Ja. Eine kurze Zeit waren sie alle zusammen dort. Vielleicht ein paar Wochen. Aber das war vor Jahren. Wahrscheinlich hört sich das ziemlich kurios an.«

»Allerdings.«

»Cleo und Ben waren ein Paar, bevor Vivien und er zusammenkamen. Ich glaube, Vivien hat gefragt, ob sie eine Weile bei ihnen wohnen darf, sie hatte eine schlimme Trennung hinter sich. Und ich nehme an, Ben und sie fühlten sich zueinander hingezogen. Cleo wurde hinausgeworfen.«

»Es überrascht dich also«, sagt Isaac, »wenn ich dir erzähle, dass Cleo Baker weiterhin in dieser Wohnung lebt, ohne Miete zu zahlen?«

»Ja«, antworte ich. »Das überrascht mich.« Ich trinke einen Schluck Bier. Isaac auch.

»Ben ist offensichtlich ein wohlhabender Mann«, sagt Isaac, »aber ich frage mich doch, warum er über Jahre hinweg eine Exfreundin unterstützt.«

Ich blicke hinunter. Die Adern meiner Hand treten hervor, und dort, wo ich mir die Fingernägel in die Haut bohre, habe ich blaue Flecken.

»Willst du damit sagen, du glaubst, sie haben eine Affäre?«

»Ich will damit sagen, du solltest vielleicht eine Weile warten, bis du mit Ben sprichst«, sagt Isaac. »Seine Loyalität gegenüber Cleo sitzt vielleicht tiefer als gedacht.«

Ich greife nach meiner Bierflasche und leere sie zur Hälfte. Isaac beugt sich vor, er ist mir ganz nah. Meine Hand ruht auf meinem Oberschenkel, und er fährt mit den Fingerspitzen über die halbmondförmigen Blutergüsse.

»Was ist denn mit dir passiert?«, fragt er.

»Nichts.«

Isaac ist so klug, nicht noch einmal zu fragen.

»Hat Ben dir erzählt, dass ich einmal bei ihnen im Haus in der Blackthorn Road gewohnt habe?«

Er schüttelt den Kopf. »Nein.«

»Lexi ist durch künstliche Befruchtung gezeugt worden, es waren Zwillinge, aber nur sie hat die katastrophale Schwangerschaft überlebt. Allerdings wurde sie sehr früh geboren und war drei Monate auf der Weissman-Station. Als sie entlassen wurde, bekam sie immer noch Sauerstoff, und Ben und Vivien waren sehr ängstlich im Umgang mit ihr. Sie brauchten viel Unterstützung. Deshalb habe ich mich beurlauben lassen und bin sechs Wochen bei ihnen eingezogen.«

Ich schlage mir die Hände vor die Augen, als ich daran zurückdenke. Ich sehe mich hinausgehen, über die schwarz-weißen Fliesen. Ich hätte sie niemals allein lassen dürfen.

Eine Weile sitzen wir schweigend da. Isaac hat die Hände wieder um die Bierflasche gelegt.

Ich drehe mich zu ihm. »Du warst derjenige, der sie gefunden hat?«, frage ich.

Ich hatte nicht vor, das zu sagen, aber nun tue ich es doch. Er wirkt nicht überrascht von meiner Frage. Ich glaube, er hat darauf gewartet, dass ich sie stelle.

»Ja«, sagt er. Er sieht mich voller Mitgefühl und Trauer an, und ich denke bei mir, dass er sich womöglich gleich schon wieder entschuldigt und dass ich schreie, wenn er es tut. Aber er macht es nicht.

»Ich habe alles versucht«, sagt er. »Herzdruckmassage. Mund-zu-Mund-Beatmung. Ich konnte nichts mehr für sie tun.«

»Ich verstehe.«

»Sie sah so klein aus, wie ein Kind.«

»Es hätte ihr nicht gefallen, so wahrgenommen zu werden. Sie war nicht gern verletzlich.«

»Ich habe sie mit einer Decke von ihrem Bett zugedeckt«, sagt er. »Ich hätte wohl nichts anfassen sollen, aber ich musste sie zudecken. Ich habe ihr ein Kissen unter den Kopf geschoben, als wäre sie eingeschlafen. Ich konnte sie einfach nicht auf dem kalten Boden liegen lassen. Ich bin bei ihr geblieben, bis der Rettungswagen kam. Ich habe sie nicht allein gelassen.«

Ich habe Tränen in den Augen, aber sie fließen nicht.

»Ich habe eine Menge Tote in meinem Leben gesehen«, sage ich. »Ich bade die Babys und ziehe sie an und dann reiche ich sie den Eltern, damit sie sie noch ein letztes Mal in den Armen halten können. Sie sind klein und friedvoll. Nicht wie meine Tochter.«

Es schaudert mich, und ich atme tief ein. »Ich verstehe nicht, wie Ben in diesem Haus leben kann. Ich verstehe nicht, wie er einen Fuß in dieses Badezimmer setzen kann.«

Isaac umschließt meine Hand mit beiden Händen. Seine Haut ist ganz warm.

»Dieses Haus ist ihr Zuhause«, sagt er. »Die Kleine kennt nichts anderes als dieses Haus. Ihre Mutter ist in diesem Haus.«

Das Pochen in meinem Kopf hat sich gelegt. Mir bleiben

noch ein paar wertvolle Stunden, bevor ich morgen aufwache und alles wieder hochkommt. Ich denke in jedem wachen Moment an Vivien und Lexi. Vielleicht habe sogar ich ein paar Momente des Friedens verdient. Ich spüre den Druck seines Daumens durch den Stoff meiner Jeans, am Oberschenkel. Ich lehne mich an ihn.

»Bleibst du heute Nacht?«, frage ich ihn. »Ich mag nicht allein sein.«

Er fühlt sich so kräftig an, so überwältigend, als er mich in den Armen hält, und ich fühle mich lebendig und gleichzeitig schuldig.

Kapitel 14

Ich werde von mehreren lauten Schlägen geweckt. Dreimal klopft es aggressiv. Jemand hämmert gegen meine Wohnungstür.

Ich drehe mich auf den Rücken und öffne die Augen. In meinem Zimmer ist es dunkel, ich habe lichtdichte Verdunkelungsgardinen, damit ich tagsüber schlafen kann, wenn ich Nachtschicht habe.

Ich strecke die rechte Hand aus und spüre die leere Stelle neben mir. Isaac ist heute Morgen früh aufgebrochen, während ich noch ganz schläfrig war. Ich hebe den Kopf, um auf die Uhr zu sehen, alles ist noch etwas unscharf. Es ist Vormittag.

Ich lege den Kopf auf das Kissen, wo er geschlafen hat, wo ich ihn noch riechen kann.

Wieder schlägt jemand gegen die Tür.

Ich stehe langsam auf und gehe mit schweren Gliedern zur Wohnungstür, wo ich meinen Mantel vom Haken nehme und ihn über das Nachthemd ziehe. Ich blicke durch das Guckloch, löse die Kette und öffne die Tür zu dem vertrauten, strengen Geruch des Treppenhauses.

DS Cole steht vor mir, aber diesmal ist sie nicht allein. Ein großer, dünner Mann lauert hinter ihr. Ich kann wieder scharf sehen. Er ist älter als sie, Anfang vierzig ungefähr. Mit seiner hohen Stirn, den stechenden blauen Augen und der klassischen Nase wirkt er penetrant und rücksichtslos.

»DS Cole«, sage ich. »Das ist aber eine Überraschung.«

»Ich muss mich entschuldigen. Ich habe zuvor versucht, Sie anzurufen, aber Ihr Handy war wohl ausgeschaltet.«

»Ich wollte gerade zur Arbeit.«

DS Cole betrachtet meinen hastig angezogenen Mantel und meine bloßen Füße. Sie sieht nicht überzeugt aus.

Der Mann hinter ihr stellt sich als DI Hawkins vor. Während er mit mir spricht, behält er die Hände in den Taschen, was ich irgendwie respektlos finde. Sein Blick huscht über meine Schulter hinweg in den Flur. Ich bleibe stur stehen, eine Hand auf dem Türgriff, die andere am Türrahmen, und ich bitte sie nicht herein.

»Wir stören Sie nicht lange«, sagt DS Cole. »Aber wir haben Ergebnisse aus der Toxikologie bekommen und wollten mit Ihnen darüber reden.«

Sie rückt ihre Segeltuchtasche zurecht, richtet den Riemen, damit sie ihr angenehmer quer über die Brust hängt. Heute trägt sie einen grauen Maßanzug, und ihre Haare sind frisch blondiert. Der dunkle Ansatz, der mir im Krankenhaus aufgefallen war, ist verschwunden.

DI Hawkins zieht die Hände aus den Taschen und verschränkt die Arme. Ich bleibe weiter in der Tür stehen, wie erstarrt. Auf der anderen Seite des Treppenabsatzes schnüffeln die beiden Spitze an dem Spalt zwischen Boden und Tür.

»Es wurde eine erstaunliche Menge Amphetamine im Körper Ihrer Tochter nachgewiesen«, sagt DS Cole.

»Amphetamine?«

»Wir glauben, dass Vivien vor ihrem Tod Diätpillen genommen hat«, sagt sie.

DI Hawkins sieht mich an, erwartet, dass ich etwas sage. Ich stelle mir vor, wie er sich hinkniet und Steine umdreht. Alle möglichen hässlichen Insekten kommen darunter hervorgekrochen. Ich mag ihn nicht.

»Wussten Sie, dass Vivien diese Tabletten nahm?«, fragt DS Cole.

»Nein. Vivien hat immer sehr auf ihr Gewicht geachtet, aber sie hat sich bewusst ernährt. Ich hatte keine Ahnung, dass sie Appetitzügler nimmt.«

Ich huste. Der Kloß in meinem Hals ist wieder da.

DI Hawkins sagt zum ersten Mal etwas, seine Stimme ist rau und zu laut. »Wir haben die Kartei von Viviens Allgemeinärztin angesehen, und dort gibt es keinen Hinweis auf ein solches Rezept. Ihre Ärztin hatte nicht die geringste Ahnung, dass sie diese Tabletten nahm.«

»Ich verstehe.« Ich klinge kalt und distanziert.

»Halten Sie das für beunruhigend?«, fragt DI Hawkins. Er klingt ungeduldig, verärgert über mich. Offenbar ist die Abneigung gegenseitig.

»Natürlich bin ich besorgt. Ich bin schockiert. Ich versuche, das alles zu verdauen. Wollen Sie damit sagen, dass diese Tabletten mit ihrem Tod in Verbindung stehen?«

»Ja«, sagt er.

Sein Tonfall hat etwas, das ich nicht mag. Etwas Anschuldigendes. DS Cole ist unruhig. Sie zieht wieder ihre Tasche zurecht und fährt sich durch ihre wasserstoffblonden Haare. Ich will glauben, dass es ihr nicht gefällt, wie DI Hawkins mit mir spricht, dass sie auf meiner Seite ist.

Ich weiß nicht, warum sie zu mir nach Hause gekommen sind oder was sie suchen. Ich habe das Gefühl, als würde ich eine Prüfung machen, auf die ich mich nicht vorbereitet habe. DI Hawkins starrt mich mit seinen raffinierten Augen an.

»Sie sind im medizinischen Bereich tätig«, sagt er.

»Ich bin Krankenschwester.«

»Oberschwester.«

»Ja.«

»Und Sie arbeiten in einem großen Krankenhaus?«

»Ja. Auf einer Neugeborenenstation.«

»Als Mitarbeiterin in einer leitenden Funktion haben Sie doch Zugang zu allen möglichen Betäubungsmitteln?«

Ich lache. Ein nervöses Lachen. Ein ungläubiges. »Das ist doch lächerlich.«

»Haben Sie Ihrer Tochter jemals Schlankheitspillen besorgt?«, fragt DI Hawkins.

DS Cole sieht definitiv so aus, als ob ihr unbehaglich zumute wäre. Sie lächelt mich an, ein Versuch, mich zu beruhigen, aber ihr Gesichtsausdruck verstärkt nur das Gefühl drohenden Unheils.

»Natürlich habe ich meiner Tochter keine Medikamente besorgt.«

Ein hohes Kläffen erklingt im Flur der Nachbarwohnung. Ich bin mir sicher, dass Mrs Shenkar gleich den Kopf durch die Tür steckt, um zu überprüfen, was da vor sich geht. Dann hört das Bellen abrupt auf. Ich stelle sie mir in ihrem Mu'umu'u vor, wie sie sich bückt, ihre zwei flauschigen Hunde aufhebt und sie zu ihrem Frühstück trägt.

Die beiden Polizisten rühren sich nicht von meiner Wohnungstür weg.

»Sagen Sie, werfen Sie mir eigentlich irgendetwas vor?«

»Wir versuchen, Viviens Gemütsverfassung zu verstehen, als sie starb«, sagt DS Cole. »Sie hat keinen Brief hinterlassen. Niemand, der Kontakt zu ihr hatte, hat Stimmungsveränderungen festgestellt. Sie hat nicht von Selbstmordgedanken gesprochen oder dass sie vorhätte, sich selbst zu verletzen. Aber jetzt wissen wir, dass sie vor ihrem Tod Medikamente genommen hat. Deshalb ist es wichtig, dass wir erfahren, woher sie diese Mittel hatte.«

Ich höre mich selbst ausatmen. Die beiden beobachten mich.

»Und nicht nur das«, sagt DI Hawkins, »es war keine Spur von einer leeren Packung im Haus.«

»Es tut mir leid, da kann ich Ihnen nicht helfen«, sage ich.

»Danke«, sagt DS Cole. »Es tut mir leid, wenn wir Sie aufgehalten haben.«

Sie lächelt mich wieder an, aber DI Hawkins bleibt mürrisch. »Wissen Sie«, sagt er, »normalerweise stellen uns die Verwandten von Verstorbenen viele Fragen. Normalerweise wollen sie unbedingt sämtliche Einzelheiten erfahren, um jedes bisschen Information, das wir haben könnten, aus uns herauszukitzeln.«

Ich sehe eine Millisekunde lang Verärgerung in DS Coles Miene, als sie ihren Kollegen ansieht.

»Na ja«, sage ich, »meiner Erfahrung nach trauern alle Familien unterschiedlich. Ich möchte nur ungern Ihre Ressourcen verschwenden, und ich weiß, es ist sinnlos, Fragen zu stellen, wenn Sie noch nicht die Zeit hatten, die Antworten darauf zu finden. Ich bin mir sicher, Sie teilen es mir mit, wenn Sie etwas Konkretes zu berichten haben.«

Ich lasse mich nicht ködern. Wenn er mir irgendetwas vorwerfen will, muss er schon deutlicher werden.

»Ja, das teilen wir Ihnen ganz sicher mit«, sagt DI Hawkins ziemlich beißend.

DS Cole berührt mich am Arm, nur einen ganz kurzen Augenblick lang. »Sie können mich jederzeit kontaktieren, wenn

Sie mich irgendetwas fragen oder mir etwas erzählen wollen. Bitte haben Sie keine Hemmungen.«

Ich trete zurück und schiebe die Tür vor ihnen zu. Dann lehne ich mich dagegen und schließe die Augen.

Kapitel 15

Ich komme vor dem Beginn meiner Schicht an. Statt hinauf in die Weissman-Station zu gehen, laufe ich außen um das Gebäude herum bis zum Eingang des Flügels mit Privatpraxen. Mit dem Aufzug fahre ich in den dritten Stock, in die Räumlichkeiten von Mrs Murad.

Ihr Empfangsbereich ähnelt der vornehmen Lobby eines Luxushotels. Es gibt ein seidenes Louis-XV-Sofa, salbeigrüne Vorhänge und einen salbeigrünen Teppich mit kleinen weißen Rauten. Diese Räume stellen den größtmöglichen Gegensatz zur Weissman-Station dar, mit ihrem Empfangstresen aus abgeschlagenem Resopal und den blauen Linoleumböden.

Ich erkläre der Rezeptionistin, dass mir Mrs Murad mehrere Nachrichten hinterlassen hat, und frage, ob sie vielleicht zwischen zwei Patienten ein paar Minuten für mich erübrigen könnte. Die junge Frau, mit einer Brille, die zu groß für ihr Gesicht ist, sieht mich mitleidig an, ein Blick, mit dem ich mittlerweile nur allzu vertraut bin. Ein Blick, den ich selbst vielen anderen trauernden Eltern geschenkt habe. Sie bietet mir eine Tasse Tee an, die ich ablehne, und erklärt mir, dass es durchaus sein könnte, dass ich länger warten muss. Ich setze mich mit geradem Rücken auf das Sofa.

Ich fahre mir durch die Haare, stecke mir lose Strähnen hinter die Ohren. Ich hoffe, ich sehe einigermaßen passabel aus und nicht, als würde ich unter der Last aus Schuld und Trauer zusammenbrechen. Ich verstecke mich unter einem Schutzpanzer, den ich mir in den vielen Jahren zugelegt habe, in denen ich auf mich allein gestellt war. Vielleicht sehe ich sogar fast normal aus.

Schließlich muss ich doch nicht lange warten. Ein Paar kommt aus ihrem Sprechzimmer, eine Frau mit dem schwerfälligen Gang der späten Schwangerschaft, und ihr Mann, der ihr die Hand auf den Rücken gelegt hat. Kurz darauf erscheint Mrs Murad persönlich in der Tür zu ihrem Sprechzimmer. Sie ist eine zierliche Frau, trägt ein schwarzes Kostüm, und ihre Haare sind fast ganz silbergrau, wie meine.

Sie führt mich hinein und zeigt auf einen Lehnsessel, während sie die Tür schließt. Genau wie ihr Wartezimmer ist auch ihr Sprechzimmer mit Polstern und Textilien und dicken Vorhängen ausgestattet. Sie setzt sich mir gegenüber hinter einen großen Schreibtisch. Vor ihr steht ein hauchdünner Laptop.

»Es tut mir sehr leid, was mit Vivien passiert ist. Ich wollte Ihnen das gern persönlich sagen.«

Die Sekunden vergehen. Ich blicke hinab auf meine unruhigen Hände, drücke die Fingernägel in meine weiche Haut.

»Danke. Entschuldigen Sie, dass ich nicht früher zurückgerufen habe.«

»Ich dachte, Sie würden vielleicht gern mit mir sprechen«, sagt sie. »Ich dachte, Sie hätten vielleicht Fragen.«

»War die Polizei bei Ihnen?«

»Ja.«

»Sie wollen nachvollziehen, in welcher Gemütsverfassung sie war, bevor …« Ich räuspere mich, als mir die Stimme versagt.

Mrs Murad nickt.

»Sie haben Vivien mehrere Jahre behandelt«, sage ich. »Sie müssen sie sehr gut gekannt haben.«

»Fast zehn Jahre, immer wieder.«

»Ich habe mich oft gefragt, warum Sie mich am Tag ihres Todes angerufen haben. Als sie ihren Termin versäumt hat, meine ich. Denn es kommt doch sicherlich öfter vor, dass Leute ihren Termin versäumen. Ich vermute, dass irgendetwas Sie beunruhigt hat.«

»Ja, da haben Sie recht«, sagt sie. »Ich weiß nicht, ob Vivien es Ihnen erzählt hat, aber wir hatten vor ein paar Wochen einen sehr schwierigen Termin. Sie war unzufrieden und böse auf mich, als sie meine Praxis verlassen hat, weil ich ihr davon abgeraten habe, sich noch einmal einer Behandlung zur künstlichen Befruchtung zu unterziehen. Als sie dann ihren nächsten Termin versäumt hat, war ich wahrscheinlich besorgter, als ich es normalerweise gewesen wäre, weil sie beim letzten Beratungsgespräch so verzweifelt war.«

Ich kenne Mrs Murad seit mehreren Jahren, und ich weiß, dass sie ein wenig unwirsch gegenüber ihren Patientinnen sein kann, etwas direkt. Sie ist nicht gerade für ihren schonenden Umgang mit Patientinnen bekannt. Aber sie leistet eine hervorragende Arbeit.

»Vielleicht hätte ich mich früher mit ihr in Verbindung setzen sollen«, sagt Mrs Murad, »zwischen den Terminen. Aber ich hielt es für besser, ihr Zeit zu lassen, sich zu beruhigen und darüber nachzudenken, was ich gesagt habe. Ich ging davon aus, dass wir in ein paar Wochen wieder miteinander reden würden. Für mich war es ein positives Zeichen, dass sie noch einen Termin vereinbart hatte.«

»Wir fühlen uns wohl alle schuldig«, sage ich. »Im Rückblick fällt jedem etwas ein, was man hätte sagen oder tun sollen.«

»Das ist sehr großzügig von Ihnen.«

Mit ist klar, dass auch sie ihre Distanz wahren muss: Sie hat jeden Tag mit Unfruchtbarkeit zu tun, mit den tiefsten Sehnsüchten und den schmerzhaftesten Enttäuschungen. Wir wissen beide, dass es nicht gut wäre, vor Trauer zusammenzubrechen oder die Gefühle unserer Patienten in uns aufzunehmen. Wenn wir das täten, könnten wir nicht weitermachen.

»Darf ich fragen, weshalb Sie Vivien von einer weiteren IVF-Behandlung abgeraten haben?«

Mrs Murad setzt sich ihre Lesebrille auf, die sie an einer roten Perlenschnur um den Hals hängen hat, und blickt auf den Bildschirm ihres Laptops. Dann klappt sie den Deckel zu, nimmt die Brille ab und fängt an zu sprechen.

»Ich habe Vivien zuletzt vor etwa acht Wochen gesehen«, sagt sie. »Im Lauf der Jahre ist sie immer wieder zu mir gekommen, um ihre Empfängnisprobleme zu analysieren. Wir haben uns unterschiedliche Behandlungsmöglichkeiten angesehen und auch neue Methoden, die es mittlerweile gab. Aber wir hatten nicht so viel Erfolg, wie ich mir nach ihrer ersten Schwangerschaft erhofft hätte.«

Sie hält inne und überlegt kurz, um ihre Worte sorgfältig zu wählen.

»Vivien war jung, als wir anfingen zu untersuchen, warum sie Schwierigkeiten hatte, schwanger zu werden. Sie war noch keine dreißig. Sie hatte polyzystische Ovarien, was ich aber nicht als Hauptursache dafür ansah, dass sie nicht schwanger wurde. Mit der Zeit machte ich mir allerdings weniger Sorgen über ihre Fruchtbarkeit als über ihr Gewicht.«

»Ihr Gewicht?«

»Ja. Es schwankte. Manchmal fiel es unter ein Niveau, das noch als normal bezeichnet werden konnte.«

Sie lächelt mich bedauernd an, das Lächeln einer Expertin, die gleich schlechte Nachrichten verkünden wird. »Ich hatte schon ziemlich früh den Verdacht, Ihre Tochter könnte eine Essstörung haben. Vielleicht erfüllte sie nicht sämtliche Kriterien für diese Diagnose, aber sie zeigte auf jeden Fall mehrere Symptome einer Anorexie.«

Ihre Worte treffen mich in den Magen wie ein Hieb, und ich muss unwillkürlich Atem holen. Ich hatte die Selbstkontrolle meiner Tochter immer bewundert. Ihre Fähigkeit, sich die Freude am Essen zu versagen, hatte ich immer als Stärke betrachtet, nicht als Krankheit. Jetzt muss ich mich fragen: Wie blind war ich eigentlich?

Ich bin sprachlos. Dann komme ich mir ziemlich dumm vor. Und dann werde ich wütend.

»Aber Sie sind doch keine Psychiaterin«, sage ich.

Ich bereue das sofort. Meine Worte hatten nicht wie eine Anschuldigung klingen sollen, denn ich will sie wirklich nicht herausfordern. Mein Magen verkrampft sich. Ich rechne damit, dass sie zumacht und mich bittet zu gehen; ich kenne mich mit den Egos von Ärzten ganz gut aus. Aber Mrs Murad ist selbstbewusst oder vielleicht auch mitleidig genug, um keinen Anstoß zu nehmen.

»Nein«, sagt sie geduldig. »Ich bin keine Psychiaterin. Aber mein Eindruck war der, dass Vivien ziemlich geschickt verborgen hat, in welchem Ausmaß sie ihre Essensaufnahme kontrolliert hat. Wie gesagt, ihr Gewicht schwankte, und es gab Zeiten, zu denen es so niedrig war, dass ihr Menstruationszyklus unterbrochen wurde. Irgendwann musste ich sie mit der Tatsache konfrontieren, dass sie in allererster Linie nicht wegen ihrer Fruchtbarkeitsprobleme behandelt werden musste, sondern wegen ihrer Essstörung. Soweit ich weiß, ist Vivien aber nie meiner Empfehlung gefolgt, einen Psychiater zu konsultieren. Ich glaube, sie hat nie akzeptiert, dass sie eine Essstörung hat.«

Eine Stimme in meinem Kopf will wissen, wie ich so nachlässig sein konnte.

Mrs Murad wägt ihre Worte ab. »Auf Ihre Frage also, weshalb ich ihr von einer weiteren Fruchtbarkeitsbehandlung abgeraten habe – ich war der Meinung, aufgrund einer Kombination aus mehreren Faktoren wäre es unklug weiterzumachen. Sogar unethisch.«

Ich schlage die Beine in die andere Richtung übereinander und streiche über die Falten in meiner Hose. »Aufgrund einer Kombination aus mehreren Faktoren?«

»Sie wissen das sicherlich«, sagt sie, »die Eltern von IVF-Babys tragen viele Ängste und Unsicherheiten mit sich herum. Bei manchen Eltern kann sich das sehr intensiv auswirken. Meiner Erfahrung nach treten Symptome von Essstörungen, Angst und Depressionen häufig gemeinsam auf. Für mich wäre es die falsche Entscheidung gewesen, unter diesen Umständen die Fruchtbarkeitsbehandlung fortzusetzen. In Anbetracht von Viviens Gefühlslage.«

»Die Polizei hat mir gesagt, dass Vivien sowohl Antidepressiva als auch Schlankheitstabletten genommen hatte, als sie starb. Aber die Diätpillen waren ihr nicht von ihrer Ärztin verschrieben worden. Wussten Sie, dass Vivien sie nahm?«

Ich bilde mir ein, dass ein wenig Vorsicht in ihrer Stimme durchzuhören ist. »Vivien hat mir nie anvertraut, dass sie Appetitzügler nahm.«

»Aber hat sie Ihnen gesagt, dass sie solche Tabletten besitzt oder wo sie sie herhat?«

Sie schüttelt den Kopf.

»Haben Sie Ben jemals von Ihrem Verdacht erzählt, dass Vivien eine Essstörung hat, oder erwähnt, dass sie zu einem Psychiater gehen sollte?«

»Ja.«

»Wann?«

»Nach ihrem letzten Besuch bei mir.«

»Ein paar Wochen vor ihrem Tod?«

»Ja. Vivien hatte aufgehört, Ben zu den Terminen bei mir mitzubringen, und auch das bereitete mir Sorgen. Aber ich glaube, ich habe nur zu ihrem Besten gehandelt – indem ich ihr empfohlen habe, sich therapeutische Hilfe zu suchen.«

Jetzt ist sie in der Defensive, das sehe ich daran, wie sie die Lippen spitzt, und ich höre es an ihren abgehackten Sätzen.

»Ich habe gegen die Schweigepflicht verstoßen«, sagt sie. »Ich habe Vivien angekündigt, dass ich mit Ben reden würde, und sie war nicht erfreut darüber.«

»Wenn Sie gegen die Schweigepflicht verstoßen haben, müssen Sie sich sehr große Sorgen gemacht haben. Haben Sie befürchtet, dass Vivien eine Gefahr für sich selbst darstellen könnte?«

»Nein«, sagt sie. »Ich hatte wirklich keinen Grund zu der Annahme, Vivien würde sich etwas antun.«

»Das verstehe ich nicht. Warum haben Sie in diesem Fall dann gegen die Schweigepflicht verstoßen und mit Ben gesprochen?«

»Weil ich mir nicht nur um Vivien Sorgen gemacht habe. Es ging um ihre Tochter. Das war auch ein Grund, weshalb ich mit Ihnen reden wollte.«

Ich will nicht, dass sie sieht, wie viel Angst ich habe. Ich drücke die Hände gegeneinander, klammere sie auf dem Schoß zusammen. »Warum haben Sie sich Sorgen um Lexi gemacht?«

»Ich habe befürchtet, dass Vivien nicht nur auf ihr eigenes Gewicht fixiert ist, sondern auch eine verzerrte Wahrnehmung vom Gewicht ihrer Tochter hat. Wahrscheinlich war das eine Übertragung oder eine Erweiterung ihrer Probleme mit dem Bild ihres Körpers. Aber wie Sie richtig sagen, ich bin natürlich keine Psychiaterin.«

Sie sieht mich spitz an.

»Entschuldigen Sie«, sage ich. »Mir ist klar, dass Sie nur zu Viviens Bestem gehandelt haben. Bitte fahren Sie fort.«

»Vivien hat mir erzählt, dass ihre Tochter in der Schule gehänselt wird, weil sie übergewichtig ist. Sie wollte Lexi anspornen, sich gesünder zu ernähren, aber das klappte nicht. Sie hat mich gefragt, ob es eine Verbindung zwischen Fettleibigkeit und künstlicher Befruchtung gibt, was ich für unwahrscheinlich hielt. Und dann hat Vivien mir erzählt, dass sie darüber nachdenkt, ihrer Tochter Medikamente zu geben. Sie hat mich nach der Dosierung gefragt. Ich bin natürlich keine Kinderärztin und habe ihr gesagt, dass ich ihr da keinen Rat geben kann. Aber ich war äußerst besorgt, denn Alexandra ist noch so jung. Ich habe ihr geraten, zu einem Ernährungsberater für Kinder zu gehen, aber Vivien hatte bestimmte fixe Ideen, die mir Sorgen bereitet haben. Ich hatte den Eindruck, sie würde gar nicht auf einen richtigen medizinischen Rat hören. Ich muss betonen, dass das nur ein Eindruck war, aber ich habe gelernt, meinem Bauchgefühl zu trauen. Die Fruchtbarkeitsbehandlung kann psychologisch an sich schon eine traumatische Erfahrung sein – sowohl die Behandlung als auch das ständige Scheitern. In Kombination mit ihren Gewichtsproblemen und einigen ihrer Ideen, die ihr Kind betrafen, habe ich mich um ihre Gemütsverfassung gesorgt, und ich war der Meinung, ich sollte Ben darüber informieren.«

Ich sitze schweigend da, während ich versuche, alles zu verdauen, was sie mir gerade eröffnet hat. »Sie haben Ben das also alles erzählt?«

»Ja. Ich habe ihn nach unserem Termin angerufen. Er wollte Vivien davon überzeugen, zu einem Psychiater zu gehen. Es tut mir nur leid, dass ich keine Gelegenheit hatte, nach dem letzten Gespräch noch einmal selbst mit ihr zu reden. Und natürlich habe ich mich über den Zeitpunkt gewundert, warum es genau vor ihrem nächsten Termin bei mir passiert ist. Ich bin auch nur ein Mensch. Ich werde mich immer fragen, ob ich noch etwas hätte tun können. Ich würde so gerne davon ausgehen, dass Vivien verstanden hat, dass es mir nur um ihr Wohl ging.«

»Bestimmt«, sage ich. »Sie wollte doch wieder zu Ihnen kommen. Sie hat Ihnen vertraut.«

Mrs Murad schiebt ihren Laptop ein Stück zur Seite. Sie lächelt mich betrübt an, und mir wird klar, dass meine Zeit vorbei ist. Draußen warten sicherlich Patienten, ängstliche und erwartungsvolle Paare, die auf dem teuren Sofa hocken.

»Kommen Sie jederzeit wieder, wenn Sie mit mir sprechen wollen«, sagt sie. »Wenn Sie mir vorher Bescheid geben, nehme ich mir mehr Zeit für Sie.«

»Danke.« Ich stehe auf, und wir reichen uns über ihren Schreibtisch hinweg die Hände.

Als ich an der Tür angelangt bin, ruft Mrs Murad: »Wie geht es denn Alexandra?«

Ich lege die Hand auf den Türknauf, drehe ihn aber nicht und wende mich auch nicht zu ihr um.

»Ich behalte sie gut im Auge«, antworte ich.

Das ist nicht ganz gelogen, sage ich mir.

»Ben hat Ihre Tochter sehr geliebt«, sagt Mrs Murad. Ihre Stimme ist klar und kräftig. »Manchmal können wir Menschen zu sehr lieben. So sehr, dass wir nicht sehen wollen, was nicht stimmt. Aber Ihre Enkeltochter ist in sicheren Händen.«

Vivien

Sieben Jahre zuvor

Alexandra weint wieder. Ich liege still da, als würde ich schlafen, aber meine Augen sind weit geöffnet. Das Bettchen steht auf Bens Seite. Sie hat ihren Ein-Jahres-Meilenstein geschafft, aber sie schläft trotzdem noch in unserem Schlafzimmer.

Ben setzt sich auf, schwingt die Beine über die Bettkante und nimmt sie auf den Arm. Er trägt sie aus dem Zimmer, um mich nicht zu stören. Ben macht es nichts aus, mitten in der Nacht aufzustehen, wer weiß wie oft. Ich habe den Überblick darüber verloren, wie viele Male Alexandra uns aufweckt. Er flüstert ihr beruhigende Worte zu, während er aus unserem Schlafzimmer geht. *Lexi*, so nennt er sie.

Ben beklagt sich nie über diese nächtlichen Störungen. Langsam habe ich den Verdacht, dass er sich sogar darüber freut; er sagt, tagsüber sieht er seine Tochter nicht oft genug. Ich verstehe nicht, wie er es schafft, nachts herumzulaufen und dann am frühen Morgen aufzustehen, und trotzdem ist er zufriedener, als ich es je bei ihm erlebt habe. Ben ist wirklich ein Familienmensch.

Ich ziehe mir die Bettdecke um das Gesicht. Mir ist kalt, jetzt, wo er weg ist.

Tagsüber macht Alexandra keine Schwierigkeiten. Sie ist ein ruhiges, zufriedenes Baby und weint nicht viel. Sie nimmt die

Flasche, wenn ich sie ihr anbiete, und sie schaut zu mir hoch und sucht meinen Blick, während sie trinkt. Ich strenge mich an, nicht wegzusehen, aber es ist ein komisches Gefühl, sie zu halten und dabei angestarrt zu werden. Ich habe immer den Eindruck, meine Tochter wirft mir irgendetwas vor. Manchmal bin ich auch böse auf sie, ohne Grund. Und manchmal muss ich mich zwingen, sie hochzunehmen. Ich muss mich daran erinnern, sie anzulächeln. Babys brauchen solche Dinge: körperliche Zuneigung und lächelnde Gesichter.

Sie ist hilfsbedürftig und klein und dennoch so mächtig und verzehrend. Ben sieht mich kaum an, wenn er durch die Tür kommt. Er will mich seltener; wonach er sich wirklich sehnt, ist, seine Tochter auf der Brust zu spüren. Ich weiß nicht mehr, ob das Kind meine Rettung oder mein Verderben ist. Trotzdem bin ich Alexandras Mutter, und das macht mich zur Königin von Bens Reich. Jetzt wird er mich nie verlassen.

In den frühen Morgenstunden habe ich immer finstere Gedanken, paranoid und irrational. Ich kann nicht wieder einschlafen. Von Ben oder dem Baby ist nichts zu sehen und zu hören. Ich stehe auf und gehe ganz leise aus dem Schlafzimmer und die Treppe hinunter, auf das Licht im Kinderzimmer zu. Ben hat mir den Rücken zugewandt, als er an der Wickelkommode steht. Mit nackter Brust und barfuß beugt er sich über sie. Alexandra weint nie, wenn ihr Vater sie wickelt.

»Na, die Windel ist aber nass«, sagt er. »Was hast du denn heute getrunken?« Alexandra gluckst.

»Was für kräftige Beine du hast!«, sagt Ben. Er hält sie mit einer Hand, zieht die Windel unter ihr hervor, entfaltet eine neue und verpackt sie wieder. Die beiden haben den Blick nicht voneinander abgewandt. Es ist eine Liebesbeziehung.

Ben nimmt Alexandra hoch und geht mit ihr zum Fenster.

Er schiebt die Fensterläden auf, damit sie die Straßenlaternen unten sehen kann. Als sie anfängt zu nörgeln, wiegt Ben sie und legt ihr den kleinen Finger auf die Lippen.

Ich bleibe in der Tür stehen und sehe die beiden an. Ich bin mir sicher, dass Alexandra schläft, aber Ben legt sie nicht ins Bett. Er wiegt sich mit ihr. Ich habe ihn noch nie so zufrieden gesehen. Oder so unwiderstehlich.

Ich krieche zurück in unser kaltes Bett und fahre den Umriss der leeren Stelle nach, wo Ben eigentlich neben mir liegen sollte.

Kapitel 16

Wir haben drei Neuzugänge, und alle Säuglinge werden beatmet. Die Aushilfskrankenschwestern, die heute Dienst haben, haben nicht die Erfahrung, die sie eigentlich mitbringen sollten, deshalb muss ich ein Auge auf sie haben. Der tragbare Röntgenapparat ist permanent in Gebrauch, wir gehen ständig im Zimmer aus und ein.

Am Ende der Nachtschicht bin ich erschöpft. Mir tun Arme und Beine weh, und ich will nur noch nach Hause in meine leere Wohnung und darüber nachdenken, was Mrs Murad mir erzählt hat.

Doch statt nach der Übergabe nach Hause zu fahren, besuche ich spontan noch den kleinen Yusuf. Er liegt wach in seinem Bettchen, der gelbe Schlauch der Magensonde ist noch an seine pralle Wange geklebt. Als ich über ihn lange, um das Mobile aufzuziehen, lächelt er zu mir hoch. Manchmal erinnert er mich an Lexi, er ist vom Temperament her so ausgeglichen und ruhig. Er beklagt sich nie in seiner Einsamkeit. Ich nehme ihn hoch und trage ihn zum Fenster, wo ich ihm den immer gleichen Ausblick zeige.

Da raschelt etwas hinter uns, ein zögerliches Geräusch, und als ich mich umdrehe, steht eine junge Frau neben Yusufs leerem Bettchen. Sie ist schmächtig und trägt einen violetten Sari mit einem dazugehörigen Kopftuch, das auch ihre Haare verbirgt. In all den Monaten, seit Yusuf auf der Station ist, habe ich seine Mutter nur ein einziges Mal gesehen. Bei diesem Besuch lief sie unterwürfig und mit gesenktem Kopf hinter ihrem Mann her, einem lauten und korpulenten Mann.

Sie lächelt mich an, versucht aber nicht, sich mir zu nähern oder mir ihren Sohn abzunehmen. Sie ist sehr jung und spricht kein Englisch. Ihr ist alles vollkommen fremd. Das Krankenhaus, die Inkubatoren, die Magensonde, sie versteht nichts von alldem, was mit ihr und ihrem Baby geschehen ist.

Amanda steckt den Kopf durch die Tür. »Wir warten nur auf den Übersetzer«, sagt sie lächelnd.

Yusufs Mutter nickt, als würde sie verstehen. Sie steht neben seinem Bettchen und wartet. Ich halte ihr Baby fester. Yusuf liegt schlaff in meinen Armen, seine Muskelspannung ist sehr gering, und er wird weiterhin von einem Facharzt behandelt werden müssen. Er wird zu Nachuntersuchungen durch den Kinderarzt in die Ambulanz kommen müssen und zu Terminen mit dem Physiotherapeuten und dem Logopäden. Es ist sehr wichtig, dass er wiederkommt, sonst war diese ganze Tortur umsonst.

Ich weiß, dass Yusuf nie mehr zurückkommen wird. Sie wird ihn nicht zu den Spezialisten bringen, sie ist jetzt schon überfordert. Als ich genauer hinsehe, entdecke ich, dass ihr Bauch gerundet ist. Das macht mich wütend.

»Sie besuchen Yusuf nicht oft genug«, sage ich. »Ihr Kind ist sehr krank. Wie wollen Sie ihn zu Hause versorgen, wenn Sie nicht zusehen, wie die Schwestern ihn füttern? Wie wollen Sie ihm bei den Übungen für seinen Hals helfen?«

Sie lächelt nicht mehr, mein Tonfall beunruhigt sie. Sie sieht mich verwirrt mit ihren Rehaugen an.

Amanda ist wieder in der Tür. Andrew Lissauer steht neben ihr, und sie blicken mich beide an, während ich Yusuf in den Armen halte, als wäre ich eine ungelenkte Rakete. Amanda kommt mit ausgestreckten Armen auf mich zu, aber ich will ihn nicht loslassen. Ich halte ihn fester, drücke ihn an mich.

»Wie könnt ihr ihn mit ihr nach Hause schicken?«, sage ich. »Sie ist eine Fremde für ihn. Sie hat keine Ahnung, wie sie mit der Magensonde umgehen muss. Er wird verhungern, wenn ihr ihn ihr gebt.«

Amanda sieht Andrew an. Er geht ein paar Schritte auf mich zu.

»Rose«, sagt er, »leg Yusuf hin. Du weißt, dass wir ein großartiges Nachsorgeteam haben, das sie zu Hause besucht, und wir stellen sicher, dass er die Versorgung bekommt, die er braucht.«

Ich gebe nicht nach. Es gibt so vieles, was wir nicht sagen dürfen, aber ich höre es mich trotzdem sagen. Ich habe keine Lust mehr, so zu tun, als wäre alles in Ordnung.

»Wir bieten hier eine Vierundzwanzig-Stunden-Versorgung, Tag und Nacht, monatelang, und dann schicken wir diese Säuglinge nach Hause.« Ich halte Yusufs Kopf, weil er anfängt, sich zu winden, als ich die Stimme erhebe. »Wir schicken sie nach Hause zu verantwortungslosen, unfähigen Teenagern oder zu Drogenabhängigen, und wir tun so, als wüssten wir das nicht. Wir schicken sie nach Hause zu Menschen, die sich die ganzen Kinder, die sie haben, nicht leisten können. Wir tun so, als wäre es in Ordnung, wenn die Leute wiederholt auf künstliche Befruchtung bestehen, obwohl sie wissen, wie hoch die Risiken sind, und dann kommen die Babys zu früh und mit allen möglichen Komplikationen zur Welt. Ich habe es so satt, hinter anderen herzuräumen.«

Yusufs Mutter blickt zwischen mir, Amanda und Andrew

hin und her. Sie ist still und verängstigt. Ich schreie die drei an und scheine mich gar nicht beruhigen zu können.

»Ich habe es satt, mit anzusehen, wie diese Säuglinge leiden. Sie wachsen mit abgelöster Netzhaut, Hirnschäden und verdammten chronischen Lungenkrankheiten auf. Und sie macht sich nicht einmal die Mühe vorbeizukommen. Wofür tun wir das alles?«

Ich weiche vor ihnen zurück, den Rücken zum Fenster, Yusuf wehrt sich jetzt gegen mich, er gibt kleine, halb erstickte Schreie von sich.

Seine Mutter ist so fürchterlich jung, sie hat ganz feine Gesichtszüge. Ihre großen, dunklen Augen blicken unter dem leuchtend violetten Kopftuch hervor. Sie hat einen winzigen goldenen Stecker in der Nase. Sie versteht nicht, warum ich sie anbrülle. Ihr Mann kommt nie. Zu Hause hat sie ein dreijähriges und ein achtzehn Monate altes Kind. Ich drücke Yusuf und wiege ihn, er weint, ein heiseres, ersticktes Geräusch.

Andrew und Amanda eilen beide gleichzeitig auf mich zu, Amanda schiebt die Hände unter Yusufs Arme, als hätte sie Angst, ich könnte das Fenster öffnen und mich gemeinsam mit ihm hinunterstürzen.

Ich lockere meinen Griff und lasse ihn mir von Amanda abnehmen.

Yusufs Mutter weint jetzt. Amanda geht zu ihr und zeigt ihr, dass es Yusuf gut geht; sie spricht mit leisen, beruhigenden Worten auf sie ein. Andrew nimmt mich am Ellbogen und führt mich aus der Station hinaus und den Gang entlang.

Er hält mich immer noch am Arm fest, als er die Tür von Wendys Büro hinter uns zuzieht.

Wendy sitzt an ihrem Schreibtisch. Meinem alten Schreibtisch. Ihr Posteingang quillt über, ihr Arbeitsplatz ist unaufgeräumt. Ich war immer so organisiert, so kompetent.

Als Andrew mich loslässt, umfasse ich eine Hand mit der anderen, drücke die Fingernägel so tief wie möglich in den linken Handrücken. Ich zittere. Ich kann nichts dagegen tun, obwohl ich mich bemühe. Ich blende Andrew aus, der Wendy versucht zu erklären, was ich gerade getan habe.

»Ich glaube nicht, dass Yusufs Mutter Beschwerde einreicht«, sagt er. »Aber sie hätte auf jeden Fall das Recht dazu.«

»Das Kind wird vernachlässigt«, sage ich. »Wir können nicht einfach die Augen davor verschließen.«

»Die Eltern haben das Recht, ihn in unserer Obhut zu lassen«, sagt Andrew. »Wir haben rund um die Uhr Kräfte zur Verfügung, und du weißt, dass es zu Hause noch ältere Geschwister gibt. Dir ist sehr wohl klar, welchen Schwierigkeiten sich manche unserer Eltern gegenübersehen. Das ist lächerlich, Rose. Ich muss dir doch keine Vorträge darüber halten. Wir alle wissen, dass es gar nicht darum geht.«

Er richtet sich die Brille auf der Nase.

»Yusuf hat sein ganzes bisheriges Leben hier auf der Station verbracht«, sage ich. »Er ist jetzt auf der Intensivpflegestation, er ist bei vollem Bewusstsein, er braucht Körperkontakt, und man muss mit ihm reden und spielen. Er braucht die ständige Aufmerksamkeit seiner Mutter.«

»Rose, es ist nicht an uns, das zu sagen. Wenn du Bedenken hast, dann leite das an den Psychologen der Station weiter. Aber zu wenige Besuche gelten nicht als Kindesvernachlässigung. Und wie auch immer die Situation mit seinen Eltern sein mag, dein Ausbruch war völlig inakzeptabel.«

»Gut. Ist vermerkt.«

Andrew fummelt herum, richtet sich die Krawatte, auf der

lauter Micky-Maus-Bilder sind. Er schiebt sich die Brille höher auf die Nase. Angesichts dieser vertrauten Geste verspüre ich eine große Zuneigung und ebenso großes Bedauern.

Ich stehe vor Wendys Schreibtisch, den Kopf gesenkt, eine Verbrecherin, die auf ihr Urteil wartet. »Es tut mir leid«, sage ich. »Ich weiß nicht, wo das alles herkam.«

»Es ist meine Schuld«, sagt Wendy. »Ich hätte dich niemals so bald wieder arbeiten lassen dürfen. Und wenn ich dich bleiben lasse, dann wirst du irgendetwas tun, was du später bedauerst.«

Wendy und Andrew werfen sich einen vielsagenden Blick zu, und mir wird klar, dass sie hinter meinem Rücken über mich geredet haben.

»Wir hatten Bedenken«, fährt Wendy fort, »seit du wieder angefangen hast zu arbeiten, so bald nach …«

»Was denn für Bedenken?« Mir dreht sich der Magen um. Ich weiß, dass ich nicht ganz ich selbst bin, aber ich kann mich nicht erinnern, irgendeinen Schaden angerichtet zu haben.

»Es gab Probleme mit deinen Übergabenotizen«, sagt Wendy.

»Was ist mit meinen Notizen?«

»Die Sprache, mit der du Yusufs Eltern beschrieben hast, und noch ein paar andere. Das ist unangemessen.«

Ich atme erleichtert aus. »Das ist alles?«

»Na ja, das ist bedenklich. Deine Ausdrucksweise ist eindeutig abwertend. Ich weiß nicht, ob dir das bewusst ist, Rose, aber du trägst viel Wut mit dir herum.«

»Ihr habt meine Notizen überprüft?«

Sie vertraut mir nicht mehr. Instinktiv liegt sie wahrscheinlich richtig, ich vertraue mir selbst kaum mehr.

»Hast du gehört, was ich gesagt habe, Rose?«

»Gibt es noch etwas?«

Ich spreche nicht über die Wut. Nicht hier.

»Amanda hat den Vorfall mit der Muttermilch gemeldet«, sagt Wendy.

»Ich verstehe.«

»Das ist doch nachvollziehbar«, fährt Wendy fort. Sie springt auf und kommt um den Schreibtisch. Sie legt die Arme um mich. Ich drücke sie auch, mit meinen schwachen, schweren Armen.

»Du arbeitest hier schon länger als ich, Rose«, sagt Andrew. »Du bist eine unglaublich engagierte und talentierte Krankenschwester. Wir verstehen alle, was du durchmachst.«

Ich weiß, dass ihnen schrecklich unangenehm ist, was sie gerade tun. Ich weiß, dass sie auf meiner Seite sind. Trotzdem tut es weh. »Die Arbeit auf dieser Station bewahrt mich davor, verrückt zu werden«, sage ich. »Bitte.«

»Du weißt, wie wichtig du uns bist«, sagt Wendy. »Wir hätten gerne, dass du dich auf unbestimmte Zeit beurlauben lässt. Wenn nicht, müssen wir dich suspendieren.«

»Ist das eine Drohung?«

»Es tut mir sehr leid.« Wendy hat Tränen in den Augen.

»Nein«, sage ich. »Mir tut es leid, ich sollte diejenige sein, die sich entschuldigt. Und es tut mir leid, dass ich euch in diese Lage gebracht habe. Ich gehe.«

Wendy beugt sich über ihren Schreibtisch und nimmt eine Visitenkarte. Sie reicht sie mir. »Diese Psychologin behandelt Mitarbeiter im Unternehmen, wenn sie unter sehr starkem Stress stehen. Bitte setz dich mit ihr in Verbindung.«

Ich schiebe mir die Karte in die Tasche meiner Uniform, ohne sie anzusehen.

Ich war so stolz auf die Arbeit, die ich auf dieser Station geleistet habe. Am Ende jeder Schicht glaube ich, jedem Baby, um das ich mich gekümmert habe, geht es aufgrund meiner Fürsorge besser. Und jetzt sieht Andrew mich an, als wäre ich eine Gefahr für unsere Babys, als würde er sie vor mir schützen müssen.

Wendy nimmt meine Hand. Sie fühlt sich weich und zart an. »Wir machen uns Sorgen, Rose. Wir sehen dich kaum noch. Du sprichst nicht mit uns, du rufst nicht zurück.«

»Ich verbringe meine gesamte Freizeit mit Ben und Lexi.« Ich ziehe meine Hand zurück.

»Bitte schließ uns nicht aus«, sagt sie.

Aus irgendeinem Grund habe ich Wendy nicht davon erzählt, dass ich manchmal auch mit Isaac zusammen bin. Sie will sich um mich kümmern, und das verstehe ich. Mir würde es genauso gehen. Aber im Moment kann ich mich nur auf mein Bedürfnis konzentrieren, nahe bei Lexi zu sein, und je näher ich Isaac bin, desto größer meine Chancen.

Ich kann die beiden nicht länger ansehen. Ich will nicht hier zusammenbrechen. Ich gehe zur Tür und versuche, sie aufzumachen, aber ich zittere so sehr, dass ich mit der Hand vom Türgriff abrutsche. Andrew kommt, um mir zu helfen. Er macht ein bestürztes Gesicht, als er die halbmondförmigen blauen Flecken sieht, die sich über meinen Handrücken ziehen.

»Ich rufe dich später an«, sagt Wendy. »Sobald meine Schicht zu Ende ist.«

Ich nicke, wende mich aber nicht um.

Andrew folgt mir bis zum Eingang der Station. Wahrscheinlich will er sicherstellen, dass ich auch ganz bestimmt gehe.

»Wir bleiben in Kontakt«, sagt er. »Fahr nach Hause und ruh dich aus.«

»Keine Sorge«, sage ich. »Ich werde nicht versuchen zurückzukommen.«

Ich wende ihm den Rücken zu und ziehe mir mit unsicheren Händen den Mantel an. Ich mache mir nicht die Mühe, die Schuhe zu wechseln. Ich hänge mir die Tasche über die Schulter und gehe langsam wie eine alte Frau den mit Linoleum ausgelegten Gang entlang und an der Elternsuite vorbei.

Eine Uniform verändert einen Menschen. Sie verleiht mir Autorität und macht mich mutig. Trage ich auf der Arbeit meine Uniform, bin ich kompetent und selbstbewusst; ich verliere mich. Meine Uniform hält mich zusammen. Sobald ich sie ausziehe, spüre ich, wie ich auseinanderfalle. Ich weiß nicht, wie ich ohne dieses Krankenhaus zurechtkommen soll, ohne den Geruch von Desinfektionsmitteln, so beißend und stark und sauber, dass es alles andere aus meinem Kopf vertreibt.

Ich habe nicht genug Energie, um die Treppe zu nehmen, und warte auf den Aufzug. Ich spüre Andrews Blick, der mir ein Loch in den Rücken brennt, ein Loch in der Form von Mitleid.

Kapitel 17

Am nächsten Morgen wache ich um fünf Uhr dreißig auf und folge meiner üblichen Routine, als wäre es ein ganz normaler Arbeitstag. Ich wasche mich, ziehe mich an und mache mir eine Tasse Tee. Ich schneide eine Orange und eine Banane auf und streue Haferflocken darüber. Während ich frühstücke, setze ich mich vor den Fernseher. Ich packe die Schwesternuniform in meine große Tasche.

Meine Beine tragen mich zur Bushaltestelle, wo ich auf den Bus warte, der mich zum Krankenhaus bringt. Ich steige an der üblichen Haltestelle aus. Erst da halte ich inne und denke nach.

Auf der anderen Straßenseite steht das graue, pockennarbige Gebäude, das ich voller Zuneigung und Stolz betrachte. Dieses Krankenhaus ist mein eigentliches Zuhause. Meine Tochter wurde hier geboren, und auch meine Enkeltochter. Ich weiß nicht, wie ich die Tage füllen soll, jetzt, da ich die Weissman-Station nicht mehr betreten darf.

Ich will nicht nach Hause.

Ich drehe mich um und gehe Richtung Paddington Station. Nach dem morgendlichen Berufsverkehr ist es ruhig in der U-Bahn-Station; ich gehe durch die Sperre, fahre die Rolltreppe hinunter und laufe durch das Labyrinth von Gängen zur Bakerloo Line.

Jetzt habe ich ein Ziel, und der Gedanke an eine längst überfällige Konfrontation belebt mich neu.

Ich steige an der Baker Street aus und in die Jubilee Line um. Ich fahre quer durch London, Richtung Osten, nach Bermondsey. Als ich aus der Station herauskomme, ist es draußen mild und trocken, sogar die Sonne scheint ein bisschen. Ich verliere mich in der Bewegung, in meinem flotten Gang. Ich war zuvor nur ein einziges Mal in Cinnamon Wharf, vor mehr als einem Jahrzehnt, aber es ist ganz einfach zu finden und liegt nur zehn Minuten von der U-Bahn-Station entfernt.

An dem grün gestrichenen Tor drücke ich nicht auf die Klingel, weil ich Cleo nicht noch einmal die Gelegenheit geben will, mich auszusperren. Stattdessen schlüpfe ich hinter einem Lieferanten in brauner Arbeitskleidung, der einen großen Pappkarton trägt, hinein. Ich habe Glück, er läuft quer über den Hof, an den Briefkästen vorbei, und dann durch die Haustür ins Gebäude. Ich fange die Tür ab, bevor sie zuschnappt, und gehe gleich hinter ihm hindurch. Wir fahren zusammen im Aufzug. Er steigt im dritten Stock aus, ich fahre weiter hinauf in den siebten. Als ich aus dem Fahrstuhl steige, erkenne ich den langen Korridor wieder; er sieht genauso aus wie früher, mit dem Juteteppich und den apricotfarbenen Wänden. Die Beleuchtung ist über einen Zeitschalter gesteuert. Das Licht geht an, als ich aus dem Aufzug trete, und als ich am Ende des Gangs vor Cleos Wohnungstür stehe, ist es schon wieder ausgegangen, sodass ich von völliger Dunkelheit umgeben bin. Ich klopfe. Ich wappne mich und starre auf das Guckloch.

Als Cleo die Tür öffnet, begrüßt sie mich mit einem strahlenden und einladenden Lächeln. Ich hatte mich auf eine Konfrontation vorbereitet, deshalb bringt mich ihr Verhalten aus der Fassung. Sie tritt vor, legt mir die Hände leicht auf die Schultern und küsst mich auf die Wange.

»Ich freue mich sehr, dass du hier bist«, sagt sie. »Komm rein.«

Ich folge ihr in einen schmalen Flur. Es ist, als wäre der Vorfall in der Blackthorn Road nie passiert.

Die Wohnung sieht genauso aus, wie ich sie in Erinnerung habe, als Vivien vor vielen Jahren hier mit Ben gelebt hat. Die Wände sind im gleichen Apricotton gestrichen wie der Gang; der Boden besteht aus Buchenlaminat. Cleo führt mich nach rechts, wo sich ein größerer Bereich aus Wohnzimmer, Esszimmer und Küche befindet.

Sogar das Sofa ist noch dasselbe; es besteht aus leuchtendrotem und goldenem Brokat.

Diesen Ausblick habe ich nie vergessen. Von den großen Fenstern aus kann ich über die Dächer mit den gelblichen Dachziegeln schauen und auch in manche Wohnungen hinein. Der Fluss ist nur ein paar Straßen entfernt, allerdings ist der Blick darauf durch die ganzen Häuser verbaut.

»Es tut mir leid, was passiert ist«, sagt Cleo. »Ich habe mich danach ganz schrecklich gefühlt.«

Es gelingt ihr ganz gut, aufrichtig dreinzusehen.

»Aber nicht schrecklich genug, um das Tor aufzumachen.«

Cleos nachgezogene Augenbrauen stechen hervor. Sie trägt ein anthrazitfarbenes Kopftuch um die Haare und ein zu großes Sweatshirt mit der Aufschrift *Cambridge University* auf der Vorderseite. Das Sweatshirt hat zweifellos einmal Ben gehört.

»Ich musste schnell entscheiden«, sagt sie. »Ben war in schlechter Verfassung, und ich wusste, es würde alles nur noch schlimmer machen, wenn du hereinkommst.«

»Was meinst du damit, er war in schlechter Verfassung?«

»Lexi war wahnsinnig schwierig. Er hat sie erst um halb neun im Bett gehabt, und dann war sie nach einer halben Stunde wieder wach und wollte nach unten kommen. Ben war am Ende seiner Kraft.«

»Hatte er getrunken?«

Sie nickt.

Mir fällt ein, dass Ben gesagt hat, er hätte Angst, die Kontrolle zu verlieren. Ich bin zutiefst beunruhigt. Ich bin mehr denn je davon überzeugt, dass ich in diesem Haus sein und meine Enkeltochter hüten muss.

»Als es klingelte, hat er mich gebeten, an die Tür zu gehen«, sagt Cleo.

»Wusste er, dass ich es war?«

Sie nickt wieder. »Tut mir leid. Wir haben dich über die Kameras gesehen.«

Ich weiß nicht, ob ich ihr glauben soll. Beim letzten Mal, als Lexi sich so quälte, hatte Ben mich gebeten, vorbeizukommen und ihm zu helfen. Ich glaube, gestern Abend wollte Cleo sich revanchieren, weil sie einen Groll gegen mich hegt, seit ich wollte, dass sie das Haus verlässt. Wir scheinen einen lächerlichen Machtkampf auszufechten. Einen Revierkampf.

»Ben findet die Nächte in diesem Haus unerträglich«, sagt sie.

»Dann hat er ja Glück, dass du da warst, um ihn zu trösten.«

»Es ist besser, wenn du vorher anrufst, wenn du dort vorbeikommen willst.«

»Tust du das auch, Cleo?«

Wendy hat wie immer ins Schwarze getroffen. In mir steckt eine Wut, eine Bitterkeit, die in meinem Innersten gärt. Und je mehr ich von meiner Enkeltochter ferngehalten werde, desto größer wird sie. Ich will gar nicht daran denken, was ich der armen Mutter von Yusuf angetan habe.

»Ich wollte mir gerade einen Tee machen«, sagt Cleo. Sie macht sich in der Küche zu schaffen, auf einer Kochzeile an der hinteren Seite des Raums. »Möchtest du auch eine Tasse?«

Sie reagiert nicht auf meinen Sarkasmus, ignoriert ihn einfach. Wieder wird mir bewusst, dass ich machtlos bin. Ben hat entschieden, ihr zu vertrauen, und er schätzt ihre Gesellschaft. Dieser Besuch war reine Zeitverschwendung, denn Cleo wird sich nie einverstanden erklären, das Haus in der Blackthorn Road nicht mehr zu besuchen.

Ich muss einen anderen Weg finden, mit der Situation zurechtzukommen.

»Ben hat diese Wohnung also gekauft, als er angefangen hat, in London zu arbeiten?«, frage ich. Ich zwinge mich, einen weniger feindseligen Ton anzunehmen.

»Ja. Und du würdest es nicht glauben, für wie viel diese Wohnungen sich jetzt verkaufen lassen.«

Sie hat mir den Rücken zugewandt. Der Wasserkessel pfeift, als das Wasser kocht.

»Als wir hier eingezogen sind, war diese Wohnung voller Sonnenschein. Ich schwöre dir, als wir zusammengewohnt haben, schien jeden einzelnen Tag die Sonne. Zumindest habe ich es so in Erinnerung.«

Cleo tritt wieder zu mir, mit einem großen roten Henkelbecher in der Hand. Sie führt ihn an den Mund und bläst hinein. »Willst du wirklich keinen? Ich habe auch Earl Grey.«

»Nein danke.« Ich versuche es noch einmal. »Ben lässt dich also mietfrei hier wohnen?«

»Er braucht das Geld nicht. Und zwischen uns war immer alles sehr freundschaftlich.«

»Mir war so, als hättest du gesagt, ihr beide hättet gar keinen Kontakt gehabt?«

»Hast du schon meine kleine Terrasse gesehen?«, fragt sie.

Es ist unerhört, wie sie meine Fragen ignoriert.

Sie sperrt die Tür auf der anderen Seite des Zimmers auf und öffnet sie. Draußen ist ein Balkon, eine kleine Fläche, die an dem Gebäude klebt, mit gerade genug Platz für eine kleine gusseiserne Bank.

Cleo geht hinaus und winkt mir, ihr zu folgen. Ich gehe zu ihr hinüber und blicke über das Geländer hinunter. Unter mir ist das Dach der Feuerwehr.

»Nett«, sage ich. Ich klinge ziemlich beißend.

»Ben und ich haben am Wochenende immer hier draußen gesessen, Kaffee getrunken und Zeitung gelesen. Es war unser vollkommenes kleines Nest.« Sie lächelt traurig. »Ich war zum ersten Mal in meinem Leben nicht einsam. Mein Leben hatte sich gerade entfaltet, auf eine Weise, die jenseits dessen lag, was ich mir jemals erhofft hatte. Ben war nett und klug und hatte Großes vor. Ich hätte wissen sollen, dass es zu schön war, um wahr zu sein.«

Der Tag ist eisengrau, und es ist kalt draußen.

»Ben und ich hatten keine Affäre«, sagt Cleo, »falls es das ist, was du wissen willst.«

Auf dem kleinen Balkon stehen wir nur wenige Zentimeter voneinander entfernt. Cleo sieht mir direkt in die Augen, und ich entdecke keinen Hinweis darauf, dass sie lügt oder etwas vor mir verbirgt.

»Warum dann?«, frage ich. »Warum sollte Ben diese Wohnung behalten? Warum lässt er dich hier wohnen? Was für eine Verbindung besteht zwischen euch?«

»Ben hat ein schlechtes Gewissen.«

»Warum? Ich weiß, dass er eure Beziehung beendet hat, aber das war vor langer Zeit. Ihr wart nicht verheiratet. Beziehungen gegen ständig in die Brüche.«

»Ich wollte schon immer die Chance haben, dir die Geschichte von meiner Warte aus zu erzählen«, sagt Cleo. »Ich weiß nicht, was Vivien dir vielleicht berichtet hat.«

»Vivien hat gar nichts gesagt. Sie hat nie darüber gesprochen, was zwischen euch dreien passiert ist.«

Ich wusste immer, dass meine Tochter etwas getan hatte, worauf sie nicht stolz war. Irgendwie war ich auch froh, dass sie mir die Einzelheiten ersparte.

»An dem Abend, als Vivien sich von Sebastian getrennt hat, hat sie mich angerufen«, sagt Cleo. »Ich war die Erste, der sie es erzählt hat, obwohl wir uns seit einer Ewigkeit kaum gesehen hatten.«

Wir stehen nebeneinander und betrachten die Dächer unter uns. In der Ferne rauscht der Verkehr. Cleo steht nahe bei mir, näher als nötig, und ich spüre ihren Atem im Gesicht, während sie leise und eindringlich spricht.

»Sie wollte sich mit mir treffen, im Browns, dem an der Themse neben dem Design Museum. Es ist nur ein paar Straßen von hier entfernt. Das hört sich jetzt lächerlich an, aber ich weiß noch, wie glücklich ich war, dass ich der erste Mensch war, an den sie sich gewandt hat. Es war so eine Art Ehre. Ich war froh, meine Freundin wiederzuhaben. Und ich weiß noch, die Bar war voller Leute, die Fenster waren beschlagen, sodass man nicht hinausschauen konnte, den Fluss hat man überhaupt nicht gesehen. Und ich weiß auch noch genau, was sie anhatte. Ein ganz tief ausgeschnittenes Top, mit Pailletten am Halsausschnitt, und enge weiße Jeans. Normalerweise hat sie sich nicht so provozierend angezogen. Jeder Mann dort fing an zu sabbern, als er sie sah. Jeder einzelne.«

Sabbern. Ich mag es nicht, wie Cleo über meine Tochter spricht. Mich fröstelt, als die Kälte durch meinen Mantel hindurchdringt.

»Ich habe mich gefragt, ob Vivien mich benutzt, um die Leerstelle auszufüllen, die Sebastian und sein verfügbares Einkommen und ihre überzogenen Heiratspläne hinterlassen haben. Aber eigentlich war mir das egal. Ich dachte, selbst wenn sie mich ein bisschen benutzt, sind wir trotzdem alte Freundinnen. Vivien war auf mich zugegangen, als sie Hilfe brauchte, und ich wusste, ich konnte das Gleiche tun, ich wusste, sie wäre für mich da, wenn ich in Schwierigkeiten stecken würde. Zumindest habe ich das gedacht.«

Cleo zieht eine Grimasse beim Trinken, als schmecke der Tee bitter.

»Vivien hätte jeden Mann haben können, den sie wollte«, sagt sie. »Ich war mir sicher, dass bald neue Kandidaten Schlange stehen. Ich hatte nur einfach nicht erwartet, dass sie sich für Ben interessieren würde. Er sah nicht gut genug aus, und er war nicht annähernd reich genug. Als sie mich dann gefragt hat, ob sie ein paar Wochen bei uns wohnen könnte, bis sie alles geregelt hätte, habe ich Ja gesagt.«

Ich muss mich zwingen, sie anzusehen, denn ich will den Schmerz nicht sehen, der immer noch frisch ist. Ich will nicht hören, dass meine Tochter eine Diebin ist, dass sie eine Freundin bestohlen hat.

»Als Vivien bei uns eingezogen ist«, fährt Cleo fort, »gab es Momente, in denen ich wahnsinnig glücklich war. Wieder mit Vivien zusammen zu sein, das war, als wäre ich wieder nach Hause gekommen. Ich war mit den besten Menschen zusammen, die ich auf der Welt hatte, den zwei Menschen, die ich am meisten liebte, und ich wollte so sehr, dass sie sich mochten. Wie immer wollte ich unbedingt Viviens Anerkennung. Ich wollte von ihr hören, dass ich es gut gemacht hatte, mit Ben und mit unserem neuen Zuhause. Und ich glaube, ich habe diese Anerkennung auch bekommen, wenn auch nicht so, wie ich erwartet hatte.« Ihr Lachen klingt trocken und zynisch. »Vivien hat etwas in Ben gesehen. Sie wusste, wo er hinsteuert.«

»Es ist kalt hier draußen, Cleo. Lass uns wieder reingehen.«

Ich wende mich von ihr ab und trete wieder ins Wohnzimmer. Sie folgt mir. Ich sehe ihr zu, wie sie die Balkontür schließt und absperrt. Ich setze mich auf das rot-goldene Brokatsofa, das eigentlich viel zu groß für diesen kleinen Raum ist. Der Stoff fühlt sich rau unter meinen Fingerspitzen an, als ich über die Kissen streiche.

Cleo setzt sich neben mich.

»Ich weiß noch, wie ich gedacht habe, dass Ben sehr geduldig ist«, sagt Cleo. »Er hat sich nie darüber beklagt, dass Vivien ihr Lager bei uns auf dem Sofa aufgeschlagen hat, obwohl man ja sehen kann, wie beschränkt der Platz hier ist. Es war kaum genug Raum für uns beide, geschweige denn noch für einen Hausgast. Er war immer freundlich zu ihr. Er hat sich benommen, als hätte er ganz vergessen, dass sie ihn einmal zurückgewiesen hat.«

Cleo beugt sich vor, die Ellbogen auf den Knien. Sie sitzt dem Fenster zugewandt und spricht mehr zu sich selbst als zu mir.

»Vivien dachte immer praktisch«, sagt Cleo. »Sie wurde nicht jünger, und sie brauchte eine neue Quelle der Bewunderung und der finanziellen Sicherheit. Und in diesem Stadium damals befand sich Ben auf dem Weg nach oben. Vivien hat schnell zwei und zwei zusammengezählt. Sie war vielleicht keine Akademikerin, aber auf manchen Gebieten – wie der Selbsterhaltung –, da war sie Expertin.«

Sie hat jetzt eine hässliche Bissigkeit in der Stimme.

»Du wünschst dir vielleicht, dass das wahr ist«, sage ich. »Du wünschst dir vielleicht, dass es um Geld ging, aber so war es nicht. Ben und Vivien haben sich geliebt.«

Ein lauter Krach erschreckt uns beide, und ich fahre zusammen.

Cleo hat ihre rote Tasse auf dem Balkon stehen lassen, und der Wind hat sie heruntergeweht. Die Scherben liegen um die ganze Bank verteilt. Cleo rührt sich nicht von meiner Seite.

»An dem Wochenende, nachdem Vivien eingezogen ist, bekam ich Angst«, sagt sie. »Es fing mit einer Kleinigkeit an. Es war Samstagmorgen, und Ben stand auf, um uns Kaffee zu machen. Normalerweise hat er mir eine Tasse mit ins Bett gebracht, aber an dem Tag ist er nicht wieder zu mir gekommen. Ich habe ihre Stimmen in der Küche gehört. Schließlich bin ich dann aufgestanden, um nachzusehen.«

Cleo steht auf.

»Ich weiß noch, wie wütend ich war, als ich hineinkam. Vivien war immer so unordentlich – ihr Bettzeug und ihre Anziehsachen lagen auf dem Sofa verteilt, und auf dem Beistelltisch und dem Boden standen überall schmutzige Teller und Tassen.«

Sie zeigt auf die Küchenzeile in der Nische.

»Dort haben sie gestanden«, sagt sie. »Ich werde den Anblick nie vergessen. Es ist wie ein Film, eine Endlosschleife in meinem Kopf. Vivien lehnt rücklings an der Arbeitsplatte, die Füße gekreuzt. Sie trägt ein kurzes Spitzennachthemd, ein

Träger fällt ihr über die Schulter. Sie schiebt ihn immer wieder hoch, aber er fällt gleich wieder herunter. Ihre Haare sind ganz schwarz und glänzen. Sie lacht, neigt den Kopf auf die Seite. Sie fragt ihn nach seiner Arbeit.«

»Ich kann mir das vorstellen«, sage ich.

»Ich kam mir vor wie ein Eindringling«, sagt sie. »Wie ein Voyeur, als ich da in der Tür stand und sie beobachtet habe.«

Cleo blickt jetzt in die Kochnische, als würden Ben und Vivien direkt vor ihren Augen dort stehen. »Sie haben mich nicht bemerkt. Ich war so jämmerlich, so eine Idiotin, als ich in einem alten T-Shirt von Ben und Trainingshose dastand. Ich hatte keine Ahnung, wie viel auf dem Spiel steht. Und selbst wenn, ich hätte es sowieso nicht mit ihr aufnehmen können.«

Es ist unheimlich und gleichzeitig furchtbar traurig, wie Cleo noch in dieser fünfzehn Jahre alten Geschichte lebt, als wäre sie gestern passiert.

»Sie war eine Schlange«, sagt Cleo. »Sie hat ihn mit ihren großen braunen Augen und ihrer rauen Stimme hypnotisiert.«

Sie schweigt. Wir beide schweigen. Sie hat einen seltsamen Gesichtsausdruck, als wäre sie verwirrt oder desorientiert.

»Cleo?«, sage ich.

Ruckartig ist sie wieder da. Sie sieht mich an, dann setzt sie sich wieder hin.

»Ich wusste, es war nur eine Frage der Zeit«, sagt sie. »Mir war klar, sie wollten mich beide aus dem Weg haben, selbst wenn Ben das sich selbst noch nicht eingestanden hatte. Er hätte sich Vivien nie genähert, bevor er die Beziehung zu mir beendet hatte, denn so ein Mensch ist er nicht. Also habe ich es ihnen leicht gemacht.«

»Wie meinst du das, du hast es ihnen leicht gemacht?«

»Na ja, es hatte ja keinen Sinn, das Unvermeidliche noch hinauszuzögern. Also habe ich meine Sachen in ein paar Kartons gepackt und bin eines Tages einfach gegangen, als Ben arbeiten und Vivien unterwegs war.«

»Also warst du diejenige, die ihn verlassen hat?«

»Ich konnte Ben immer lesen wie ein Buch. Ich wusste, er wollte sie unbedingt haben, und ich wusste auch, dass er das nicht zugeben würde. Ich war eine schlechte zweite Wahl. Vivien ist also eigentlich nur zurückgekommen, um zu beanspruchen, was sowieso ihres war. Man konnte keinem von beiden einen Vorwurf machen.«

»Willst du damit sagen, du hast deine Entscheidung zu gehen überhaupt nicht mit Ben abgesprochen?«

Ich spreche das nicht laut aus, aber ich frage mich doch, was für eine Beziehung Ben und Cleo wirklich hatten, wenn sie nicht mit ihm über ihre Eifersucht auf meine Tochter, über ihre Unsicherheiten sprechen konnte. Aber vielleicht versuche ich auch nur, Vivien in Schutz zu nehmen, indem ich die Schuld auf Cleo schiebe.

»Als ich ausgezogen bin und die beiden allein gelassen habe, hatte ich zuerst noch nicht ganz aufgegeben. Ich hatte immer noch Hoffnung. Ich dachte, es gibt vielleicht eine Chance, dass sie einander überdrüssig werden und begreifen, dass sie gar nicht zusammenpassen. Sobald sie der ersten Lust nachgegeben hatten.«

Sie tut mir unwillkürlich leid. Ich spüre die Leere in ihrem Leben, die Trauer, die Einsamkeit. Weil ich all das auch schon lange kenne. Ich strecke den Arm aus und drücke ihre Hand. Aber nur ganz kurz. Weil es sich beunruhigend anfühlt.

Ich kann nur schwer nachvollziehen, dass Ben Cleos Gesellschaft als Trost begreift. Vielleicht ist sie zu ihm anders.

Weniger bitter, weniger auf die Vergangenheit fixiert. Aber auch das kann ich mir kaum vorstellen.

»Als sie ausgezogen sind, habe ich einen Brief von Bens Anwalt bekommen«, fährt sie fort. »Darin stand, dass die Hälfte der Wohnung auf meinen Namen eingetragen ist und Ben weiterhin die gesamte Hypothek abbezahlt.«

Cleo gelingt ein klägliches Lächeln, aber sie ist den Tränen nahe. »Keiner von beiden hat jemals versucht, zu mir Kontakt aufzunehmen. Als Vivien Ben für sich haben wollte, hat es ihr ganz gut gepasst, dass ich verschwunden bin. Es kam ihnen beiden gelegen. Ich habe euch alle verloren.«

»Das tut mir leid. Wir hätten alle freundlicher sein sollen.«

»Ich habe nie verstanden, wie es euch allen so leichtfallen konnte, mich einfach aus euren Leben auszuradieren.«

Die schreckliche Wahrheit ist, dass wir Cleo deutlich mehr bedeutet haben als sie uns.

»Ich habe die Augen verschlossen«, sage ich. »Ich war so froh, dass Vivien ein anderes Leben haben würde, als ich es hatte. Wahrscheinlich wollte ich nicht wahrhaben, dass sie dich verletzt hatte. Obwohl ich es vermutet habe. Ich habe nicht danach gefragt, und sie hat es mir nicht erzählt.«

Meine Tochter hat jemanden verletzt. Und es gab eine Zeit, da stand ich daneben und sah zu, wie sie anderen Menschen wehgetan hat. Für mich gab es nie richtig oder falsch, wenn es um Vivien ging. Ich glaube, Cleo weiß das. Sie durchschaut mich. Ich bin nachlässig. Ich bin eine stumme Zeugin. Ich habe mich durch ein Bündnis, durch Unterlassung schuldig gemacht. Ich erkenne meine Schuld an.

»Aber in dieser ganzen Zwischenzeit«, sage ich, »in diesen vielen Jahren, da hast du dich doch sicher irgendwie weiterentwickelt?«

»In gewisser Weise schon. Ich mache weiter. Aber in vielerlei Hinsicht ist mein Leben an dem Tag stehengeblieben, an dem Ben und Vivien ausgezogen sind.«

Sie ist todernst.

»Aber jetzt hat sich alles geändert«, sagt Cleo. »Sie ist weg. Und alles hat von vorn angefangen.«

Ihre Worte machen mir Gänsehaut.

Ich kann mich nicht überwinden zu antworten. Was auch immer ich sage, ändert sowieso nichts. Cleo hat sich entschlossen und lässt nicht mit sich reden.

Ich stehe auf. Ich will so schnell wie möglich raus hier. Diese Wohnung ist ein Grab voller alter und unglücklicher Erinnerungen.

Als ich aus dem Wohnzimmerbereich hinausgehe, fällt mein Blick in ein kleines Zimmer, das mir beim Hereinkommen gar nicht aufgefallen war. Ich bleibe stehen, als ich die Bilder an der Wand sehe. Es sind neun Fotos, alle schwarzweiß, in einfachen schwarzen Holzrahmen. Sie hängen in Dreierreihen.

Cleo tritt leise an meine Seite. »Sie sind schön, nicht wahr?«

Und in gewisser Weise sind sie es. Aber sie sind auch unheimlich.

Ich betrete den Raum, um sie mir genauer anzusehen, und betrachte jedes der Porträts einzeln. Die Aufnahmen wurden über mehrere Jahre hinweg gemacht, und sie sind eine Aufzeichnung des Lebens meiner Tochter. Ein Tribut an meine Tochter, eine verdrehte Liebesgeschichte. In der oberen Reihe hängen zwei Nahaufnahmen von Viviens Gesicht als Teenager. Auf der ersten hat sie eine Sonnenbrille auf, an die ich mich gut erinnere, spitz zulaufende Katzenaugen mit Goldrand. Sie lacht, offenbar freut sie sich, fotografiert zu werden. Auf dem zweiten Bild ist Vivien auf einer Ballettaufführung, sie trägt ein schwarzes Trikot und einen ganz dünnen Rock, der ihre Oberschenkel streift. Die Haare hat sie hinten zu einem Knoten zusammengefasst, und sie dreht sich über die Schulter zur Kamera um, konzentriert und ohne zu lächeln.

»Hast du die alle aufgenommen?«, frage ich.

Cleo nickt. »Ich wurde so etwas wie eine begeisterte Amateurfotografin. Ich habe mir eine ziemlich gute Ausrüstung geleistet und ein paar Kurse besucht. Manchmal überlege ich sogar, ob ich versuchen soll, das beruflich zu machen. Ich liebe Porträtaufnahmen. Ich arbeite nur in Schwarz-Weiß.«

Cleo hat Talent. Die Aufnahmen sind wirklich umwerfend, künstlerisch und voller Gefühl, und sie treffen die Sinnlichkeit, die Verletzlichkeit meiner Tochter ganz genau. Aber mit Ausnahme der ersten beiden frühen Porträts glaube ich nicht, dass Vivien wusste, dass sie fotografiert wurde.

»Die meisten wurden aufgenommen, nachdem Vivien und Ben geheiratet hatten.«

»Ja.«

»Aber du hast gesagt, du hattest keinen Kontakt zu ihr?«

»Man muss keinen Kontakt zu jemandem haben, um ihn zu fotografieren.«

Ich kann ihren Gesichtsausdruck nicht deuten. Sie ist ernst, während sie meine Fragen beantwortet, aber auch ziemlich distanziert. Ich hätte erwartet, dass sie peinlich berührt ist, weil ich herausgefunden habe, wie sehr sie von meiner Tochter eingenommen war.

»Vivien wusste also gar nicht, dass du diese Aufnahmen gemacht hast?«

»Nein, ich glaube nicht.«

Auf dem nächsten Foto ist das Haus in der Blackthorn Road

zu sehen. Es ist eine Nachtaufnahme. Die Jalousien im Souterrain sind leicht schräggestellt, und Vivien steht mit dem Rücken zum Fenster. Dann kommt sie aus einem Restaurant, in einem cremefarbenen Abendkleid und einem dunklen Cape; sie lacht, sieht die Person neben ihr an, aber auf dem Ausschnitt ist niemand sonst zu erkennen. Sie hält Händchen mit jemandem, mit Ben wahrscheinlich, aber es ist nur seine Hand seitlich am Rahmen zu sehen.

»Ich habe verstanden, warum sich Ben für Vivien entschieden hat«, sagt Cleo. »Denn ich habe sie auch geliebt. Das merkst du, oder?«

»Ja«, sage ich. »Allerdings. Ich hatte keine Ahnung.«

In der letzten Reihe der Bilder beugt sich Vivien nach vorn, um Lexi auf die Wange zu küssen. Sie stehen vor dem Schultor, und Lexi ist schätzungsweise vier Jahre alt.

Auf dem vorletzten Bild trägt Vivien eine Weste, hautenge Leggings und Turnschuhe, sie ist joggen, ich vermute im Regent's Park. Sie ist mitten in der Bewegung aufgenommen, der Hintergrund ist verschwommen.

Ich weiß nicht, was mir mehr Angst macht, als ich Cleos Schrein für meine Tochter betrachte: das Ausmaß ihrer Besessenheit von Vivien oder wie ausgemergelt Vivien auf diesen Aufnahmen aussieht.

Ich verstehe nicht, wie mir nicht auffallen konnte, was ich die ganzen Jahre über vor mir hatte. Ich habe nicht gesehen, dass sie krank war.

»Cleo, wenn du gewusst hättest, dass ich vorbeikomme, hättest du diese Tür dann zugemacht?«

»Ich weiß nicht genau. Eigentlich habe ich nicht das Gefühl, ich hätte etwas zu verbergen.«

»Es ist dir nicht peinlich?«

»Peinlich? Nein. Warum soll es denn peinlich sein, die Schönheit zu zelebrieren?«

»Cleo, das ist kein Zelebrieren. Das ist Stalking.«

Sie scheint keinen Anstoß daran zu nehmen. Sie scheint das alles sogar überhaupt nicht ernst zu nehmen. Oder vielleicht ist sie auch froh, sich mir mitteilen zu können.

»Irgendwann war ein Punkt erreicht, an dem mir ein Computerbildschirm nicht mehr genügte. Ich musste Vivien wiedersehen. Sie richtig wiedersehen. In Fleisch und Blut. Ich habe so lange versucht, nicht zu ihrem Haus zu gehen, aber schließlich habe ich es doch gemacht.«

»Es war also Vivien, die du sehen wolltest?«, frage ich. »Nicht Ben?«

»Eigentlich beide«, sagt sie. »Alle drei. Aber es war immer Vivien, die mich fasziniert hat.«

»Wann hast du angefangen, sie zu beobachten?«

»Bald nach ihrem Einzug in die Blackthorn Road. In einer Zeitschrift habe ich einen Artikel über die Renovierung gelesen, es ging darum, wie Vivien und der Architekt zusammen an dem Umbau des Hauses gearbeitet haben. Beim ersten Mal habe ich nur ein paar Minuten draußen gestanden. Das war alles.«

»Und dann?«

»Ich wollte Vivien mit ihrem Baby sehen.«

Ich habe keine Ahnung, ob Cleo klar ist, wie sehr mich verstört, was sie mir erzählt. Sie ist recht gelassen, ganz unbekümmert, als wäre das ein ganz normales Verhalten.

»Ich habe angefangen, ganz früh am Morgen in die Blackthorn Road zu gehen. Ben ist immer bei Tagesanbruch zur Arbeit gefahren; als wir beide noch zusammengelebt haben, war es genauso. Sobald er also weg war, bin ich die Straße auf und ab gegangen, bis Vivien aus dem Haus kam, mit der kleinen Prinzessin im Kinderwagen.«

Cleo ist ernst, sie kneift die Augen konzentriert zusammen, so intensiv ist diese Erinnerung. »Ich weiß noch, wie Lexi laufen gelernt hat«, sagt sie. »Es war Winter, und sie war noch ganz klein und hatte ein wunderhübsches maßgeschneidertes Mäntelchen. Es war leuchtend smaragdgrün, was sehr gut zu ihren rotblonden Haaren passte. Und sie hatte auch eine kleine Strickmütze, mit einer gehäkelten weißen Rose auf der Seite. Das war so typisch für Vivien, einfach perfekt.«

Cleo ist sehr traurig und sehr einsam. Sie ist immer noch gefangen in ihrer Beziehung zu Vivien und zu Ben, in Beziehungen, die vor mehr als zehn Jahren endeten.

»Sie hatten immer passende Handschuhe. Die von Vivien waren aus beigem Leder, die von Lexi waren weicher, in derselben Farbe, aber aus Wolle. Und sie haben Händchen gehalten. Vivien hat den ganzen Schulweg über auf irgendwelche Sachen gedeutet und Lexi alles gezeigt. Immer wenn ich bestimmte Artikel – zum Beispiel über den Muttertag – gelesen habe oder wenn ich an einem Friseursalon vorbeigekommen bin und ein Sonderangebot für Tochter und Mutter gesehen habe, dann musste ich an Vivien und ihre Tochter denken, und ich wollte wissen, wie sie das zusammen zelebrierten. Ich war neidisch.«

Wenn Cleo über Vivien und Lexi spricht, dann stets mit großem Bedauern. Ich verstehe nicht, wie Ben die Gefahr hier nicht wahrnehmen konnte. Cleos Bedürfnis ist so stark, sie strahlt es mit einer beinahe greifbaren Intensität aus.

»Weiß Ben von diesen Aufnahmen?«

»Nein. Ich habe Vivien geliebt, und sie hat mir gefehlt«, sagt sie. »Ich hätte sie gern alle drei in meinem Leben gehabt. Diese Bilder sind etwas – nicht viel, aber immerhin etwas.«

Ich wende mich wieder zur Wand hin, zu dem letzten Bild, das mir die größte Angst macht.

Sie hat Lexi aufgenommen. Aus der Nähe, die Grautöne schmeicheln den Konturen ihres kleinen Gesichts, ihren traurigen Augen, ihren wilden Locken. Sie steht im offenen Schultor und betrachtet etwas jenseits des Objektivs. Ich bin mir ziemlich sicher, dass es ihre Mutter ist, denn ihr Gesichtsausdruck hat etwas Sehnsüchtiges. Sie sieht Vivien nach, wie sie von ihr weggeht.

Am liebsten will ich das Foto von Lexi von der Wand reißen, will es mitnehmen.

»Cleo, ich glaube, du solltest mit jemandem darüber sprechen.« Ich zeige auf die Wand. »Nachdem ich das alles gesehen habe, ist mir nicht mehr wohl dabei, dass du Kontakt zu meiner Enkeltochter hast.«

»Das entscheidest nicht du«, sagt sie.

»Ich muss es Ben erzählen.«

»Das ist deine Sache.« Sie wirkt nicht beunruhigt. Sie ist ziemlich ruhig.

Ich bin wütend auf mich selbst, weil ich ihr erzählt habe, was ich vorhabe. Bis ich Ben sehe, könnte sie die Bilder längst abgehängt haben.

Ich weiß nicht, wie ich sie einschätzen soll oder wozu genau sie fähig ist. Vielleicht ist sie harmlos, eine scheue Außenseiterin, die von meiner Tochter ausgebootet wurde und jetzt eine neue Chance aufs Glück will. Vielleicht ist sie aber auch eine ganz andere Person, die ich überhaupt nicht kenne. Eine Stalkerin, die in diesen ganzen Jahren fixiert auf Vivien war.

So oder so, ich werde sie nirgendwo in Lexis Nähe lassen.

Kapitel 18

Ich bin etwas unsicher, als ich mich dem weit geöffneten Schultor der Endsleigh School nähere, denn ich weiß, dass ich gegen die Regeln verstoße, indem ich unangekündigt hier auftauche. Aber ich kann nicht warten, ich muss mit Ben darüber sprechen, was ich in der Wohnung in Cinnamon Wharf gesehen habe.

Er ist ebenfalls zu früh; sein Range Rover parkt am Randstein. Hoffentlich fährt ihn Isaac – ich könnte etwas Unterstützung gebrauchen. Ich gehe zum Auto und klopfe ans Fahrerfenster. Als es heruntergelassen wird, sitzt Ben auf dem Fahrersitz. Er ist allein im Auto.

»Ich muss mit dir reden«, sage ich. »Es ist wichtig.«

Er sieht nicht sonderlich erfreut aus, mich zu sehen.

»Worum geht es?« Er runzelt die Stirn und klingt merkwürdig schroff, aber ich tue so, als würde ich es nicht bemerken.

»Es geht um Cleo.«

Ben schließt das Fenster wieder. Er öffnet die Tür, und ich weiche ein wenig zurück. Als er auf den Gehsteig tritt, wirft er einen Blick zum Schulhof, der sich schnell füllt, obwohl die Türen der Schule noch geschlossen sind. Eltern und Kinder kommen an uns vorbei, als sie in Richtung Schultor gehen, sie reden, lachen und schieben Kinderwagen.

»Ben?«

Er sieht mich etwas widerwillig an.

»Hör zu, ich mache mir Sorgen wegen Cleo, und ich halte es nicht für gut, wenn sie dich zu Hause besucht.«

Er sieht mich mit einem Blick an, der Wasser zu Eis gefrieren könnte, aber ich rede weiter.

»Ich weiß nicht, ob dir das klar ist, aber sie macht sich Hoffnungen. Sie denkt, sie kann die Zeit zurückdrehen und weitermachen, wo ihr aufgehört habt. Ich glaube, diese Situation könnte sehr kompliziert werden, wen du irgendwann einmal beschließt, dass du sie nicht mehr brauchst oder nicht mehr mit ihr zusammen sein willst.«

Ben reibt sich die Augen. Dann fummelt er an seinem Ehering herum.

»Ben, ich war gerade in Cleos Wohnung, und ich bin extrem besorgt. Ich halte sie für labil. Sie hat eine ganze Wand voller Fotos, die ohne Viviens Wissen aufgenommen wurden. Ich möchte nicht, dass sie Zeit mit Lexi verbringt.«

»Es ist nicht deine Sache zu entscheiden, wer Zeit mit Lexi verbringt«, sagt er. Er spuckt mir die Worte entgegen wie Stacheln. Diese Grobheit, diese kalte Aggression, das sieht ihm so gar nicht ähnlich.

»Stimmt irgendetwas nicht?«, frage ich.

»Hast du ein Problem mit mir, Rose? Hältst du mich nicht für fähig, mich um meine eigene Tochter zu kümmern?«

Eine junge Philippinerin wendet sich besorgt zu uns um, vielleicht wegen der Art und Weise, wie er mit mir redet.

»Ben, in Gottes Namen, wovon sprichst du?«

»Cleo hat mich angerufen. Sie hat gesagt, du warst heute Morgen bei ihr in der Wohnung, und du fragst ständig, ob ich getrunken habe.«

»Was?«

»Sie sagt, du glaubst, ich hätte ein Alkoholproblem. Rose,

hast du der Polizei von meinem angeblichen Alkoholmissbrauch erzählt?«

»Nein, Ben …«

»Als Nächstes meldest du mich noch beim Jugendamt.«

Ben bemerkt die Frau, die uns immer noch anstarrt, und versucht, sich zusammenzureißen. Er hört auf, an seinem Ehering zu drehen, und hält seine Hand ruhig.

»Hör mir zu, Ben. Meine Aussagen wurden aus dem Kontext gerissen. Bitte, Ben.«

»Hast du Cleo gefragt, ob ich getrunken habe, oder nicht?«

Ich versuche, mich genau daran zu erinnern, was ich zu Cleo gesagt habe. Ich sehe aber nur diese Fotos vor mir.

»Es kann schon sein, dass ich sie gefragt habe. Und ja, ich glaube, du solltest aufpassen, wie viel du abends trinkst, wenn du mit Lexi allein bist. Aber ich habe das gesagt, weil ich mir Sorgen um dich mache. Es wäre besser, wenn du zu deinem Allgemeinarzt gehst und dir für einen kurzen Zeitraum Antidepressiva oder Schlaftabletten verschreiben lässt, wenn du Probleme hast …«

Er hebt die Augenbrauen und ahmt mich nach, die Schwiegermutter, die sich einmischt. »Du hast bestimmt recht«, sagt er.

»Ben, du musst in Cleos Wohnung gehen und es dir selbst ansehen.«

Aber er ist so wütend, dass er mir überhaupt nicht zuhört. Ich ärgere mich sehr, dass ich kein Foto von dieser Wand gemacht habe.

»Offenbar muss ich diesen Tag damit verbringen, Anrufe wegen dir entgegenzunehmen«, sagt er. »Andrew Lissauer hat mich heute Morgen auch angerufen.«

Ich brauche einen Augenblick, um meine Überraschung darüber zu verdauen, aber mich beschäftigt gerade eher, dass Ben sich nicht anhört, was ich ihm über Cleo erzählen will.

»Ben, hast du begriffen, was ich gesagt habe? Ich mache mir ernsthafte Sorgen über Cleos geistige Verfassung.«

»Ich habe dich gehört.« Seine Stimme klingt jetzt noch kälter. »Aber laut Andrew ist es eher deine geistige Verfassung, die ein Problem darstellt.«

Ich räuspere mich, doch der Kloß in meinem Hals ist größer geworden, fester. Ich werde ihn nicht los. »Warum hast du mit Andrew über mich gesprochen?«

»Ich kenne Andrew seit Jahren. Wie du weißt, war er Alexandras Kinderarzt. Wir sitzen zusammen im Vorstand des Spendenkomitees für die Weissman-Station.«

Ben sieht mich merkwürdig an und spricht langsam, als wäre ich nicht ganz bei Trost. »Andrew hat mich angerufen, weil er sich Sorgen um dich macht. Offenbar gehst du nicht mehr zur Arbeit und hattest eine Art Ausbruch?«

Andrew hat es sicherlich gut gemeint, aber ich könnte ihn erwürgen. Er hat mich gerade völlig unglaubwürdig gemacht. Ich atme aus. »Das hat er bestimmt nicht so ausgedrückt«, sage ich.

»Was ist denn genau im Krankenhaus vorgefallen, Rose? Andrew wollte mir keine Einzelheiten erzählen. Er nimmt dich sehr in Schutz.«

»Ich war in letzter Zeit einfach etwas zerstreut, wie du dir vorstellen kannst. Es war nichts Ernstes, und es wurde niemand verletzt. Nichts in der Art.«

Sage ich die Wahrheit? Denn Yusufs Mutter war verletzt. Ich habe sie verletzt.

»Es war nichts Ernstes«, wiederhole ich. Ich klinge nicht überzeugend.

»Und trotzdem hält es Andrew Lissauer, der dich bewundert, nicht für angebracht, dass du Kontakt zu Patienten hast? Und er war immerhin so besorgt, mich darüber zu benachrichtigen, dass du seiner Meinung nach eine Krise hast?«

»Ich würde Lexi niemals wehtun. Bitte.«

Ben blickt verwirrt drein. »Was meinst du damit?«

»Ich weiß es nicht.« Ich kämpfe und kann nicht klar denken. Ich bringe keinen vernünftigen Satz heraus.

»Hör zu, Rose.« Ben ist jetzt ruhiger, er hat seine Gefühle unter Kontrolle. »Ich weiß, dass das alles schrecklich für dich ist. Ich glaube, deine Schuldgefühle wegen der Art und Weise, wie du Vivien behandelt hast, färben alles ein, was du siehst und was du tust. Aber du kannst nicht wiedergutmachen, dass du sie vernachlässigt hast, indem du versuchst, die Rolle von Lexis Mutter einzunehmen. Ich bin ihr Vater, und ich bin voll und ganz in der Lage, mich um sie zu kümmern. Ich lasse nicht zu, dass du das hintertreibst.«

»Ben, meine Bemerkungen waren vertraulich und nur aus Sorge. Cleo hat verdreht, was ich gesagt habe.«

»Ich bin sehr wütend, Rose. Wie kannst du es wagen, herumzulaufen und den Leuten zu erzählen, ich hätte ein Alkoholproblem und wäre nicht fähig, mich um meine Tochter zu kümmern?« Er steht nahe bei mir, stößt seine Worte unterdrückt hervor, damit die Vorübergehenden nicht hören, was er sagt. Er wartet nicht ab, bis ich seine Frage beantwortet habe. »Ich habe genug um die Ohren, ich dulde deine Ausbrüche und dein ganzes Theater nicht. Ich warne dich, noch ein solcher Auftritt, und es wird dir leidtun.«

»Ich würde nie etwas tun, was euch schadet.«

»Das hast du aber.«

»Es tut mir leid.«

»Du bist unzuverlässig und du denkst nur an dich und deine eigenen Bedürfnisse. Jetzt begreife ich auch, warum Vivien so sehr kämpfen musste, warum sie ihre Probleme hatte.«

»Das ist ein Schlag unter die Gürtellinie.«

»Ach ja? Ich finde, du solltest dich einmal mit deinem plötzlichen Drang, nach all diesen Jahren ein Teil von Lexis Leben sein zu wollen, beschäftigen, bevor du etwas tust, was ihr noch mehr Schmerzen zufügt, als sie jetzt schon hat.«

»Ist das wirklich wichtig, Ben? Die Beweggründe, weshalb ich Bestandteil von Lexis Leben sein will? Zählt es denn etwas, dass ich Viviens Mutter bin? Dass auch ich sie verloren habe?«

Er schiebt sich die Hände in die Manteltaschen.

Ich habe es satt, immer die Böse zu sein. Habe seine Anschuldigungen satt.

»Wenn du eines Tages das Pech hast, die Leiche deiner Tochter ansehen zu müssen, dann kannst du dir ein Urteil über mich erlauben.«

»Ich glaube, es ist das Beste, wenn du jetzt gehst«, sagt er, »und zwar bevor Lexi herauskommt. Ich möchte nicht, dass sie Zeugin irgendeiner Szene wird. Du hältst dich bitte von meiner Tochter fern, bis du dich wieder unter Kontrolle hast. Wir haben genug zu bewältigen, und du scheinst wild entschlossen zu sein, alles nur noch schlimmer zu machen.«

Er marschiert Richtung Schultor davon. Eine Blondine in engen Jeans und hochhackigen Stiefeln geht auf ihn zu, legt ihm eine Hand auf den Arm und neigt mitfühlend den Kopf.

Kapitel 19

Ich fahre nicht nach Hause. Ich rufe DS Cole auf dem Handy an und frage sie, ob ich sie besuchen kann. Ich sage ihr, dass es dringend ist.

Das Polizeirevier liegt in einem zweistöckigen goldgelben Backsteingebäude. Zwei antike Laternenpfähle flankieren den Eingang. Das Gebäude ist hübsch, es verspricht Sicherheit und Geborgenheit. Aber das anheimelnde Äußere ist trügerisch, und schon bald finde ich mich in der trostlosen Atmosphäre des Verhörzimmers Nummer eins wieder, in dem schmucklosen kleinen Raum, den ich in Erinnerung habe.

Fast umgehend ergreift mich das Gefühl, dass es ein Fehler war herzukommen. Ich hoffe, dass ich mich täusche.

»Danke, dass Sie mich so schnell empfangen haben«, sage ich.

DS Cole und ich sitzen diesmal nebeneinander statt auf gegenüberliegenden Seiten des Tisches. Sie trägt ihre taillierte weiße Bluse und ihre braunen Budapester. Ihre Haare scheinen ein etwas helleres Blond angenommen zu haben.

»Kein Problem«, sagt sie. »Hat Ben Ihnen von den Ergebnissen aus der Toxikologie erzählt?«

Ich zögere. Ich habe dasselbe Gefühl, das ich immer habe, wenn ich mit DS Cole spreche, so als würde ich auf rohen Eiern laufen und jedes Wort einzeln abwägen müssen. Als könnte mich jeder Satz, den ich äußere, belasten, als könnte sie durch mich hindurchschauen bis auf den verkommenen innersten Kern. Ich bin erleichtert, als sie weiterspricht.

»Wir haben uns den Laptop Ihrer Tochter vorgenommen und es geschafft, die Herkunft der Tabletten, die sie genommen hatte, zu ermitteln. Die Medikamente wurden von einer privaten Allgemeinpraxis verschrieben, einem Spezialisten für Gewichtsreduktion. Ich dachte, das würden Sie vielleicht wissen wollen.«

»Ich verstehe. Ja. Danke.«

»Aber die Sache ist die«, fährt sie fort, »das Medikament wurde gar nicht Ihrer Tochter verschrieben. Das Rezept war auf Alexandra ausgestellt.«

Ich habe die Hände im Schoß liegen, die linke unter der rechten, sodass sie die blauen Flecken nicht sieht. Ich hoffe, dass ich bis auf meine Augenringe ruhig und kontrolliert wie üblich wirke.

»Überrascht Sie das?«, fragt sie.

»Ich … normalerweise schon. Aber ich hatte kürzlich ein Gespräch mit Mrs Murad, und sie hat mir erzählt, dass Vivien sich Sorgen wegen Lexis Gewicht machte. Deshalb leuchtet mir das jetzt ein. Ich hatte wirklich keine Ahnung. Ich hätte niemals zugelassen, dass sie einem Kind so ein Medikament verabreicht, auch wenn es von einem Arzt verschrieben wurde. Hätte ich es gewusst, hätte ich etwas unternommen.«

»Ben wusste es auch nicht.«

»Ich verstehe.«

»Und dann steht da noch die Frage im Raum, was mit der leeren Packung passiert ist.«

»Ja.«

Es entsteht eine Pause, wir schweigen, beide warten wir darauf, dass die andere etwas sagt. Ich kam her, weil ich DS

Cole von Cleos Fotografien erzählen wollte, von der Tatsache, dass sie zugegeben hat, meine Tochter beobachtet zu haben. Aber als ich jetzt hier in diesem fensterlosen Raum sitze, überlege ich es mir noch einmal anders. Ich frage mich, ob diese Familie noch mehr Einmischung seitens der Polizei braucht.

»Wollten Sie denn noch über etwas anderes mit mir reden?«, fragt DS Cole.

Ich beschließe, es ihr doch zu sagen. Ich muss es, denn Ben hört mir nicht zu. Und DS Cole vertraue ich.

»Ich bin beunruhigt wegen einer gewissen Cleo Baker«, sage ich. »Sie ist eine alte Freundin meiner Tochter, und sie hatte früher einmal eine Beziehung mit Ben, vor vielen Jahren. Sie haben offenbar schon mit Ben über sie gesprochen?«

DS Cole nickt. »Hatten Sie in letzter Zeit auch Kontakt zu Ms Baker?«

»Ja. Ich habe sie neulich zufällig abends getroffen, in der Blackthorn Road. Sie war unterwegs zu Ben. Und dann haben wir einen Nachmittag zusammen im Regent's Park verbracht.«

»Darf ich fragen, worüber Sie gesprochen haben?«

»Wir haben Erinnerungen ausgetauscht, an Vivien.«

»Und was genau beunruhigt Sie?«, fragt DS Cole. Sie beugt sich vor, wie sie es immer macht, wenn sie sich konzentriert.

»Ich mache mir Sorgen, dass Cleo labil ist.«

Ich erzähle ihr, wie Cleo sich geweigert hat, mich ins Haus zu lassen, und dann erzähle ich ihr von den Fotos. DS Cole sagt nicht viel.

»Ich bin deshalb beunruhigt, weil Cleo meine Tochter beobachtet hat. Und jetzt meine Enkeltochter. Ohne ihr Wissen. Sie hat sie gestalkt.«

»Okay.« Sie denkt nach. Sie wirkt nicht beunruhigt.

»Meinen Sie, Cleo könnte Vivien in irgendeiner Weise Angst gemacht haben?«

Ich denke an das absurd ruhige Gespräch mit Cleo zurück, als wir vor ihrem Schrein für meine Tochter standen.

»Nein, ich glaube nicht, dass sie Kontakt zu Vivien hatte. Mein Eindruck ist eher, dass sie sich ihr nicht genähert und nicht mit ihr gesprochen hat. Sie hat mir ehrlich gesagt, dass sie die Aufnahmen heimlich gemacht hat. Sie hat überhaupt nicht versucht, das zu vertuschen.«

»Könnte Ihre Tochter vielleicht gewusst haben, dass ihr jemand folgte?«

»Das weiß ich nicht.«

»Es könnte zu ihrer Gemütsverfassung beigetragen haben, als sie die Überdosis genommen hat.«

»Ich mache mir wegen Lexi Sorgen«, sage ich. »Cleo ist seit langer Zeit auf die Familie fixiert. Ich fürchte, dass sie irgendetwas mit Lexi vorhat. Ich sehe ständig das Foto von Lexi an der Wand in ihrer Wohnung vor mir. Können Sie da irgendetwas tun?«

»Ich muss mich mit meinem Vorgesetzten beraten, glaube ich«, sagt sie. »Es war richtig von Ihnen, dass Sie gekommen sind, um mit mir zu sprechen.«

»Werden Sie denn in Cleos Wohnung nachsehen, ob die Bilder noch da sind?«

»Wie meinen Sie das, ob sie noch da sind?«

»Na ja, sie könnte sie ja abhängen. Ich habe sie mit meinem Besuch überrascht. Ich könnte mir vorstellen, sie will nicht, dass sie jemand sieht.«

Ich bereue meine dumme Aussage. Jetzt vermutet DS Cole wahrscheinlich, dass ich mir das alles nur eingebildet habe. Und ich habe sie selbst darauf gebracht.

»Hat sie denn den Eindruck gemacht, als würde sie die Bilder verstecken wollen?«

»Nein. Sie schien vielmehr stolz darauf zu sein. Sie hat sogar erwähnt, dass sie Fotokurse belegt hat.«

Bilde ich es mir ein, oder sieht DS Cole mich an, als wäre ich eine unzuverlässige Zeugin? Eine tattrige, trauernde Großmutter. Wieder ärgere ich mich, dass ich nicht daran gedacht habe, ein Foto zu machen.

»Ich werde sehen, was ich tun kann. Ich spreche mit meinem Vorgesetzten.«

»Danke.«

DS Cole sieht mich immer noch an, wartet, ob ich noch mehr sagen werde, aber ich habe dichtgemacht. Ich habe Angst vor dem, was ich gerade getan habe. Ich habe Angst, in ein Hornissennest gestochen zu haben. Ich habe Angst vor Bens Wut und Isaacs Kritik. Isaac hat mich gewarnt, er meinte, ich solle das lieber langsam angehen, geduldig sein, aber ich habe genau das Gegenteil gemacht. Ich habe aus Wut und aus Furcht gehandelt. Ich wollte mich an Cleo rächen, weil sie mich von Alexandra fernhält, und auch an Ben, weil er heute Morgen so mit mir geredet hat. Und jetzt habe ich vielleicht mein eigenes Schicksal besiegelt.

Ben wird wütend sein, wenn er herausfindet, dass ich hier war und den Verdacht auf Cleo gelenkt und ihn einer erneuten Überprüfung ausgesetzt habe. Diese kurze Befragung könnte sehr gut das Ende jeder möglichen Beziehung zwischen Ben und mir nach sich ziehen.

»Müssen Sie meinem Schwiegersohn von unserem Gespräch erzählen?«

»Gibt es einen Grund, warum Sie das nicht wollen?«

»Er wäre wahrscheinlich nicht sonderlich erfreut. Ben will

nichts Negatives über Cleo hören, seit Viviens Tod ist sie unentbehrlich für ihn geworden. Er mag es nicht, wenn ich mich einmische.«

Und er wird es mir heimzahlen, indem er mich von meiner Enkeltochter fernhält.

»Ich bemühe mich, Ihren Namen herauszuhalten.«

»Danke.«

Und dann denke ich: Zum Teufel mit Ben. Ich habe alles richtig gemacht. Ich mag nicht mehr schweigen. Sehenden Auges den Mund halten. Ich habe versucht, Ben zu warnen, aber er wollte nicht auf mich hören.

»DI Hawkins irrt sich«, sage ich. »Ich habe viele Fragen. Aber ich habe auch Angst vor den Antworten. Manchmal ist es besser, weniger schmerzhaft, etwas nicht zu wissen. Verstehen Sie, was ich meine?«

»Ich weiß nicht recht. Wahrscheinlich bin ich nicht Ihrer Meinung, sonst wäre ich nicht Kriminalbeamtin.«

Wir lächeln beide, das Eis ist gebrochen.

Ich mag DS Cole mittlerweile. Als ich in diesem trostlosen Raum hier mit ihr sitze, merke ich, dass ich gestehen möchte. Ich möchte, dass sie mir alle meine Sünden als Mutter vergibt.

»Wie alt sind Sie, DS Cole?«

»Achtundzwanzig.«

»Seit wann sind Sie schon bei der Polizei?«

Sie lächelt. »Seit sieben Jahren.«

Das überrascht mich. Sieben Jahre, das ist eine lange Zeit, und sie sieht so jung, so frisch aus.

»Ich weiß, wie es ist, jemanden zu verlieren, so wie Sie.«

»Was ist passiert?« Zum ersten Mal hat sie mir etwas Persönliches erzählt. Ich bin verblüfft und auch gerührt.

»Meine Schwester wurde ermordet. Sie war ein paar Jahre

älter als ich, und sie hat auf dem College studiert. Eines Abends war sie etwas trinken und hat sich vor dem Pub mit ihrem Freund gestritten. Er hat sie alleine nach Hause gehen lassen.«

Sie hält inne. Ich sehe ihr an, dass sie nicht mehr sagen will.

»Das tut mir sehr leid«, sage ich. Dann füge ich hinzu: »Es ist doch seltsam, nicht wahr, wie sich die Leute ständig bei einem entschuldigen.«

»Man gewöhnt sich daran.«

Ich stehe auf. »Ich will Ihre Zeit nicht noch länger in Anspruch nehmen.«

Auch sie steht auf und öffnet mir die Tür. »Es tut mir leid, dass wir Ihnen immer noch keine klaren Antworten geben konnten«, sagt sie. »Es ist schwierig, während einer laufenden Ermittlung einfach mit seinem Leben weiterzumachen. Ich weiß, wie wichtig es ist, alles abzuschließen.«

Vivien

Drei Monate zuvor

Meine Tochter geht mir aus dem Weg.

Ich stehe vor ihrem Zimmer, mit einem Tablett mit einem Glas fettarmer Milch und einem Bananen-Haferflocken-Muffin. Die Tür ist geschlossen.

»Alexandra!«, rufe ich. »Mach die Tür auf, bitte.«

Mit einem dumpfen Aufprall springt sie aus dem Bett, dann kommt sie mit behäbigen Schritten zur Tür wie ein kleiner Elefant. Als sie schließlich aufmacht, sieht sie mich mit einem trotzigen Gesichtsausdruck an, der mir sofort unter die Haut geht. Ich versuche, nicht böse zu werden. Ich versuche zu lächeln.

»Hast du Hunger?«

Alexandra schüttelt den Kopf. Sie reibt sich die Nase. Das macht sie oft, wenn ich mit ihr spreche, sie wird dann ganz zappelig.

Und manchmal fällt es mir schwer, sie anzusehen. Das Doppelkinn, das sie bekommt, wie ihr Bauch gegen ihren Rockbund drückt, die Fettwülste um ihre Handgelenke. Ich kann nicht kontrollieren, was sie in der Schule isst oder was sie von Ben bekommt, wenn ich nicht da bin. Und sie hat auch keine Selbstkontrolle.

Ich muss mich quasi an ihr vorbeidrängen, um in ihr Zimmer zu kommen. Überall auf dem Boden liegen ihre Kleider verstreut, und auf jeder horizontalen Fläche, auf der Kommode, auf dem Nachttisch und um ihren Computer herum liegen Filzstifte und kleine Plastikfiguren. Doch den Kampf um Ordnung will ich lieber zu einem anderen Zeitpunkt ausfechten, weil ich gerade so viele andere verliere.

Ich weiß, dass sie immer Hunger hat, wenn sie nach Hause kommt. In der Schule gibt es zeitig Mittagessen, um zwölf Uhr fünfzehn. Ich mag gar nicht daran denken, was für ein Zeug sie dort auftischen: Pizza, paniertes Hühnchen und zum Nachtisch Kuchen oder Eis. Es ist haarsträubend, wenn man bedenkt, wie viele Übergewichtige es in England gibt. Alexandra verspricht mir, eine Ofenkartoffel mit Thunfisch zu essen und außer an Freitagen auch keine Nachspeise, aber so, wie sie aussieht, isst sie ganz andere Sachen und verzichtet auf nichts.

Nach außen hin richtet sie sich nach meinen Vorgaben. Im Verborgenen trotzt sie mir. Meine Tochter wird eine versierte Lügnerin.

Ich stelle das Tablett auf den Schreibtisch, neben ein Bild von Alexandra und ihrem Vater. Ben steht hinter ihr, hat die Arme um sie gelegt, und beide haben den gleichen ernsten Gesichtsausdruck, die gleichen verletzlichen Augen. Ben hat es so leicht, ich beneide ihn. Er akzeptiert das Mädchen, wie es ist: pummelig und eine Einzelgängerin. Es bleibt mir überlassen, meine Tochter zu jemandem zu formen, der vielleicht einmal die leise Chance hat, einen Platz in der Welt zu finden. Immerhin ist Alexandra mein einziges Kind. Und sie wird jetzt schon in der Schule schikaniert.

Sie setzt sich auf die Bettkante und sieht mich mit ihren ängstlichen Augen an, als würde sie sich vor ihrer eigenen Mutter fürchten.

Ich möchte Alexandra eigentlich nicht darin bestärken, in ihrem Zimmer zu essen, aber so habe ich die größte Chance, ihr das Zeug einzutrichtern. Ich nehme das Milchglas und stelle mir den Teller mit dem Muffin auf den Schoß, als ich mich neben sie auf das Bett setze.

»Ich habe dir Muffins gebacken«, sage ich.

»Die ess ich nicht.« Sie spannt die Muskeln ihres kleinen Kiefers an.

Sie wendet sich von mir ab. Sie stellt sich neben den Schreibtisch und ihren geliebten Computer. Und das Foto von ihrem Vater. Sie kommt selten nach unten, wenn wir beide allein im Haus sind. Sie wartet, bis sie hört, dass Ben durch die Tür kommt, oder bis ich sie zu einer Nachhilfestunde herunterrufe.

Wenn ich es ihr erlauben würde, würde sie den ganzen Tag in ihrem Zimmer bleiben und reglos vor dem Computerbildschirm sitzen wie ein Zombie. Wenn ich ihr sage, dass sie lange genug auf einen Bildschirm gestarrt hat, legt sie sich ins Bett und liest. Das Kind bewegt sich kaum. Als ich in ihrem Alter war, war ich quasi jeden Tag im Ballettunterricht; ich habe die ganze Zeit trainiert, und trotzdem kämpfte ich ständig mit meinem Gewicht.

Sie fixiert den Muffin.

»Komm schon, Alexandra, ich weiß, dass du Hunger hast. Trink die Milch hier, dann darfst du den Muffin essen. Er schmeckt köstlich. Er ist noch warm.«

Ich lächle sie wieder an, aber ich muss meinen Mund in die richtige Stellung zwingen. Ich weiß, dass die Wärme nicht bis zu meinen Augen reicht und das Mädchen mich durchschaut.

»Warum muss denn alles immer so ein Kampf sein?«, frage ich sie.

Sie weiß natürlich keine Antwort darauf.

Das Muttersein hatte ich mir anders vorgestellt. Ich hatte gehofft, zwischen mir und Alexandra würde es anders werden, anders wegen Ben und weil wir eine Familie sind, aber in Wirklichkeit ist es genau das Gleiche. Es ist genau derselbe Schmerz und dieselbe Frustration, die ich bei meiner Mutter empfunden habe, alles wieder von Neuem.

»Ich will sie nicht«, sagt sie.

Ich seufze, atme hörbar und ungeduldig aus, eigentlich ist es mehr ein Fauchen. Meine Tochter ist stark und klug, und das liebe ich an ihr. Aber sie unterläuft auch ständig meine Autorität, und deshalb habe ich Angst, was auf mich zukommt, wenn sie ein Teenager ist. Ich muss das in den Griff bekommen. Sie muss lernen, auf mich zu hören. Alexandra mit ihren verwilderten Locken, in ihrer weißen Schulbluse mit Flecken von brauner Erde und blauer Tinte und ihrer dicken Taille, die gegen den Rockbund drückt, versteht noch nicht, dass das Äußere zählt. Sie wird jetzt schon zu einer Außenseiterin. Ich merke, wie andere Mütter sie ansehen. Mir fällt auf, dass sie nie bei anderen Mädchen zu Hause zum Spielen eingeladen ist. Wir sind hier vollkommen fehl am Platz, in der Welt der Privatschulen, Skiurlaube und Dinnerpartys. Wir sind überfordert. Und meine Tochter ist anders: schrullig und dick. Ich tue mein Bestes, ihr zu helfen, sich einzufügen.

Vielleicht versuche ich auch, mir selbst zu helfen, weil ich mich für sie schäme. Ich hasse mich dafür, dass ich so empfinde.

Sie sieht den Muffin an. Sie hat Hunger.

Ich versuche nicht, mich meiner Tochter zu nähern. So dumm bin ich nicht. Sie wird nur Widerstand leisten und einen Anfall bekommen. Ich muss Geduld haben. Ich halte ihr das Glas Milch hin, es ist kalt und glitschig. Alexandra schüttelt den Kopf und zieht eine Schnute. Sie weicht hinter den Computerstuhl zurück, als würde sie sich ducken.

»Alexandra«, sage ich, »wir können das auf die leichte Tour machen oder auf die harte. Du musst diese Milch trinken. Das hat der Arzt gesagt. Trink sie, und dann ist es gut. Ich kann dich aber auch bestrafen und dir den Computer wegnehmen. Du hast die Wahl. Die leichte Tour oder die harte.«

»Ich mag nicht.«

In ihren Augen liegt ein Schmerz, den ich nicht sehen möchte.

»Es geht nicht darum, ob du magst oder nicht. Du weißt, dass deine Medizin in dieser Milch ist, und du weißt, dass du Übergewicht hast. Du musst etwas dagegen unternehmen, es sei denn, du willst irgendwann Diabetes oder eine Herzkrankheit oder Krebs bekommen. Dir passen nicht einmal mehr die Kleider für Achtjährige, die es in den Läden gibt. Schämst du dich nicht vor deinen Freundinnen?«

Meine Tochter verzieht das Gesicht, Lebendigkeit und Freude weichen aus ihren Augen. Ich habe mir fest vorgenommen, das nicht auszusprechen. Nicht schon wieder. Aber Alexandra bringt mich dazu. Wenn sie Ben erzählt, was ich zu ihr gesagt habe, wird er mir nie verzeihen.

»Komm schon, Alexandra«, sage ich. »Ein Glas Milch. Und dann ist alles gut.«

Widerwillig tritt sie zwei Schritte nach vorn. Sie bleibt stehen, dann kommt sie langsam ein paar weitere Schritte auf mich zu, sie nähert sich mir, als wäre ich ein Raubtier, das sie gleich anspringt. Auch das nehme ich ihr übel, weil sie mir das Gefühl vermittelt, ich würde ihr wehtun, während ich doch verzweifelt versuche, ihr zu helfen. Ich werde nichts unterlassen. Sie weiß nicht immer, was ihr guttut.

Sie nimmt mir das Milchglas ab und trinkt einen winzigen Schluck. Kaum etwas kommt ihr über die Lippen. Sie zieht eine Grimasse.

»Das schmeckt komisch.«

»Unsinn.«

»Doch. Wegen der Medizin schmeckt es komisch.«

»Ach was, da ist nur ein ganz kleines bisschen drin.«

Herrgott, das ist so einfach, und trotzdem dauert es jedes Mal eine Ewigkeit. Wut steigt in mir auf, und ich verspüre den Drang, sie in ihr teigiges, rundliches kleines Gesicht zu schlagen. Ich würde das natürlich niemals tun, nicht in einer Million Jahren. Aber meine Tochter schafft es, mich zum Äußersten zu treiben, bis an die Grenze, in diesem Kampf, den eigenen Willen durchzusetzen. Sie schwächt mich, sodass ich gar keine Energie mehr habe, wenn Ben nach Hause kommt.

»Bitte, Mami«, sagt sie. »Zwing mich nicht. Mir wird schlecht davon. Und mein Herz schlägt ganz komisch, wenn ich das trinke, es schlägt viel zu schnell.«

»Das ist gut für dich. Und wenn du ein bisschen abgenommen hast, können wir damit aufhören. Mach es uns doch nicht so schwer. Zwing mich nicht, dir den Computer wegzunehmen. Zwing mich nicht, Papa zu sagen, dass du den Campingurlaub absagen musst.«

Sie trinkt noch einmal, länger diesmal. Das Glas ist immer noch zu drei Vierteln voll.

»Braves Mädchen«, sage ich. »Und wir können dir auch ein Geschenk kaufen. Wenn du es eine ganze Woche lang genommen hast.«

Alexandra setzt sich neben mich auf das Bett. Ihrem Gesichtsausdruck nach zu urteilen, könnte man annehmen, sie würde gefoltert. Sie kippt das Glas, trinkt alles in einem Zug, dann führt sie ein großes Theater auf und tut so, als müsse sie gleich würgen.

Sie langt nach dem Muffin. Isst ihn, als bestünde er aus Sägemehl. Krümel fallen in ihr Bett. Ich versuche, es zu ignorieren. Sie braucht zehn Minuten, um einen mickrigen Muffin zu essen. Danach ist sie tränen- und rotzverschmiert.

Ich lege den Arm um sie. Sie lässt den Kopf an meine Brust sinken und versucht, sich an mich zu kuscheln, etwas Weiches zu finden. Sie drückt sich an mich und hält sich ganz fest.

Kapitel 20

Gerade als ich die Wohnungstür hinter mir zuziehe, klingelt mein Handy. Ich finde es nicht gleich, denn es steckt irgendwo ganz unten in meiner Handtasche. Ich hasse diese Tasche, sie ist wie ein schwarzes Loch.

DS Cole ist es. »Rose, entschuldigen Sie, dass ich Sie störe. Hätten Sie eine Minute?«

»Natürlich.«

DS Cole weiß noch nicht, dass ich nicht mehr arbeite. Ich habe mehrere Minuten; ich habe nichts als freie Minuten. Ich balanciere jeweils auf einem Bein, als ich mir die Stiefel ausziehe und sie ordentlich neben die Tür stelle.

»Sie kennen Cleo Baker schon lange, seit ihrer Kindheit. Ist Ihnen denn irgendwann einmal aufgefallen, dass sie ein aggressives Verhalten an den Tag gelegt hätte?«

»Nein«, sage ich. »Sie war immer ruhig und reserviert. Allerdings – vielleicht hatte sie Aggressionen gegen sich selbst.«

»Was wollen Sie damit sagen?«

Ich gehe zu meinem Kühlschrank. Jetzt habe ich dort zwei Zeichnungen von Lexi hängen. Die eine, auf der sie neben ihrer Mutter steht, und die neuere von ihrem Haus mit den hübschen rosa Blumen im Garten. Als ich das frühere Bild betrachte, sehe ich etwas, was mir zuvor noch nie aufgefallen ist. Vivien ist als Strichmännchen mit einem großen runden Kopf gezeichnet. Aber sich selbst hat Alexandra mit einer großen runden Mitte gemalt.

»Rose?«

»Entschuldigung, ich bin noch dran. Folgendes: Cleo hat sich als Kind Haare ausgerupft. Augenbrauen und Wimpern. Als sie in der Mittelschule waren, glaubte ich einmal, ich hätte eine kahle Stelle bemerkt, auf dem Kopf, aber die hat sie normalerweise verdeckt. Das ist doch eine Art von Gewalt gegen sich selbst, oder? Ein Zeichen, dass zu Hause etwas nicht in Ordnung war.«

»Ich will Sie ja nicht zu sehr beunruhigen«, sagt sie, »aber ich glaube, Sie sollten wissen, dass Cleo schon einmal eine Anzeige wegen einer Tätlichkeit hatte. Eine Frau in Bermondsey hat sie vor mehreren Jahren angezeigt, etwa in der Zeit, als sie mit Ben in Cinnamon Wharf gewohnt hat. Ich kann Ihnen aber versichern, dass das ein Einzelfall war.«

Ich bin schockiert, das zu hören. Ich frage mich, ob DS Cole solche Informationen weitergeben soll, ob sie diesen Anruf wirklich in Erfüllung ihrer Pflicht tätigt oder ob sie den Fall mit persönlichem Interesse verfolgt. Sie hört sich an, als würde sie sich Sorgen um mich machen. Kriminalpolizisten sind also doch Menschen.

»Wurde sie verurteilt?«

»Die Anklage wurde fallengelassen«, sagt DS Cole.

Ich rücke Lexis Zeichnungen gerade und setze auf jede der vier Ecken einen Magneten, damit sie gut halten.

»Könnte es also eine Verwechslung oder ein Versehen gewesen sein, wenn die Anklage fallengelassen wurde?«

»Nein«, sagt DS Cole. »Es war kein Versehen. Die Frau hat die Anzeige zurückgezogen, aber Cleo hat die Tätlichkeit zugegeben.«

Langsam begreife ich, was DS Coles Aussage impliziert.

»Wollen Sie damit sagen, dass Cleo Vivien womöglich verletzt hat? Die Wunde an Viviens Kopf, wollen Sie sagen …«

»Rose, ich glaube nicht, dass uns Spekulationen weiterbringen. Aber ich möchte Sie dennoch bitten, vorsichtig zu sein, bis wir die Ermittlungen beendet haben. Ich empfehle Ihnen ausdrücklich, sie nicht noch einmal zu besuchen, bis wir uns näher damit beschäftigen und sie befragen konnten. Wie gesagt, ich wollte Sie nur ungern beunruhigen, denn ich glaube nicht, dass an der Sache etwas dran ist. Aber ich habe entschieden, dass Sie es wissen sollten. Mir wäre es lieber, wenn Sie Abstand zu Cleo halten.«

Ich stehe vor meinem Kühlschrank, betrachte Lexis Zeichnungen. Wie sie sich selbst gemalt hat und ihre Mutter, beide so klein, als würden sie sich in der Ecke des Blattes zusammenkauern.

»Rose, ist das in Ordnung?«

»Ja«, sage ich. »Danke. Ich verstehe.«

»Sie wissen, dass ich immer da bin, falls Sie irgendetwas beunruhigt.«

»Erzählen Sie Ben davon?«, frage ich. »Mir hört er nicht zu.«

»Wir versuchen, ihn zu erreichen.«

Ich habe Angst. Nicht um mich, sondern um meine Enkeltochter. Ich kann Abstand zu Cleo halten, Lexi hingegen hat keine Wahl. Ben wird Cleo einlassen.

Kapitel 21

Die Tische vor dem Pub an der Ecke der Blackthorn Road sind leer, nicht einmal die Heizstrahler können Trinker anlocken. Ich gehe mit forschen Schritten, und meine Gliedmaßen fühlen sich leichter an als in den letzten Wochen, während ich in der eisigen Dunkelheit zu Viviens Haus eile. Meine Empörung gibt mir ein Ziel, verleiht mir Energie. Nach dem Anruf von DS Cole muss Ben meine Besorgnis ernst nehmen.

Als ich bei Nummer dreiundsechzig angelangt bin, bleibe ich kurz still stehen und betrachte das Haus. In der Zufahrt steht nur ein Range Rover, der von Vivien. Im Inneren des Hauses ist das Licht an, in allen vier Stockwerken. Die Jalousien sind geschlossen.

Ich habe versucht, Ben auf beiden Nummern zu erreichen, zu Hause und auf dem Handy, aber er geht nicht ran. Ich muss heute Abend noch mit ihm reden. Ich muss ihm meine Seite der Geschichte erzählen, die ganze Geschichte. Ich habe schon viel zu lange damit gewartet.

Ich drücke nicht auf die Klingel draußen am Tor, denn ich will nicht riskieren, wieder ausgesperrt zu werden. Diesmal komme ich vorbereitet: Ich habe die Ersatzschlüssel dabei, die Vivien bei mir in Cambridge Court deponiert hat. Der Schlüssel lässt sich leicht drehen, das Schloss ist gut geölt.

Ich schlüpfe durch und ziehe das Tor hinter mir zu, dann

klopfe ich ein paarmal an die Haustür, mit dem Türklopfer, der die Gestalt eines Löwenschädels hat. Keine Reaktion. Ich klopfe noch einmal, fester. Immer noch nichts.

Auch der nächste Schlüssel lässt sich leicht drehen, und die Haustür öffnet sich geräuschlos. Jetzt bin ich nervös. Ein Eindringling mit trockenem Mund.

»Ben?«, rufe ich.

Die schwere Tür fällt laut hinter mir zu. Meine Stimme hallt durch den stillen Vorraum.

»Ben?« Keine Antwort.

Jetzt kommt es mir dumm und sogar gefährlich vor, um neun Uhr abends einfach unangekündigt in dieses Haus einzudringen. Ihn zu erschrecken, das ist wirklich das Allerletzte, was mir vorschwebt.

Ich gehe zur Wohnzimmertür. Der Barschrank ist geschlossen. Nur der große schwarze Steinvogel starrt mich bösartig aus der Ecke an.

Ich drehe mich um, laufe langsam über den im Schachbrettmuster gefliesten Boden der Eingangshalle und rufe Bens Namen. Vivien hat das Haus immer gut geheizt, es ist ein Gewächshaus für eine tropische Gardenie. Ich habe angefangen zu schwitzen. Ich schlüpfe aus dem Mantel und lege ihn über den Tisch in der Diele.

Ich halte mich am Geländer fest, steige die Treppe hinunter und werfe einen Blick ins Souterrain. Auch dort brennt Licht, aber der Raum ist leer. Die grauen Schränke und die Edelstahlflächen schimmern kalt und klinisch. Ich gehe wieder in den stillen Vorraum im Erdgeschoss und will ihn rufen, aber ich bringe keinen Ton mehr heraus.

Ich steige in den ersten Stock hinauf. Mein Herz klopft schneller als gewöhnlich, und mir ist viel zu heiß.

In Lexis Zimmer ist es dunkel. Die Tür knarrt, als ich sie aufschiebe. Ein breiter Lichtstreifen fällt vom Gang aus über den Boden.

»Ben?« Ich flüstere.

Keine Antwort. Ich gehe an Lexis Bett und falle beinahe über ihre Zudecke, die auf den Boden gerutscht ist. Ich setze mich auf den Bettrand und lege ihr die Hand auf den Rücken, spüre, wie er sich hebt und senkt, während sie atmet.

Die Tür knarrt. Mir stockt der Atem, als ich aufblicke.

Wie eine Erscheinung steht sie da. Ihre Silhouette ist in der Tür erkennbar, dunkle Haare fallen ihr ganz glatt auf die Schultern.

»Hast du nicht gehört, wie ich draußen geklopft habe?«, frage ich.

»Es tut mir leid, nein«, sagt Cleo.

Sie wirkt überhaupt nicht überrascht, mich hier in Lexis Zimmer zu sehen. Ganz bestimmt hat sie mein Klopfen wahrgenommen, und ich bin mir auch sicher, dass sie mich rufen gehört hat.

»Wo ist Ben?«

»Er musste noch einmal ins Büro. Er hat eine Telefonkonferenz mit einem amerikanischen Investor. Er hat mich gebeten, auf Lexi aufzupassen.«

»Was ist mit Isaac?«

»Ich habe keine Ahnung.«

Cleo geht durch Lexis Zimmer und stellt sich ans Fenster. Sie öffnet die Jalousien und blickt hinaus auf die Straße. Orangefarbenes Licht fällt ins Zimmer. Meine Hand liegt immer noch ganz ruhig auf Lexis Rücken. Er hebt sich, senkt sich, hebt sich. Ihr Atem geht gleichmäßig und leicht.

»Manchmal sehe ich Isaac einfach nur draußen im Auto

sitzen«, sagt Cleo. »Er liest Zeitung. Stundenlang. Der ist mir nicht geheuer.«

Sie spricht laut, ohne Rücksicht darauf, dass Lexi schläft.

»Ben sagt, du triffst dich öfter mit Isaac.«

»Ach ja?«

»Er braucht ganz dringend Geld. Wusstest du das?«

»Er war sehr offen, was seine berufliche Situation betrifft.«

»Glaubst du, Isaac manipuliert Ben?« Cleo schließt die Jalousien und stellt sich mit dem Rücken zum Fenster.

»Ben ist nicht dumm. Wenn er Isaac vertraut, sagt das sicherlich etwas aus.«

»Vivien hat sie natürlich beide um den kleinen Finger gewickelt.«

»Was genau meinst du damit?«

»Vivien war immer unsicher. Sie brauchte männliche Aufmerksamkeit, dann blühte sie auf.«

Irgendetwas regt sich in mir. Ein unangenehmer, hässlicher Verdacht. Meine Tochter war schön, sie hatte gern alles unter Kontrolle, und sie war unglücklich. Ich denke daran, wie Isaac mir davon erzählt hat, dass er sie spätabends besuchte, wenn sie allein zu Hause war. Auch er war einsam, in einer Krise, und er musste sein Selbstwertgefühl heben. Ich erinnere mich noch an seinen Gesichtsausdruck, als er von Vivien erzählt hat.

Ich denke an die Frage, die DS Cole mir gestellt und die mich so überrascht hat. Ob Vivien vielleicht noch jemand anders hatte.

Das ist lächerlich. Isaac ist alt genug, um ihr Vater zu sein. Ich versuche, meine Zweifel zu begraben. Ich werde nicht zulassen, dass Cleo mich durcheinanderbringt, dass sie mir zusetzt. Ich werde nicht zulassen, dass sie meine Gefühle für Isaac korrumpiert. Ich möchte glauben, dass die Nacht, die er in meiner Wohnung verbracht hat, etwas bedeutet hat, uns beiden. Ich möchte mich nicht als bedauernswerte Frau betrachten, die auf dem absteigenden Ast und leicht zu manipulieren ist.

»Es ist grausam von dir, so über Vivien zu sprechen«, sage ich. »Sie stellt keine Bedrohung mehr für dich dar, Cleo. Vielleicht kannst du ein bisschen von deiner Verbitterung ablegen. Zumindest aus Respekt vor mir.«

»Ich betrachte mich nicht als verbittert«, sagt sie. »Ich versuche nur, ehrlich zu sein. Du wolltest immer, dass ich Vivien in einem besonderen Licht betrachte. Weil du ein guter Mensch bist. Aber es gab Dinge an ihr, die du nicht sehen wolltest. Ich mache dir keinen Vorwurf, du bist ihre Mutter. Ich weiß nicht, wie sich das anfühlt, ein Kind zu haben. Aber du hast recht, vielleicht sollte ich besser den Mund halten. Es ist nur – ich will nicht, dass du ausgenutzt wirst.«

Cleo spielt Spielchen mit mir. Sie ist diejenige, die manipuliert. Diejenige mit einer Wand voller belastender Fotos. Ich bin wütend, dass Ben Lexi mit ihr allein gelassen hat. Andererseits kennt er nicht alle Fakten. Über uns alle.

Ich bleibe nahe bei Lexi und weiß nicht recht, was ich tun soll. Ich spüre, dass ich vorsichtig sein muss, um Cleo nicht aufzubringen.

»Wann kommt Ben denn nach Hause?« Ich versuche, das Thema zu wechseln.

»Keine Ahnung. Ich kann bleiben, solange er mich braucht.«

»Ich möchte Lexi nicht aufwecken. Lass uns doch unten weiterreden.«

Ich stehe langsam auf. Lexi murmelt etwas und dreht sich auf den Rücken, aber ihre Augen bleiben geschlossen. »Ich könnte eine Tasse Tee brauchen«, sage ich.

Cleo geht vom Fenster weg und nähert sich der Tür, bleibt

aber neben Lexis Bett stehen. Sie küsst ihre Fingerspitzen und legt sie auf Lexis Stirn.

Ich schlucke. Ich halte ganz still. Ich tue so, als würde mir das nichts ausmachen, und unterdrücke den Drang, sie zu packen und von meiner Enkeltochter wegzuzerren. Zu meiner Erleichterung folgt sie mir aus dem Schlafzimmer nach draußen. Ich schließe die Tür hinter uns.

Ich gehe zur Treppe, aber Cleo bleibt mitten auf dem Treppenabsatz stehen. Unter den Deckeneinbauleuchten bemerke ich ihren schwarzen Eyeliner, ein schwungvoller Strich über den Wimpern. Genauso hat sich Vivien immer geschminkt. Und ihre Haare – ich habe Cleo noch nie mit so dunklen Haaren gesehen. Von Natur aus sind ihre Haare rehbraun. Zum ersten Mal hat Cleo sie nicht bedeckt oder zurückgebunden. Sie hat sie fast schwarz gefärbt und schneiden lassen, sodass sie ihr glatt auf die Schultern hängen. Auf dem Foto im Wohnzimmer hat Vivien genau die gleiche Frisur. Ihre Lippen sind zartrosa geschminkt.

»Gehen wir runter in die Küche, Cleo«, wiederhole ich.

Sie gibt mir keine Antwort. Als ich ihr in ihre verhunzten Augen blicke und die traurige Imitation der Schönheit meiner Tochter betrachte, frage ich mich, wozu Cleo wohl fähig ist, um zu bekommen, was sie will.

Ich will im Moment nur so viel Distanz wie möglich zwischen ihr und meiner Enkeltochter schaffen. So schnell es geht. Ich werfe einen Blick zu Lexis Zimmer, auf die geschlossene Tür. Jetzt mache ich mir Sorgen, dass ich sie nicht höre, wenn sie aufwacht und ruft.

»Ich habe heute mit einer Polizistin gesprochen, die Viviens Fall bearbeitet«, sage ich. »Sie hat mir von der Anzeige gegen dich wegen einer Tätlichkeit erzählt.«

Cleo tritt langsam ein paar Schritte vor. Sie lehnt sich an das Geländer und blickt hinunter. Ich folge ihrem Blick und kann die gewundene Treppe bis unten zu dem Schachbrettmuster der Fliesen im Erdgeschoss sehen.

»Cleo, verstehst du das? Wenn Ben das herausfindet, wird er dich auf keinen Fall mehr in die Nähe seiner Tochter lassen. Und er wird es herausfinden. Sie werden es ihm sagen.«

Sie starrt auf den schwarz-weißen Fußboden hinab. Ich habe die schreckliche Vision, dass sie sich über das Geländer stürzt, ein zweiter Tod in diesem Haus.

Aber sie stürzt sich nicht hinunter. Sie lacht.

Ihre Reaktion macht mich sprachlos. Ich frage mich, ob sie jetzt komplett verrückt geworden ist. Aber sie dreht sich zu mir, und als sie spricht, hört sie sich ganz vernünftig an.

»Ben weiß es«, sagt sie. »Er hat es schon immer gewusst.«

»Ich glaube dir nicht.«

»Es stimmt aber. Ben war derjenige, der den Rechtsanwalt beauftragt hat, der es geschafft hat, dass die Anklage fallengelassen wird. Ich habe damals eine schwere Zeit durchgemacht. Ich war nicht ich selbst.«

»Was meinst du damit, eine schwere Zeit?«

»Als ich Ben verlassen habe, war es nicht leicht, eine neue Wohnung zu finden. Ich habe mir vieles angesehen, aber London ist wahnsinnig teuer, und mitten in der Vorlesungszeit war es unmöglich, einen Platz in einem Studentenwohnheim zu finden. Schließlich ist es mir gelungen, etwas ausfindig zu machen, nicht allzu weit entfernt von Cinnamon Wharf, bei einer älteren Dame, Mrs Beezley, einer Musiklehrerin. Und ihrer Katze. Ich bekam das Zimmer, weil sie es nur an eine alleinstehende Frau vermieten wollte. Sie wollte keine Männer um sich haben.«

»War das die Frau, die du angegriffen hast? Eine ältere Musiklehrerin?«

Sie nickt. »Es ging nicht um sie. Ich hatte so eine Art Zusammenbruch, könnte man sagen. Das Schwierige war die plötzliche Veränderung, ich dachte, mein Leben würde in eine bestimmte Richtung laufen, und dann stellte ich fest, dass es ganz anders aussah. Statt mit meinem Seelenverwandten in einer Wohnung zu leben, die ich mochte, war ich jetzt völlig allein, in einem fremden Schlafzimmer mit gerade genug Platz für ein Einzelbett und einen wackligen MDF-Schrank. Ich habe es nicht mehr geschafft, in meine Kurse zu gehen. Ich habe das Jahr nicht bestanden.«

Ich stehe immer noch oben an der Treppe, die Hand auf dem glatten Geländer. Cleo scheint sich nicht vom Fleck rühren zu wollen. Ich vermute, sie will nicht von dort oben weggehen, wegen Lexi.

»Du wolltest wissen, warum mich Ben die ganzen Jahre über in der Wohnung bleiben ließ«, sagt sie, »und warum er keine Miete von mir verlangt oder ich ihn nicht auszahlen muss.«

»Ja.«

»Ich habe dir heute Morgen nicht die ganze Wahrheit gesagt«, fährt sie fort. »Darüber, warum er sich so schuldig fühlt. Aber ich will nicht, dass es Geheimnisse zwischen uns gibt. Für mich bist du wie ein Familienmitglied, Rose.«

»Ich höre zu«, sage ich. »Aber bitte sprich leise. Ich will Lexi nicht aufwecken.«

Cleo geht weg vom Treppenabsatz und kommt so nah zu mir, dass ihr Gesicht nur wenige Zentimeter von meinem entfernt ist. Ich stehe am Rand der Treppe, die mir plötzlich ziemlich steil vorkommt. Ich bewege keinen Muskel. Mir wird wieder am ganzen Körper heiß. Ich schwitze. Aber ich bewege mich nicht.

»Ich war schwanger, als Vivien mir Ben weggenommen hat«, sagt Cleo. Sie sagt das ganz sanft. In ihren Augen sehe ich, wie groß ihr Schmerz ist.

»Gehen wir lieber runter. Wir können uns hinsetzen und uns richtig unterhalten. Ich weiß, wie wichtig das ist. Bitte.«

Ich weiß nicht, ob sie mich gehört hat. Sie steht wie erstarrt vor mir, gefangen in ihrer eigenen Vergangenheit. Meine Beine zittern, als würde ich gleich umfallen. Ich könnte schier ohnmächtig werden, so heiß ist es hier im Haus.

»Ich möchte, dass du alles weißt«, sagt sie, »deshalb sollte ich dir auch sagen, dass ich absichtlich schwanger geworden bin. Als mir klar wurde, dass Ben Vivien immer noch wollte, bekam ich richtig Angst. Deshalb habe ich die Pille abgesetzt, denn das war meine einzige Waffe. Ausnahmsweise wollte ich etwas, das Vivien nicht schon hatte. Ich wollte Ben; ich wollte ihn für immer an mich binden. Ich wollte ausnahmsweise einmal gewinnen.«

Sie zupft sich mit ihren ruhelosen Fingerspitzen am Haaransatz herum.

»Was ist passiert?«

»Ich habe erst herausgefunden, dass ich schwanger bin, nachdem ich ein paar Wochen aus Cinnamon Wharf ausgezogen war«, sagt sie. »In diesem Stadium habe ich mein Zimmer kaum noch verlassen. Ich habe mich nicht mehr angezogen, bin nicht mehr ins College gegangen. Meine Tür war immer zu, sodass Mrs Beezley nicht nachsehen konnte. Ich hatte einen Wasserkocher dort drinnen. Ich habe im Badezimmer Wasser geholt und mir in meinem Zimmer Tee gekocht, damit ich nicht in der Küche mit ihr reden musste. Ich lag stundenlang auf dem Rücken und habe mir den Bauch gerieben, habe versucht, Bens Baby zu spüren.«

Cleo hält inne. Sie sieht mich mit einer so intensiven Dringlichkeit an, sucht irgendeine Art von Bestätigung, bittet mich, sie zu verstehen oder ihr zu vergeben, ich kann es nicht ergründen. Ich bin mir unsicher, was ich sagen oder tun soll, aber es wird immer klarer, dass Cleo unberechenbar ist und dass die hochentzündliche Mischung von Gefühlen in ihr leicht entflammt werden kann.

Aber ich kann das natürlich kaum beurteilen.

»Hast du es Ben erzählt?«

»Ich habe einen Monat gewartet«, sagt Cleo. »Genau vier Wochen. Ich habe gehofft, dass sich Ben oder Vivien mit mir in Verbindung setzen. Aber sie haben es nicht getan. Nicht ein einziges Mal, sie haben mich nicht ein einziges Mal angerufen. Ich lag im Bett, habe mein Telefon angestarrt und gehofft, dass es klingelt. Ich wollte, dass sie kommen und mich finden und mich bitten, wieder einzuziehen, aber keiner von den beiden hat sich gerührt. Und da habe ich begriffen, dass es ihnen ganz recht war, dass ich verschwunden bin. Als mir dann morgens immer übel wurde, wusste ich, dass ich nicht mehr länger warten konnte, ich musste eine Entscheidung fällen. Also habe ich mich gezwungen aufzustehen und bin zurück in unser altes Wohnhaus. Ich bin zum Hausmeister und habe ihn nach Ben gefragt. Er hat mir erzählt, dass sie noch da waren, dass sie noch zusammen in unserer Wohnung lebten.«

Cleo starrt an mir vorbei, zum Erdgeschoss hinunter. Ich habe nicht das Gefühl, als ob sie wirklich anwesend wäre oder sich mit mir unterhielte. Sie ist irgendwo anders, an einem fernen, schrecklichen Ort.

»Ich habe schließlich akzeptiert, dass Ben froh über meine Abwesenheit war. Ich habe begriffen, dass er Vivien niemals verlassen würde. Es war, als wäre ich wieder zur Besinnung gebracht worden, und ich wusste, dass ich das Kind vernünftigerweise nicht austragen sollte. Ich war in einer schrecklichen Verfassung, ich hatte kein Geld, ich wusste, ich würde es nie allein mit einem Baby schaffen. Es war alles nur eine erbärmliche Fantasie gewesen. Ich hatte eine fürchterliche Mutter gehabt, und ich wusste, auch ich würde eine fürchterliche Mutter sein. Ich war immer noch so weit bei Verstand, um zu wissen, dass ich mich zusammenreißen musste, dass ich Ben und Vivien hinter mir lassen und mein eigenes Leben leben musste. Also bin ich in eine Klinik, habe die nötigen Formulare ausgefüllt und dann die Tabletten geschluckt, die sie mir gegeben haben.«

Tränen steigen ihr in die Augen. Ich sollte sie in den Arm nehmen. Aber ich bringe es nicht über mich, sie zu berühren.

»Es gab einen Moment, da hatte ich noch Hoffnung«, sagt sie. »Ich dachte, ich könnte mich zusammenreißen und trotz allem Karriere machen und mir ein Leben aufbauen. Ich habe mir immer wieder eingeredet, dass das alles nur vorübergehend ist, das Gefühl, ich hätte alles verloren und sei niemand.«

»Das tut mir leid«, sage ich.

Ben und Vivien waren grausam gewesen, zu einem Menschen, der verletzlich war. Sie haben sie betrogen. Ich zwinge mich, das Naheliegende zu tun und die Arme nach ihr auszustrecken. Sie legt die Arme um mich. Ihr Pullover fühlt sich weich an meiner Wange an. Hellrosa Kaschmir. Vivien hätte so etwas getragen.

Ich weiche zurück. Ihre Berührung hat etwas Verunsicherndes, Cleo strahlt etwas aus, eine unsichtbare Kraft, die mich misstrauisch macht und mich auf Abstand hält. Ich empfinde eine Mischung aus Mitleid und Unbehagen. Die schwarz gefärbten Haare, die aufgemalten Augenbrauen, der dicke

Eyeliner. Das verstört mich alles. Ich sehe die Wand mit den Fotografien vor mir. Cleo hat diese ganzen Jahre über in einer Fantasiewelt gelebt, und sosehr ich sie bemitleide, so sehr fürchte ich mich auch vor ihr.

Wie weit muss Ben in seiner Trauer verfangen sein, dass er diese Frau in die Nähe seines Kindes lässt. Ich frage mich, wen Ben sieht, wenn er Cleo in sein Haus lässt. Ob er in Wirklichkeit überhaupt sie sieht oder ob er mithilfe seines Bell's Special Reserve den Geist seiner toten Frau heraufbeschwört.

Cleo schweigt jetzt, und ich habe den Eindruck, mit ihrem Gestehen hat es nun ein Ende. Sie tritt zurück, weg von der obersten Stufe, und die Spannung in meinen Schultern und der Brust lässt ein wenig nach.

Doch dann geht sie auf die andere Treppe zu. Sie steigt hoch, zu den Zimmern der Eltern. Und ich habe keine andere Wahl, als ihr zu folgen, denn ich darf sie nicht aus den Augen lassen.

Cleo geht an dem Porträt von Vivien vorbei, ohne sie anzusehen, und durch den Gang, der zum Schlafzimmer von Vivien und Ben führt. Sie geht am Ankleidezimmer vorbei und drückt dann die Tür zum Badezimmer auf. Diese Tür knarrt nicht, sie öffnet sich leicht und lautlos. Cleo tritt auf die grauen Marmorfliesen und stellt sich mit dem Rücken zu mir hin.

Ich halte die Luft an. Ich rühre mich nicht.

Ich weiß, dass ich mir manches einbilde und das unvernünftig ist. Aber trotzdem habe ich das Gefühl, dass die Temperatur ganz plötzlich sinkt, als könne die Kälte draußen nicht mehr abgewehrt werden, als hätte sich der Marmorboden in Eis verwandelt. Mir ist kalt.

»Nachdem ich die Tabletten geschluckt hatte, die sie mir gegeben hatten«, sagt Cleo, »bin ich wieder zurück in mein dunkles Zimmer und habe mich eingesperrt. Ich dachte, es würde alles ganz schnell vorbei sein. Aber dann wurde mir schlecht, und ich bekam Schüttelfrost. Ich hatte fürchterliche Krämpfe. Und es kam Blut. Ganz viel Blut.«

Ich weiß nicht, was ich in diesem Badezimmer zu sehen erwartet habe, aber alles ist makellos. Saubergeschrubbt. Der Marmorboden, die gefliesten Wände, die Steinbadewanne.

Cleo geht zum Waschbecken. Sie betrachtet sich im Spiegel, dann langt sie hoch, um die schwarzen Strähnen geradezuziehen, die ihr Gesicht einrahmen.

»Die Blutung hat nicht aufgehört«, sagt sie. »Mrs Beezley war zu Hause, deshalb konnte ich nicht ins Bad. Ich blieb unter der Bettdecke liegen und habe versucht einzuschlafen. Ich wollte einfach nur noch, dass alles vorbei ist. Ich wollte mit meinem Baby sterben.«

Ihre Stimme versagt, Tränen laufen ihr über die Wangen und hinterlassen schwarze Mascaraspuren.

Ich schließe die Augen, weil mir schwindelig ist. Vivien liegt auf den grauen Fliesen, auf der Seite.

»Cleo, ich halte es hier drin nicht aus …«

»Überall war Blut.« Cleo redet weiter, als hätte ich gar nichts gesagt. Ihre Tränen vermischen sich mit der Wimperntusche und tropfen ihr auf den Pullover. »Überall habe ich Blut gesehen, verschmiert an den Wänden. Ich habe gespürt, wie sich die Matratze mit meinem Blut vollsaugt, wie es herausfließt und zwischen den Fußbodendielen hindurch. Ich war mir sicher, dass an der Decke der darunterliegenden Wohnung ein hellroter Fleck zu sehen sein musste.«

Ich lehne mich an den Türrahmen, um mich abzustützen. Ich habe ihr nichts zu sagen, nichts, was ihren Schmerz lindern könnte.

»Ich dachte, ich würde verbluten«, sagt Cleo. Sie nimmt ein

Handtuch von der Stange. Sie betrachtet ihr tieftrauriges Gesicht im Spiegel. »Und ich habe es nicht bedauert. Ich wollte sterben. Viele Jahre danach habe ich mir noch gewünscht, ich wäre gestorben. Aber Mrs Beezley hatte ihren Sohn angerufen, und er hat die Tür aufgebrochen. Später haben sie mir erzählt, sie wollte mir helfen, aber ich sei auf sie losgegangen. Sie hat behauptet, ich hätte versucht, sie zu erwürgen. Ich erinnere mich an gar nichts.«

Cleo schluchzt. Sie hält sich Viviens weißes Handtuch ans Gesicht, um das Geräusch zu unterdrücken.

Als die Wellen ihrer Trauer abebben, lässt sie das Handtuch mit den schwarzen Flecken auf den Boden fallen, dreht den Hahn auf und spritzt sich kaltes Wasser ins Gesicht. Mit einem weiteren von Viviens Handtüchern mit ihrem Monogramm tupft sie sich trocken und hinterlässt noch mehr Flecken.

»So war das«, sagt sie. »Und ich lebe weiter.«

Sie wendet sich mir zu und sieht mich an.

»Das ist ein schrecklicher Ort, um zu sterben«, sagt sie. Ihre schwarz umrandeten Augen sind stumpf. Es glitzern keine Tränen mehr darin. »So hart. Und so brutal. So viele scharfe Kanten.«

Kapitel 22

Cleos schwere Schritte sind direkt hinter mir, als ich die Treppe in den ersten Stock hinunterlaufe. Sie redet immer noch, aber ich höre ihr nicht mehr zu.

Vor Lexis geschlossener Tür bleibe ich stehen und öffne sie einen Spalt. Ich zucke zusammen, als sie knarrt. Ich stecke den Kopf hinein. Lexi schläft, der Raum ist friedlich. Hinter mir nähert sich Cleo, atemlos. Ich ziehe die Tür vorsichtig zu und drehe mich zu ihr um.

Sie ist wild entschlossen, ihre Geschichte zu erzählen. Jedes einzelne, schmutzige Detail. Sie spricht schnell und gepresst.

»Ich bin ein paar Tage in der Psychiatrie gelandet«, sagt Cleo. »Und da hat mich Ben schließlich besucht. Ich habe es ihm erzählt, von dem Baby. Ich habe ihm gesagt, ich hätte es nicht getan, wenn er sich einfach nur einmal bei mir gemeldet hätte. Ein einziges Mal. Ich wollte ihm wehtun. Verstehst du das?«

»Ich verstehe das, Cleo. Es tut mir sehr leid, alles, was du durchmachen musstest.«

Ich zaudere, als ich meine Stimme höre. Ich klinge nicht, als würde sie mir leidtun; ich klinge irgendwie distanziert und kalt. Ich will Cleo die Wahrheit sagen: dass Vivien und Ben einander wollten und sich liebten und dass das Leben manchmal einfach so ist. Grausam.

So bin ich eben manchmal, praktisch und rational. Im schlimmsten Fall gefühllos. Aber diese Distanz hilft mir, mein

Leben zu leben. Im Gegensatz zu Cleo, die ihrer Verbitterung und ihren Sehnsüchten ausgeliefert ist.

»Ben hatte ein schlechtes Gewissen«, sagt sie. »Aber nicht so schlecht, dass er deine Tochter verlassen wollte.«

Ich habe das Gefühl, ich kann mitten in die Frau, die vor mir steht, hineinsehen, dahin, wo noch das siebenjährige Mädchen dahinvegetiert, das allein zur Schule gegangen ist. Sie hat niemanden. Für Cleo hat sich so wenig verändert.

»Weißt du, was ich von meinem Aufenthalt im Krankenhaus noch ganz deutlich in Erinnerung habe?« Cleo wartet nicht auf meine Antwort, es sprudelt aus ihr heraus. »Ben hatte einen Regenmantel an, den ich noch nie zuvor gesehen hatte. Dieser Regenmantel mit seinem schicken karierten Futter stank nach Vivien. Und er auch. Er roch richtiggehend anders. Vielleicht war es ein neues Aftershave, ich weiß nicht. Aber er stank nach ihr. Und die ganze Zeit, in der er bei mir war, hat er diesen Scheißmantel nicht ausgezogen. Er konnte es nicht erwarten, wieder zu gehen. Er wollte zurück zu ihr.«

Ich habe genug gehört. »Bitte«, sage ich. »Sprich leiser.«

Cleo überrumpelt mich, als sie vortritt und nach dem Türknauf von Lexis Zimmer greift. Ich packe ihr Handgelenk, bevor sie den Knauf drehen kann.

»Ich dachte, ich hätte etwas gehört.«

»Das hast du nicht.«

»Bei geschlossener Tür hören wir nicht, wenn sie aufwacht«, sagt Cleo. »Ben hat mich gebeten, auf sie aufzupassen.«

»Ein paar Stunden vielleicht. Aber ich bin ihre Großmutter, und ich bin jetzt hier und übernehme. Die Tür bleibt zu.«

Cleo sieht furchterregend aus. Ihre Augen sind blutunterlaufen und haben schwarze Ränder. Wenn Lexi sie sieht, wird sie erschrecken.

Sie zieht die Hand vom Türknauf zurück.

Ich muss sie irgendwie nach unten locken. Es gelingt mir, einen letzten Rest Mitgefühl aufzubringen und freundlich mit ihr zu sprechen. Ich weiß, sie braucht jemanden, der ihr Leiden anerkennt.

»Ich weiß, wie es ist, einsam zu sein«, sage ich, »und es tut mir leid, dass du so viele Schmerzen erleiden musstest. Es tut mir leid, dass Vivien und Ben egoistisch und grausam waren. Es tut mir leid, dass ich selbst mich in all den Jahren nicht bei dir gemeldet habe.«

»Ich habe einen schrecklichen Fehler begangen«, sagt sie. »Ich habe mein Kind verloren. Aber jetzt hat sich alles geändert. Nicht nur für mich, sondern auch für dich, Rose. Ben und Lexi brauchen uns.«

»Das ist doch nur eine Fantasie, Cleo.« Ich merke, dass ich die Stimme erhebe, aber ich kann meine Empörung nicht mehr verbergen. »Du kannst nicht einfach hier hereinmarschieren und Viviens Leben weiterführen. So funktioniert das nicht.«

»Ben braucht mich. Ich habe eine zweite Chance, eine Familie zu haben.«

Ich hole tief Luft, um mich zu beruhigen. Ich versuche noch einmal, ihr klarzumachen, wie die Realität aussieht.

»Deine engste Freundin hat dir den Mann, in den du verliebt warst, weggenommen. Und du hast dein Kind verloren. Das ist furchtbar traurig, aber es liegt alles in der Vergangenheit. Das hier ist nicht dein Leben und das wird es auch niemals sein. Hier in Viviens Haus zu sein, bei ihrem Kind, das tut dir nicht gut, Cleo. Es macht alles nur noch schlimmer, wenn du Lexi siehst und die ganzen wertvollen Dinge vor Augen hast, die du nicht haben kannst.«

»Das alles sollte einmal mir gehören.« Sie zeigt auf die Gegenstände um sie herum, auf die Familienfotos, die am Treppenabsatz an der Wand hängen. »Und wenn Vivien nicht gewesen wäre, wäre das auch alles so gekommen. Jetzt hat Ben mich gebeten, auf ihn zu warten. Und ich lasse Lexi nicht allein.«

Ich mag nicht mehr reden. Diese irrwitzige Unterhaltung hängt mir zum Hals heraus. Es hat überhaupt keinen Sinn, mit ihr zu diskutieren. Ich weiß sehr wohl, dass Cleo nicht versteht, was ich zu ihr sage, weil sie es nicht verstehen will. Sie ist nicht fähig, mit sich selbst zu leben, schafft es nicht, ihren eigenen Weg zu finden. Sie ist immer noch neidisch auf Vivien. Sie will alles, was Vivien ihr weggenommen hat.

Ohne nachzudenken packe ich ihren Arm. Ich spüre ihren Kaschmirpullover unter den Fingern und zerre sie mit mir die Treppe hinunter. Cleo leistet keinen Widerstand.

Unten an der Treppe lasse ich ihren Arm los. Sie behält eine Hand auf dem Geländer, als würde sie gleich wieder nach oben laufen wollen. Wir beäugen uns misstrauisch.

Falls Ben jetzt hereinkommt, könnte es eine ziemlich hässliche Szene geben. Die Wahrheit ist, ich habe nicht die geringste Ahnung, auf welche Seite er sich stellen würde. Es würde mich nicht im Mindesten überraschen, wenn ich diejenige wäre, die hinauskomplimentiert würde. Ich bezweifle, dass er mir eine Gelegenheit gibt, alles zu erklären.

Ich bin außer Atem und merke, wie ich die Beherrschung verliere. Ich denke an Yusufs Mutter, an die Angst in ihren Augen. Mein Bedürfnis, Lexi zu beschützen, hat mich in eine Wilde verwandelt, in jemanden mit Gewaltpotenzial. Ich spüre das, und ich würde alles tun, um sie zu schützen.

Ich atme ein paarmal durch, während ich mich fasse. Als

ich schließlich spreche, ist meine Stimme ruhig und stark, als wäre ich wieder auf der Station.

»Wusste Vivien, dass du sie beobachtet hast? Hat sie dich gesehen?«

»Ich glaube nicht.«

»Hatte Vivien Angst vor dir?«

Cleo blinzelt. Die Hässlichkeit ihres Innern zeigt sich in ihren Augen und auf ihrem kajalverschmierten Gesicht.

»Nein«, sagt sie. »Niemand konnte Vivien Angst einjagen.« Sie spuckt mir ihre Worte entgegen wie Kugeln. »Vivien war der stärkste Mensch, den ich kannte. Deine Tochter war eine von sich selbst besessene Lügnerin und eine Diebin, Rose. Sie hat ständig intrigiert, um etwas zu bekommen, was sie haben wollte, meistens etwas, das jemand anderem gehörte.«

Auf eine perverse Weise ist es eine Erleichterung, Cleo so sprechen zu hören, zu vernehmen, dass sie jetzt zugibt, wie sehr sie meine Tochter gehasst hat und wie stark ihr Wunsch schon immer war, Viviens Leben zu übernehmen. Ich wünschte nur, Ben wäre hier, um das mit anzuhören.

Ich muss eine Möglichkeit finden, ihn dazu zu bringen, mir zu glauben, zu sehen, was ich sehe, wenn ich Cleo betrachte. Selbst wenn ich ihm diesen letzten Trost nehme, muss Ben erkennen, wer Cleo wirklich ist. Eine verzweifelte Frau.

Cleos Miene ist starr vor Wut. »Ich wollte, dass sie leidet«, sagt sie. »Ich wollte, dass sie Schmerz empfindet, genau wie ich.«

Alles Mitleid, das ich für sie empfunden habe, ist etwas anderem gewichen, etwas Hartem und Kaltem. Cleo ist nicht nur ein Opfer, sie hat auch eine hässliche Seite. Sie macht mir Angst.

»Cleo, was hast du getan, um sie leiden zu lassen? Erzähl es mir.«

Sie wirft einen Blick nach oben, zu Lexis geschlossener Tür.

»Stalker wollen ihren Opfern möglichst nahe sein«, sage ich. »Sie geraten außer Kontrolle, wenn ihre Gefühle nicht erwidert werden. Sie werden gefährlich. Du bist seit Jahren von dieser Familie besessen. Ben muss begreifen, dass es nicht sicher ist, wenn du dich in der Nähe seines Kindes aufhältst, dafür werde ich sorgen.«

Ich blicke mich um, schaue unter den Mahagonitisch in der Diele, ob sie ihre Schuhe und ihre Tasche dort hingestellt hat, aber beides ist nicht zu sehen. Sie wird barfuß gehen müssen. Mir ist das egal.

»Ich bin kein Stalker. Und Vivien war kein Opfer. Ich habe Ben oder Vivien niemals wehgetan. Es war umgekehrt.«

Cleo scheint sich beruhigt zu haben, ihre Wut ist schon verflogen. Sie tritt ein paar Schritte vor, sodass sie ein bisschen weiter von der Treppe entfernt ist, weiter von Lexi weg.

Ich gehe zur Haustür und öffne sie weit. Ich bin kräftig genug, um Cleo aus diesem Haus zu zerren und sie auf die Straße hinauszuwerfen. Ein eiskalter, feuchter Wind weht von draußen herein. Cleo bewegt sich wieder ein Stück nach vorn, und einen Augenblick lang denke ich, sie hat aufgegeben und wird gehen.

Aber das wäre zu einfach.

Stattdessen lässt sie mich neben der offenen Tür stehen und steuert aufs Wohnzimmer zu.

Ich fühle mich besiegt. Selbst wenn ich sie zwinge, das Haus zu verlassen, stellt sie sich vielleicht draußen auf den Gehsteig und klingelt unablässig am Tor. Oder sie setzt sich auf die Eingangsstufen und wartet, bis Ben nach Hause kommt, um ihm eine verdrehte Version dessen zu erzählen, was heute Abend hier passiert ist.

Ich stelle mich in die Wohnzimmertür. Ich sehe zu, wie Cleo eine Flasche Wein aufmacht und sich mit zittrigen Händen ein großes Glas einschenkt.

Etwas hinter mir erregt meine Aufmerksamkeit. Ein Geräusch vielleicht, ein Windstoß oder das Knarren eines Scharniers.

Ich war so konzentriert auf Cleo, darauf, sie zu beobachten, dass ich die Haustür nicht richtig zugemacht habe. Jetzt steht sie weit offen. Ich laufe die Treppe zur Hälfte hinauf und schaue hoch zum Treppenabsatz. Auch Lexis Tür steht offen.

Kapitel 23

Lexi ist weg.

Ihr Bett ist leer, und ihre Zudecke mit den kleinen Sternen liegt auf dem Boden. Ich eile zum Bett und streiche über die zerwühlten weißen Laken, als würde sie dadurch plötzlich wieder auftauchen. Sie sind noch warm, als ich sie berühre, aber Lexi ist verschwunden.

Ich versuche zu denken, versuche, rational zu bleiben. Konnte sie durch die Haustür verschwunden sein, während ich Cleo im Wohnzimmer beobachtet habe? Es ist möglich, aber unwahrscheinlich. Und selbst wenn, kann sie nicht weit gekommen sein, das Tor draußen ist zu und sicher verschlossen.

Keine Panik, sage ich mir. *Bloß keine Panik.*

Ich laufe hinauf, rufe sie. Ich öffne die Tür zu Viviens Badezimmer. Ich schalte das Licht an. Der Raum ist leer und still. Ich muss unwillkürlich auf den Boden blicken, aber es erscheint kein Körper.

Ich renne durch den Flur zum Elternschlafzimmer. Ich sehe in Viviens Bett nach. Ich werfe das Federbett auf den Boden, suchte unter den Laken und unter den Kissen.

Sie ist nicht hier.

Das ist irrsinnig. Schon habe ich sie verloren. Vielleicht hat sie meinen Streit mit Cleo mit angehört. Vielleicht hat sie Angst. Vielleicht versteckt sie sich.

Sie könnte auch draußen sein, sich auf der Zufahrt zusammenkauern.

Ich gerate in Panik. Ich spüre, wie es wäre, sie zu verlieren. Ich könnte das nicht ertragen.

Ben wird mich umbringen.

Ich renne die beiden Treppen hinunter, am Erdgeschoss vorbei, wo ich kein Zeichen von Cleo entdecke. Ich mache erst im Souterrain halt. Dort bleibe ich jäh auf der untersten Stufe stehen.

Ich habe sie gefunden. Natürlich.

Lexi hat mir den Rücken zugewandt. Sie steht am Fenster, vor den Kräutertöpfen. Auf dem Kalksteinboden ist Erde verstreut, um ihre kleinen, bloßen Füße.

Ich verharre still und rühre mich nicht, weil ich sie nicht erschrecken möchte. Ich sehe zu, wie sie nacheinander jede einzelne Pflanze ausrupft, sie an den Wurzeln ausreißt. Sie nimmt sich sämtliche in gleichmäßigem Abstand aufgereihten Töpfe vor, bis sie alles ruiniert hat: Basilikum, Salbei, Minze und Koriander.

Erde fällt ihr auf die Füße, auf den Kalksteinboden.

Nachdem sie alle Pflanzen ihrer Mutter kaputtgemacht hat, geht sie mit langsamen und schläfrig schweren Schritten durch den Raum. Vor dem Waschbecken bleibt sie stehen.

»Lexi?«

Als sie meine Stimme hört, wendet sie sich um. Ihre Augen sind zwar offen, aber ich bin nicht überzeugt, dass sie ganz wach ist. Ich glaube, sie schwebt irgendwo in dem Bereich zwischen Träumen und Wirklichkeit.

»Hast du schlecht geträumt?«, frage ich sie.

Sie schaut verwirrt, als würde ich eine fremde Sprache sprechen.

»Ist Mami da?«

Ich bilde mir ein, ich würde Traurigkeit in ihren Augen erkennen, aber dann sehe ich noch einmal genauer hin. Ich kann nicht sagen, was sie empfindet. Sie ist in sich gekehrt, und ihre Augen sind dunkel und undurchdringlich.

»Lexi, gehen wir wieder ins Bett.« Meine Stimme ist sanft und beruhigend.

»Ist Mami da?«

»Nein«, sage ich. »Ich bin da. Oma ist da.«

»Ich habe Mami gesehen.« Ihre Unterlippe zittert.

Ich gehe vorsichtig ein paar Schritte näher zu ihr. »Hast du Durst?«

Sie nickt.

Es gibt so viele Schubladen und so viele Schränke, und nirgendwo sind Griffe. Ich drücke gegen die glatten Oberflächen, und sie öffnen sich gleitend. Ich finde eine Vorratskammer mit zig Dosen voller unterschiedlicher Tee- und Kaffeesorten, und daneben ist ein Schrank mit Tafelgeschirr und eine Schublade mit Kupferpfannen. Ich lasse alle Schränke hinter mir offen. Schließlich finde ich die Gläser. Ich lasse eines mit Leitungswasser volllaufen und halte Lexi das Glas an die Lippen, während sie ein paar Schlucke trinkt.

Sie schaut nach unten, zu der Schublade neben dem Spülbecken. Lexi drückt mit der Hand darauf, und sie gleitet auf. Sie langt hinein und holt einen Mörser heraus, aus schwerem schwarzem Marmor. Sie nimmt den Stößel und beginnt zu mahlen, sie blickt dabei in das leere Gefäß, als könne sie etwas darin sehen.

Mir wird bang. Ich nehme ihr den Mörser und den Stößel aus der Hand und stecke alles wieder in die Schublade. Sie schließt sich mit einem metallischen Klicken.

Lexi steht vor mir wie eine Statue.

Ich sehe mich um, betrachte das Chaos auf dem Boden, die verwelkten Kräuter, die verstreute Erde, und ich weiß, dass in diesem Haus etwas Schreckliches passieren wird.

Vivien

Am Tag vor ihrem Tod

Isaac will mir nicht verraten, wo wir hinfahren, denn Ben will mich überraschen. Aber ich habe trotzdem eine Vermutung, weil es Richtung Farringdon geht. Und ich habe recht. Isaac hält vor Kestrel's Antique & Vintage Jewellery.

Ich vergöttere Kestrel's. Ich finde die Schaufenster voller Diamanten und Smaragde und Rubine, die auf einem Meer aus Samt treiben, herrlich. Ich mag die gedämpfte Atmosphäre drinnen, die dicken Teppiche, die Tische mit der Lederauflage und die Kristalllüster. Ich finde es wundervoll, dass es hier nur Einzelstücke gibt.

Ich schätze auch die Tatsache, dass die alten Stücke ihren Wert behalten. Ich bin immer darauf bedacht sicherzustellen, dass ich nie, niemals mehr zurück in dieses klamme Zimmer in Cambridge Court muss. Je mehr Diamanten ich habe, desto weiter bin ich von alldem entfernt, und umso glücklicher bin ich. Das ist schlichtweg die Wahrheit.

Ben wartet auf mich. Er steht draußen, einen Pappbecher mit Kaffee in der Hand, wie immer überpünktlich. Er eilt zum Auto, um mir die Tür zu öffnen. Ich steige aus und hebe den Kopf, um ihn zu küssen. Als er klingelt, fassen wir uns an der Hand.

Kestrel's ist ein Familienunternehmen, Vater und Sohn, und

wir sind gute Kunden. Mark, der Sohn, kommt herbei, um uns aufzumachen.

»Schön, Sie wiederzusehen«, sagt er. Er ist ein ruhiger Mann Mitte zwanzig, groß und blond mit einer gewissen unbeholfenen Art, die ich reizend finde.

Wir folgen ihm nach hinten durch, an den zwei identischen Schreibtischen für Vater und Sohn vorbei. Paul Kestrel, der Vater, sitzt an einem davon und blickt auf, als wir vorbeigehen, die Lupe noch vor dem Auge. Er lächelt uns an. Er hat das gleiche schüchterne Auftreten wie sein Sohn.

Mark führt uns in ein Hinterzimmer, wo wir uns in Ledersessel setzen. Ölgemälde von mit Schmuck behängten viktorianischen Frauen hängen an den Wänden, und der Raum hat den muffigen Geruch von altem Geld. In der Ecke steht ein massiver Stahltresor. Mark öffnet ihn mit einem altmodischen Schloss, das er hin und her drehen muss. Er nimmt ein Tablett heraus und versperrt den Safe wieder. Ben hält immer noch meine Hand. Ich merke, dass er nervös ist. Er hat das geplant.

»Ich weiß, du magst keine Überraschungen«, sagt er, »aber ich bin das Risiko eingegangen und habe ein paar Sachen herausgesucht, die dir vielleicht gefallen könnten. Du hast das letzte Wort.«

Mit einer Verbeugung legt Mark ein mit Samt ausgelegtes Tablett vor uns hin. Drei Paar Diamantohrringe liegen in einer Reihe vor uns. Zwei Paar davon sind Ohrstecker, eines in Platin gefasst, das andere in Gelbgold. Das dritte Paar besteht aus roségoldenen Häkchen, sie hängen wahrscheinlich etwas unterhalb der Ohrläppchen.

Mark erklärt die Herkunft der Steine, den Schliff und die Farbe. Die Karat. Ich greife nach den Platinsteckern. Ich wusste sofort, dass ich diese auswählen werde. Ich beuge mich vor, damit ich mich in dem ovalen Standspiegel auf dem Schreibtisch sehen kann, und stecke mir die Ohrringe in die Ohrlöcher. Ich befestige sie, schiebe mir die Haare hinter die Ohren und wende mich dann Ben zu, damit er sie bewundern kann.

»Perfekt«, sagt er. Er streicht mir leicht mit dem Handrücken über die Wange. Mir fällt auf, dass er nicht lächelt.

»Wirklich?«, frage ich.

Er nickt. »Mark, könnten Sie uns ein paar Minuten allein lassen?«

»Natürlich.« Mark geht hinaus und schließt die Tür hinter sich. Die anderen Diamantohrringe bleiben da, liegen vor uns auf dem weichen Samttablett.

Ben dreht seinen grünen Ledersessel ein wenig zu mir. Ich sehe ihm an, dass ihn etwas beschäftigt, dass er sich über etwas anderes als den Schmuck Gedanken macht.

»Machst du dir Sorgen wegen heute Abend?«, frage ich.

Er nickt.

»Alles wird perfekt. Die Caterer kommen um sechs. Sie bringen noch Tische und Stühle mit und bauen unten alles auf. Wir schieben sämtliche Türen zurück, sodass aus den Zimmern im Souterrain ein einziger großer Raum wird. Es ist ein bisschen früh, aber ich habe Halloween als Motto gewählt, weil die Kinder das so gerne mögen. Ich habe Halloween-Knallbonbons bestellt, Hexenkürbissuppe und Geistercupcakes. Und für alle Kinder habe ich Kostüme gekauft. Nach dem Essen kommt ein Fotograf, damit wir später jedem Bilder und Videoaufnahmen schicken können. Das wird unvergesslich.«

»Du bist wirklich unglaublich«, sagt er. »Danke.«

»Warum siehst du dann so unglücklich aus?«

Er greift nach meinen Händen. »Na ja, da wäre nur noch die Kleinigkeit, dass ich den Deal über mehrere Millionen Pfund sichern muss, damit sich meine Firma über Wasser halten kann. Wichtig daran ist, dass ich dann weniger reisen muss. Ich kann mehr zu Hause sein, um dir mit Lexi zu helfen. Ich weiß, dass du quasi alleinerziehend warst, weil ich so viel gearbeitet habe und so oft nicht zu Hause war.«

»Die Investoren lieben dich«, sage ich. »Und heute Abend wirst du ihre Frauen und Kinder bezaubern, und alles wird klappen.«

»Versprochen?«

»Ja.«

Er beugt sich vor, um mich auf den Mund zu küssen, aber ich entdecke eine verräterische Falte auf seiner Stirn, und ich weiß, das bedeutet Ärger. Jeder, der so ein kostspieliges Geschenk kauft, hat einen tieferen Beweggrund. Sogar mein liebender Gatte.

»Es ist nicht Weihnachten, und ich habe nicht Geburtstag«, sage ich, »warum kaufst du mir dann Schmuck von Kestrel's?«

Er drückt meine Hand. »Ich wollte dir etwas schenken«, sagt er, »nicht zum Geburtstag, nicht zu Weihnachten – sondern nur, weil ich dich liebe. Und ich will, dass du daran denkst, dass ich das gesagt habe.«

»Jetzt machst du mich aber nervös.«

»Ich wollte mich bei dir bedanken«, sagt er. »Ich habe alles, was ich mir je gewünscht habe, dich und Lexi. Ich wollte dir zeigen, wie sehr ich dich schätze.«

Ben schließt die Augen und drückt sich meine Finger an die Lippen. Der Anblick seines goldenen Eherings beruhigt mich. Er wird mit den Jahren immer attraktiver; je mehr Erfolg er hat, desto entspannter wird er. Die Leute mögen ihn. Ich liebe ihn, mehr als ich vorher gedacht hätte.

»Bist du glücklich?«, fragt er.

»Ja.«

»Unsere Tochter ist acht Jahre alt«, sagt er. »Sie ist kein Kleinkind mehr.«

»Ich weiß, wie alt unsere Tochter ist.«

»Sie …« Er zögert. »Sie ist klug und feinfühlig.«

Ich ziehe meine Hand zurück. *Sie hat ihm etwas erzählt.*

Solange ich denken kann, war mir immer, immer kalt. Außer wenn ich mit Ben zusammen bin, dann ist es, als wäre ich in eine warme Decke gehüllt. Ich bin in Sicherheit. Aber nicht heute. Heute bewegen wir uns auf dünnem Eis.

»Viv, sie sagt, du gibst Medizin in ihre Milch, weil sie Übergewicht hat. Sie hat gesagt, du hättest ihr verboten, mir das zu erzählen.«

Hier im Raum ist es kälter geworden. Mich fröstelt.

»Stimmt das, Viv?«

»Ja. Das ist richtig.«

»Warum machst du das mit ihr?«

Ich ziehe die Beine unter mich auf die Sitzfläche, krümme mich zusammen, verschränke die Arme.

»Du verstehst das nicht, Ben. Du hast keine Ahnung, wie es ist, jeden einzelnen Tag seines Lebens mit dem Gewicht kämpfen zu müssen.«

»Alexandra ist acht Jahre alt. Sie ist ein eigenständiger Mensch, Viv. Du musst dir keine Sorgen um sie machen, sie ist perfekt. Du solltest ihr nicht solche Flausen in den Kopf setzen. Du machst sie nur unglücklich.«

»Sie ist nicht perfekt, Ben. Du siehst nur, was du sehen willst, wenn es um deine Familie geht. Sie wird von anderen Kindern ausgegrenzt. Sie wird schikaniert. Ich bin mindestens einmal im Monat bei ihrer Klassenlehrerin. Sie hat überhaupt keine Freundinnen. Ich habe es mit Müh und Not geschafft, bei ihrer Geburtstagsparty vier Kinder zusammenzubringen, weil ich die Mütter kenne und sie Mitleid mit mir hatten.«

»Ich habe unsere Allgemeinärztin angerufen«, sagt er. »Sie hat keine Aufzeichnungen darüber, Schlankheitspillen für unsere Tochter verschrieben zu haben.«

»Ich war bei einem anderen Arzt. Einem Spezialisten für Übergewicht bei Kindern.«

Ich zucke zusammen, als er mit der Hand auf den Tisch schlägt. »*Sie hat kein Übergewicht!*«

Ich sinke in dem Sessel in mir zusammen. Ich wage es nicht, noch etwas zu sagen. Es gefällt mir nicht, wie er mich ansieht. Als wäre ich oberflächlich, verrückt oder als könne man mir seine kostbare Tochter nicht anvertrauen, die nie etwas verkehrt machen kann.

Jetzt brüllt er mich an, und die Wut in seiner Stimme macht mir Angst. »Du hast herumgesucht, bis du irgendein Arschloch gefunden hast, das dir verschreibt, was auch immer du wolltest, wenn du nur genug dafür bezahlst, oder?«

»Ben, das stimmt nicht. Er ist ein qualifizierter Arzt, und es ist nur eine geringe Dosis. Heutzutage braucht man nicht einmal einen Arzt, ich hätte im Internet alles bekommen können, was ich wollte. Aber das würde ich niemals tun.«

Ben wendet den Blick ab, während er versucht, sich zu beruhigen. Als er weiterspricht, klingt er gemessener.

»Mrs Murad hat mich vor ein paar Wochen angerufen. Sie fürchtete, dass deine Wahrnehmung von Lexis Körpergewicht etwas verzerrt ist. Sie hat gesagt, du hättest nach Medikamenten für Lexi gefragt, und sie war beunruhigt, weil Lexi noch so jung ist. Sie hat sich immerhin so große Sorgen gemacht, dass sie die Schweigepflicht verletzt hat. Also habe ich mit Lexi gesprochen. Zuerst hat sie sich geweigert, mir etwas zu erzählen, aber ich habe sie immer wieder gefragt. Vor ein paar Tagen hat sie sich dann geöffnet.«

»Du vertraust mir nicht. Du hältst mich für eine schlechte Mutter.«

»Das stimmt nicht. Aber ich bin erschüttert, dass du meine Tochter bittest, Geheimnisse vor mir zu haben.«

»Es tut mir leid«, sage ich. Ich beuge mich vor, stelle die Füße wieder auf den Boden und versuche, seine Hand zu nehmen. Er zieht sie zurück.

»Viv, ich weiß, du tust dein Bestes. Wir wissen alle, wie traumatisch die letzten zehn Jahre waren, die ganzen Ärzte, das häufige Scheitern, das Baby, das wir verloren haben. Mrs Murad macht sich Sorgen um dich, genau wie ich. Du bist schon so lange bei ihr in Behandlung, und sie ist der Meinung, du brauchst psychiatrische Hilfe. Sie meint, sie hätte dir das schon selbst gesagt, aber sie glaubt nicht, dass du auf sie gehört hast. Ich muss dafür sorgen, dass du die Hilfe bekommst, die du brauchst.«

»Warum hier, Ben? Warum führen wir dieses Gespräch hier? Willst du mich bestechen oder mir drohen? Was soll ich davon halten?«

Ich will einen Ohrring lösen, aber Ben packt mich am Handgelenk.

»Lass los«, sage ich.

Er weigert sich. Er nimmt auch noch meine andere Hand. Wie erstarrt verharren wir so und sehen uns an. Er hat Tränen in den Augen.

»Ich habe keine Ahnung, was wir hier machen«, sagt er. »Ich quäle mich seit Tagen damit herum und wusste nicht, wie ich es zur Sprache bringen soll.«

»Was bin ich denn, Ben, so was wie eine Hexe, vor der du Angst hast?« Jetzt werde ich laut. Ich stelle mir vor, wie Mark und sein Vater, mit ihren Juwelierlupen, den Kopf heben und unserem Streit lauschen.

»Ich weiß, wie empfindlich du bist«, sagt er, »wie du dich geißelst, weil du als Mutter nicht gut genug bist. Ich wollte dich an einen Ort bringen, wo du mir zuhören musst, an einen neutralen Ort, wo du nicht einfach weglaufen kannst, bevor ich fertig bin. Ich wollte dir zeigen, wie sehr ich dich liebe, um dich zu beruhigen. Das war eine unsinnige, idiotische Idee. Aber es ist eigentlich auch egal, wo wir dieses Gespräch führen. Wir müssen darüber reden.«

Ich sehe ihm in die Augen und merke, dass sich etwas geändert hat. Etwas ist kaputtgegangen.

»Ich war bei einem Psychiater«, sagt er, »und ich will, dass wir noch einmal gemeinsam zu ihm gehen.«

»Du warst hinter meinem Rücken bei jemandem? Du hast über mich gesprochen, ohne meine Erlaubnis?«

Ich versuche, ihm meine Hände zu entreißen, aber er will nicht loslassen.

»Wenn du mich nicht loslässt, schreie ich.«

Ben lockert seinen Griff um meine Handgelenke. Ich weiche vor ihm zurück und umklammere die Armlehnen. Meine Augen füllen sich mit Tränen, aber bei mir sind es Tränen der Wut.

»Was hast du ihm gesagt? Er könnte uns ruinieren.«

»Nein, Viv. Du bist paranoid. Alles, was ich ihm gesagt habe, ist vertraulich. Er will uns helfen.«

»So wie Mrs Murad unsere Gespräche vertraulich behandelt hat?«

Ich befinde mich mitten in einem Albtraum. Der Lärm in meinem Kopf wird immer lauter. Ich kann nicht hören, was er sagt.

»Ben, dieser Psychiater könnte mich dem Jugendamt melden.«

Er sieht schockiert aus. Daran hat er nicht gedacht. »Warum? Viv, was hast du getan? Was hast du ihr gegeben?«

Ben vergräbt den Kopf in den Händen.

»Wir haben eine Tochter«, sagt er, »und sie steht an erster Stelle. So sieht es aus, Vivien. Wir sind Eltern. Wir zählen nicht mehr so viel.«

»Leck mich am Arsch, Ben.«

Mark steht in der Tür und schaut verblüfft. Er dreht sich um und geht schnell wieder hinaus.

Ben lehnt sich zurück. Er ist zusammengesackt, als hätte ich ihm einen Hieb in den Magen verpasst.

»Sobald ich hier raus bin«, sage ich, »rufe ich den Caterer an. Ich sage jede einzelne Bestellung für heute Abend ab. Und wage es bloß nicht, heute Abend nach Hause zu kommen. Wage es nicht. Du kannst in ein Hotel gehen und einmal ausführlich über deinen netten kleinen Schwatz mit deinem neuen Psychiaterfreund nachdenken.«

Ich stehe auf. Meine Wut verleiht mir Kraft. Ich ziehe mir die Jacke glatt und fahre mir durch die Haare. Ich nehme Haltung an, drücke die Brust heraus und halte die Wirbelsäule gerade.

»Komm nicht in unsere Nähe, bevor du dich beruhigt hast. Sonst wird es dir leidtun. Hast du verstanden?«

Er nickt, sieht mich aber nicht an, sondern blickt an mir vorbei.

Anmutig wie die Balletttänzerin, die ich einmal war, gehe ich durch den vorderen Raum des Juweliergeschäfts. Mark und sein Vater sitzen an ihren Schreibtischen und tun so, als wären sie in ihre Laptops vertieft. Als ich an der Tür bin, springt Mark auf, um sie mir aufzusperren.

Ich trete nach draußen, auf den Gehsteig. Ich ignoriere Isaac, der aus dem Auto aussteigt. Als er auf der anderen Seite ist, um mir die Beifahrertür zu öffnen, habe ich schon ein vorbeifahrendes Taxi herbeigewunken. Der Fahrer ist alt und sieht klapprig aus, und ich habe kein gutes Gefühl dabei, aber ich steige trotzdem ein. Als das Taxi vom Gehsteig wegfährt, fällt mir ein, dass ich immer noch die Diamantstecker trage. Doch ich kehre nicht um. Ben wird sie bezahlen müssen.

Kapitel 24

Ich bin heute Abend nicht hergekommen, um Lexi mitzunehmen, aber jetzt scheint es das Einzige zu sein, was ich für sie tun kann. Ich halte fest ihre Hand, als wir die Treppe zur Eingangshalle hochsteigen.

Ich weiß nicht, ob Cleo noch im Haus ist oder was sie macht. Ich muss mich beeilen, bevor sie mich aufhält.

Der Schrank neben der Haustür ist voller Jacken und Mäntel. Ich starre einen Augenblick lang Viviens glänzenden schwarzen Ziegenledermantel an, bevor ich eine regendichte Jacke für Lexi auswähle, mit einer pelzgefütterten Kapuze. Sie protestiert nicht, als ich sie ihr anziehe. Ich knie mich hin und hantiere am Verschluss herum, meine Hände sind nicht so ruhig wie sonst, aber schließlich gelingt es mir, und ich ziehe den Reißverschluss bis oben zu. Ich schnappe mir die kleinsten Gummistiefel. Sie hält sich an meiner Schulter fest, während ich ihr helfe, die Füße in die Stiefel zu stecken. Ich greife nach meinem eigenen Mantel, der auf dem Tisch in der Diele liegt.

Dann nehme ich wieder Lexis Hand und halte einen Augenblick inne, um sie anzulächeln, um sie zu beruhigen. Ihr angespanntes Gesicht sieht ganz klein aus unter ihrem wirren Haar. In ihrem Blick liegt Angst.

»Alles wird gut«, sage ich. »Ich nehme dich mit zu mir nach Hause, nur für heute Nacht.«

Ich öffne die Haustür. Es regnet heftig, und ich habe eine

ungute Vorahnung. Ich hole dieses Kind aus seinem warmen Bett hinaus in eine dunkle, nasse Nacht. Ben wird sehr wütend sein. Aber dieses Haus ist vergiftet, und ich lasse Lexi nicht noch einmal allein. Ich bin die Einzige, die ihr helfen kann.

Ich drücke auf den Türöffner für das Tor. Dann ziehe ich die Tür zu, indem ich den sechseckigen Knauf mit beiden Händen ergreife.

Lexi schiebt sich die Haare aus dem Gesicht und hebt den Kopf zum Himmel. Sie öffnet den Mund, um den Regen zu schmecken. Ich kann nicht sagen, ob sie Angst hat oder ob sie froh ist, von der Blackthorn Road wegzukommen, aber sie hält meine Hand, und das ist im Augenblick genug.

Langsam steigen wir die Stufen hinunter. Ich will vermeiden, dass sie ausrutscht und auf dem nassen Marmor das Gleichgewicht verliert. Ich schiebe das eiserne Tor auf und führe sie hindurch. Wir sind die einzigen Menschen, die auf der Blackthorn Road unterwegs sind. Mit einem kleinen Kind neben mir und dem Regen, der die Sicht erschwert, scheint der Weg bis zum Ende der Straße eine Ewigkeit zu dauern.

Ich stelle mir vor, wie die Nachbarn aus jedem Fenster, an dem wir vorbeigehen, zusehen, wie ich das Kind wegführe. Ich ziehe Lexis Kapuze gerade, sodass ihre Haare bedeckt sind. Ein Taxi zu nehmen, will ich lieber nicht riskieren, das könnte Misstrauen wecken, ein kleines Kind in einer Schlafanzughose unter der Jacke, so spät nachts noch unterwegs. Alexandra könnte wieder nach ihrer Mutter fragen, sie könnte sich wehren oder protestieren oder sagen, dass sie nach Hause will.

Ich stelle mir Cleos Schritte hinter uns vor, übertönt vom Regen.

Als wir die Straße überqueren, kommen Jugendliche auf uns zu. Kapuzenjacken verbergen ihre Gesichter, die Ellbogen ragen heraus, die Hände haben sie in den Taschen versteckt. Ich stelle keinen Blickkontakt her; ich nehme Lexis Hand fester. Ich bin wehrlos. Ich sollte so spät abends nicht mehr mit ihr unterwegs sein. Ich denke an Ben und stelle mir seine Reaktion vor, wenn er herausfindet, dass ich seine Tochter mitgenommen habe. Lexi ist sein wertvollster Besitz. Sie ist alles, was er noch hat.

An der U-Bahn kommen ein paar Pendler aus dem Bahnhof, die Köpfe über Handys gebeugt. Niemand nimmt Notiz von uns. Ich drehe mich um, weil ich überzeugt davon bin, Cleo zu sehen, in ihrem Regenmantel, fest entschlossen, mir Lexi wegzunehmen. Ich beschließe, doch einem Taxi zu winken.

Der Lärm und die Lichter vom Bahnhof scheinen Lexi aufzurütteln, und sie bleibt stehen.

»Ich will heim«, sagt sie.

Ich versuche, sie sanft weiterzuziehen, aber sie leistet Widerstand. Als ich ihre Hand nicht loslassen will, biegt sie ihren ganzen Körper durch, stemmt sich weg und zerrt mich in die andere Richtung. Eine Frau in hochhackigen Schuhen und Minirock kommt an uns vorbei, sie sieht uns kurz unter ihrem Regenschirm hervor an. Sie stöckelt vorbei. Niemand will sich einmischen; den Leuten ist es lieber wegzuschauen.

Lexi blickt zu mir hoch, sie schiebt sich mit der freien Hand die Haare aus dem Gesicht und versucht, etwas zu sagen, aber der Regen weht ihr in die Augen, und ich kann sie nicht hören. Ich beuge mich weiter zu ihr hinunter, und sie flüstert mir ins Ohr: »Wo ist Mami?«

Ich knie mich hin und drücke sie fest. Ihre Arme wandern um mich herum.

»Ich hab dich lieb«, sage ich. Ich halte sie so fest wie möglich, ohne sie zu zerdrücken. »Alles wird gut«, sage ich. »Du wirst schon sehen.«

Ich spüre, wie sie sich entspannt. Ich ziehe ihr die Kapuze noch ein Stück weiter ins Gesicht. Ich stehe auf und nehme wieder ihre Hand.

Das Blut rauscht immer lauter in meinen Ohren. Ich rechne damit, dass Ben jeden Moment mit dem Auto vorbeifährt und eine schreckliche Szene macht. Ich muss weg von dieser Ecke, vor der Station ist alles zu hell beleuchtet, und ständig kommen Menschen und Autos vorbei. Ich drücke Lexis Hand zu fest und versuche, meinen Griff etwas zu lockern.

Die Ampel an der Ecke schaltet auf Grün. Wir überqueren die Straße. Ein Taxi fährt auf uns zu, das gelbe Licht auf dem Dach leuchtet. Ich will gerade die Hand ausstrecken, um ihm zu winken, als an meinem Mantel gezogen wird. Lexi zeigt auf etwas, auf jemanden. Gegenüber, auf der anderen Straßenseite, ist eine Frau, die genauso aussieht wie ihre Mutter. Eine Frau in einem langen schwarzen Ziegenledermantel.

Lexi reißt sich von mir los. Unsere Hände sind nass vom Regen, und sie entgleitet meinem Griff.

Die Körpertemperatur kann sich im Bruchteil einer Sekunde ändern. Radikal absinken. Einen in Schweiß ausbrechen lassen. Ich versuche, von hinten ihre Jacke zu packen, aber sie ist schon weg. Sie rennt über eine Fahrspur auf die Mitte der Straße zu. Ich fixiere die Rückseite ihrer Kapuze, als könne ich sie durch reine Willenskraft aufhalten, sie zurückholen.

Ich laufe ihr auf die Straße nach. Ein Windstoß treibt mir den Regen in die Augen, als ich ihren Namen rufe.

Sie schreit auf, als sie ausrutscht und hinfällt, nach vorn stürzt, ihre Knie treffen auf den Asphalt auf, sie streckt die Hände aus, um sich abzustützen. Scheinwerfer halten auf sie zu, die Scheibenwischer des Taxis sausen hin und her, der Fahrer sieht das kleine Mädchen mit den rotblonden Haaren und der grauen Jacke nicht, das auf der Straße liegt.

Aber Cleo sieht es, und sie ist näher dran. Sie rennt los, wirft sich auf Lexi, und es gibt ein scheußliches kreischendes Geräusch, als der Taxifahrer ins Schleudern kommt und nicht rechtzeitig bremsen kann.

Ein fürchterlicher dumpfer Schlag. Zwei Körper mitten auf der Straße.

Kapitel 25

Es ist halb zwei Uhr morgens, und ich sitze wie ein Zombie auf einem mit Kunstleder überzogenen Stuhl in einem kleinen zellenartigen Raum in der Unfallnotaufnahme. Mein Mantel liegt zwei Stühle weiter; er starrt vor Schmutz, weil ich mit Lexi in den Armen auf dem Boden saß.

Wenn ich die Augen schließe, höre ich Vivien und Cleo hinter Viviens verschlossener Tür schwatzen und kichern. Ich höre den metallenen Klang des Kassettenrekorders, auf dem immer wieder dasselbe Lied läuft, *Club Tropicana*. Die Mädchen sind glücklich, da bin ich mir sicher. Ich muss nicht hineingehen und nachsehen.

Lexi zittert wie ein kleines, verängstigtes Tier. Ich halte sie und wiege sie, aber ich kann sie nicht trösten. Sie wehrt sich gegen mich. Ich drehe sie weg, damit sie den Körper nicht sieht. Sie schreit nach ihrer Mutter.

Auf beiden Seiten von uns blockieren Autos die Straße. Menschen bleiben stehen, um zu helfen oder zu gaffen. Der Taxifahrer wendet Cleo in der nassen Dunkelheit auf die Seite. Ein Mann setzt seine Aktentasche ab und deckt sie mit einem langen Mantel zu. Ihr Körper ist ganz, ganz still.

Die blinkenden Lichter des Krankenwagens nähern sich glücklicherweise schnell. Ich bin von vertrauten Geräuschen und bekannten Gerüchen umgeben. Monitore brummen, es riecht beißend und sauber.

Laute Schritte nähern sich. Harte Sohlen. Ich bete, dass es Ben ist, mit Neuigkeiten von Lexi, oder sogar Ben mit seiner Tochter in den Armen, die sagt, dass sie zu ihrer Großmutter will. Aber natürlich ist es nicht Ben, denn Ben will nichts mit mir zu tun haben.

Als ich die Augen öffne, steht Isaac in der Tür. Er hat die Hände in die Taschen seines regennassen Mantels gesteckt, seine Schultern sind angespannt, seine Miene ist finster. Ich spüre den Vorwurf in seinem Blick. Ben hat mich genauso angesehen, als er ins Krankenhaus kam und ich am Bett seiner Tochter saß.

»Wie geht es Lexi?«, frage ich.

»Ihr Zustand ist stabil. Sie behalten sie über Nacht hier.«

Ich atme aus. »Das dachte ich mir. Ich wusste, dass sie nicht schwer verletzt ist. Ich habe sie mir angesehen, als wir auf den Krankenwagen gewartet haben.«

Isaac rührt sich nicht vom Fleck. Er sagt nichts, um mich zu trösten.

»Cleo ist gerade im CT«, sage ich. »Sie haben keine Verwandten ausfindig machen können, deshalb habe ich gesagt, ich bleibe.«

Sein Blick macht mich unruhig. Ich stehe auf und gehe zum Wasserspender. Ich ziehe einen Plastikbecher heraus, aber dabei fallen noch mehrere auf den Boden. Ich hebe sie auf, stelle sie auf den Spender und fülle mir einen Becher mit kaltem Wasser.

Ich flüchte mich in meine Rolle als Krankenschwester, ich hülle sie um mich wie einen Umhang, bevor ich mich ihm zuwende.

»Was ist passiert?«, fragt Isaac.

»Ich bin zum Haus, um nach Lexi zu sehen. Ben war nicht

dort, er hatte sie mit Cleo allein gelassen. Cleo war unberechenbar – mal hat sie geweint, gleich darauf war sie wütend. Ich konnte sie nicht dazu bringen, das Haus zu verlassen. Sie hatte mir alles Mögliche über ihre Vergangenheit erzählt …«

Da fällt mir ein, was sie über Isaac erzählt hat, was sie über ihn und Vivien angedeutet hat. Aber es hat keinen Sinn, ihre entzweienden Anschuldigungen zu wiederholen. Nicht jetzt.

»Es war nicht sicher für uns, im Haus zu bleiben, ich musste Lexi dort rausholen. Ich wollte sie nur bis zu meiner Wohnung bringen. Aber Cleo ist uns gefolgt, und als Lexi sie gesehen hat, hat sie sich losgerissen und ist auf sie zugerannt. Du siehst ja, Cleo hat sich absichtlich so hergerichtet, dass sie genauso aussieht wie Vivien. Ihre Haare, ihr Make-up – sie hat Viviens Ziegenledermantel getragen, Herrgott noch mal – alles.«

Mein Schlund ist trocken, und ich habe einen schalen Geschmack im Mund. Mein Kopf hämmert, und mir tun Nacken und Schultern weh. Ich bin kurz davor, unter der ganzen Last zusammenzubrechen. Aber das kann ich nicht, denn das wäre egoistisch. Ich versuche, mich abzubremsen, vernünftig zu klingen.

»Cleo hat sie seit Jahren gestalkt, Isaac. Dafür gibt es Beweise in Cleos Wohnung. Ich habe schon die Polizei informiert. DS Cole hat mir erzählt, dass es in Cleos Vergangenheit schon zu Gewalt kam. Sie hat jemanden angegriffen. Ich weiß, im Rückblick sieht es leichtsinnig aus, was ich getan habe, aber ich war um Lexis Sicherheit besorgt.«

Isaac hebt die Augenbrauen. Ich weiß nicht, ob er mir glaubt, aber er ist meine letzte Hoffnung. Mit seiner Unterstützung könnte Ben mir vergeben.

»Ben hat dich bei der Polizei angezeigt«, sagt er.

Ich will etwas sagen, aber ich bringe keinen Ton heraus. Ich räuspere mich und versuche es noch einmal. »Mich weswegen angezeigt?«

»Kindesentführung«, sagt er grimmig. Er meint es ernst.

»Das ist doch verrückt. Ich bin ihre Großmutter. Du musst Ben davon überzeugen, mit mir zu reden.«

»Ben ist bei Lexi. Im Moment lässt er dich auf keinen Fall in die Nähe seiner Tochter.«

Meine Brust verkrampft sich. Das Hämmern in meinem Kopf droht mich zu überwältigen, aber ich verdränge es. Ich muss nachdenken.

»Du hast Alexandra aus dem Bett geholt, mitten in der Nacht, ohne Erlaubnis und ohne Ben zu sagen, wo seine Tochter ist«, fährt Isaac fort. »Was dachtest du dir denn, wie er darauf reagiert, verdammt noch mal?«

Sein Tonfall ist ganz kalt.

»Ich schwöre dir, ich wollte sie schützen. Hilf mir, Isaac, bitte. Ich weiß, wie viel Einfluss du auf Ben hast. Das lässt sich alles regeln. Lexi ist in Sicherheit. Sie ist unverletzt.«

Ich sehe Cleos Körper vor mir, der schlaff auf dem nassen Asphalt liegt. Ich sehe Lexis Handflächen, voller Splitt und Blut. *Ich sehe auch Vivien*. Alles meine Schuld.

»Ich versuche ja, dir zu helfen«, sagt er. »Deshalb bin ich hier. Die Polizei sucht dich, aber ich halte es für besser, wenn du heute Nacht nicht mehr mit ihnen sprichst. Du könntest Dinge sagen, die du später bereust. Vielleicht solltest du dir einen Anwalt suchen, bevor du mit irgendjemandem redest.«

»Ich kann Cleo hier nicht allein lassen.«

»Gerade hast du noch gesagt, dass sie gefährlich ist.«

»Ich weiß. Aber sie ist auch … Ich habe das so schlecht gehandhabt. Cleo hat Lexi doch das Leben gerettet. Obwohl sie den Unfall verursacht hat.«

Ich höre mich. Ich rede wirres Zeug.

»Rose, hör auf.« Isaac tritt vor und nimmt meinen Mantel. Er hängt ihn mir über die Schultern, dann legt er den Arm um mich und führt mich hinaus. Die Schwestern sind beschäftigt, es ist niemand zu sehen, und niemand bemerkt, dass wir gehen. Der Parkplatz draußen ist fast leer. Es hat aufgehört zu regnen.

»Wohin fahren wir?«

»Zu mir. Ich habe einen Freund gebeten, mir die Nummer eines Anwalts zu schicken.«

»Ist das wirklich nötig?«

»Ich halte es für sinnvoll.«

Als Isaac mit mir auf Viviens Auto zugeht, wird mir bewusst, dass mir die Polizei egal ist. Ich fürchte nur den Schaden, den ich meinem bereits fragilen Verhältnis zu Ben zugefügt habe.

Sein Arm ruht schwer auf meinen Schultern, das sollte mich trösten; wenigstens bin ich nicht allein. Dennoch fühlt sich dieses Gewicht auch wie eine Fessel an. Ich drehe mich um und werfe noch einen Blick auf das Krankenhaus. Dann schüttle ich seinen Arm ab.

»Ich muss hier sein, in diesem Krankenhaus. Ich gehe nicht, ohne Ben gesehen zu haben.«

»Herrgott, Rose, lass ihn in Ruhe. Hast du denn eine Ahnung, was für einen Schaden du heute Nacht beinahe angerichtet hättest? Er hat kaum angefangen, um seine Frau zu trauern, und wenn sich Cleo nicht vor das Taxi geworfen hätte, könnte Alexandra auch tot sein.«

»Wenn Ben nicht diese Beziehung zu Cleo hätte, hätte Lexi sicher in ihrem Bett gelegen. Sein Urteilsvermögen lässt einiges zu wünschen übrig.«

»Ben hat recht«, sagt Isaac. »Du weigerst dich, der Realität ins Auge zu sehen.«

»Ben weiß nichts über mich.«

Mit Isaacs Geduld ist es zu Ende. Er erhebt die Stimme, brüllt mich an.

»Seit Viviens Tod versucht Ben, sich zusammenzureißen. Er tut sein Möglichstes, sich um sein Kind zu kümmern, seine Firma am Laufen zu halten, die Hypothek abzuzahlen, und wenn du noch einmal so eine Aktion lieferst, kann es sehr gut sein, dass er zu allem anderen auch noch den Verstand verliert.«

Ich kann hohe Bäume vor dem Himmel ausmachen, dahinter Lichter von der Straße. Das Verkehrsgeräusch ist ausnahmsweise einmal beruhigend. Es sind Menschen in der Nähe, gleich auf der anderen Seite der Bäume. Wir sind bei Viviens Auto angelangt, und ich rechne damit, dass Isaac mich zwingt einzusteigen. Aber er fasst mich nicht an.

»Bens Stabilität, in finanzieller und in jeder anderen Hinsicht, ist dir wichtig, oder? Deine eigene Zukunft ist von seinem Erfolg abhängig, davon, dass er alles zusammenhält.«

»Wovon zum Teufel redest du?«

Ich stehe mit dem Rücken zur Beifahrertür. »Hast du dich von meiner Tochter angezogen gefühlt?«

Auf dem Parkplatz ist es so dunkel, dass ich seine Augen nicht sehen kann.

»Wo zum Teufel kommt das denn her?« Er beugt sich über mich, stemmt seine große Hand gegen das Fenster.

Vivien sah vor diesem Auto immer so klein, so zart aus.

»Cleo hat angedeutet, dass Vivien eine gewisse Macht über dich hatte.«

»Hast du den Verstand verloren?« Er schlägt mit der Hand

gegen das Dach, und ich zucke zusammen. Dann tritt er einen Schritt zurück. Ich merke, dass er sich bemüht, sich wieder zu fassen.

»Lass mich das klarstellen«, sagt er. »Wenn du eine Ausrede dafür suchst, dass du beinahe den Tod deiner Enkeltochter verursacht hättest, dann ist Cleo gefährlich und gestört. Aber wenn es darum geht, was Cleo über mich zu sagen hat, dann ist sie eine zuverlässige Zeugin?«

»Ich weiß es nicht.« Ich stehe ganz still da. »Cleo hat eigentlich nie gelogen. Sie hat zugegeben, Vivien ohne ihr Wissen gefolgt zu sein und sie fotografiert zu haben. Sie hat alles zugegeben, offen gesagt, dass sie Ben will und auch Lexi.«

Als Isaac schließlich spricht, ist seine Stimme brüchig. »Okay«, sagt er. »Ja. Ich fand Vivien anziehend. Sie war eine attraktive Frau. Ich mochte sie. Aber ich war ihr Fahrer, das ist alles.«

»Ist etwas zwischen euch gewesen?«

»Langsam fange ich an zu verstehen, warum Ben so frustriert wegen dir ist«, sagt er. »Warum er dir nicht vertraut. Es ist bedauerlich, dass du keine Verantwortung für die Rolle, die du dabei gespielt hast, übernimmst. Du willst immer noch allen anderen die Schuld dafür zuschieben. Zuerst Cleo, dann mir. Aber Ben verlässt sich auf mich, und ich werde nicht zulassen, dass du ihm und Alexandra wehtust.«

Er hat eine Hand in der Tasche, mit der anderen massiert er sich den Nacken.

»Es ist mir egal, wo du jetzt hingehst. Ich lasse dich aussteigen, wo auch immer du willst. Aber halte dich bloß von Ben und Alexandra fern. Verstanden?«

»Das kann ich nicht. Ich kann mich nicht von ihnen fernhalten.«

»Ich meine das ernst. Wenn du mir versprichst, zu kooperieren, wenn du sie in Frieden lässt, dann versuche ich, Ben davon zu überzeugen, die Anzeige bei der Polizei nicht weiterzuverfolgen.«

Ich höre mein Herz hämmern.

»Ich habe keine Angst vor der Polizei«, sage ich. »Eine trauernde Großmutter werden sie niemals ins Gefängnis stecken. Ich habe nur vor einem Angst: dass ich von Lexi getrennt werde und nicht auf sie aufpassen kann.« Ich ziehe meinen Mantel, das Geschenk von Vivien, enger um mich. Es ist kalt hier draußen. »Es tut mir leid. Du hast recht. Ich kann niemand anders die Schuld geben als mir selbst. Ich muss die Verantwortung übernehmen. Ich muss mir für vieles die Schuld geben.«

Ich stelle mir vor, dass sich Isaacs Augen mit einer Mischung aus Mitleid und Ungeduld füllen. Er reibt sich wieder den Nacken, während er sich fragt, was er mit mir anstellen soll. Er muss glauben, dass er mich jetzt fast im Griff hat, aber da täuscht er sich.

»Ich verlasse das Krankenhaus nicht, ohne mit Ben gesprochen zu haben«, sage ich.

»Könnte ich dich doch nur zur Vernunft bringen.«

Die Kälte macht mir zu schaffen, ich fröstle. Ein Schatten huscht am Rand des Parks entlang. Bleibt stehen. So wie mein Herz. Die Augen eines Fuchses funkeln mich aus der Dunkelheit an. Er wartet, bereit und angespannt.

Jetzt verstehe ich. Vivien war nie glücklich in ihrem schönen Haus in der Blackthorn Road. Ihr Hochzeitsporträt scheint vor mir in der Dunkelheit auf. Ihre Augen, hinter dem zarten Schleier, drücken Beklommenheit und Nervosität aus, als würde sie nicht ernsthaft glauben, dass das Leben, das sie von

Cleo gestohlen hat, echt ist. Als würde sie darauf warten, dass etwas Schlimmes passiert. Und am Ende hat sie dafür gesorgt, dass es so kam.

»Isaac«, sage ich, »du musst Ben dazu bringen, mit mir zu sprechen. Er vertraut dir. Er wird sich mit mir treffen, wenn du ihn darum bittest.«

»Es tut mir leid, Rose. Das kann ich nicht.«

Ich stelle überrascht fest, dass mir der Kopf nicht mehr wehtut und sich ganz leicht anfühlt. Die Kälte betäubt meine Nerven, und das heftige Pochen, an das ich mich gewöhnt habe, hat nachgelassen. Ich spreche mit der Stimme, die ich auf der Weissman-Station benutze, der Stimme, mit der ich sicherstelle, dass man mir zuhört, dass junge Krankenschwestern in Situationen, in denen es um Leben und Tod geht, nichts verkehrt machen.

»Lexi ist immer noch in Gefahr. Ich muss Ben etwas Wichtiges sagen. Es könnte um Leben und Tod gehen.«

»Was meinst du?«

»Ich muss mit Ben reden. Bitte, Isaac, wenn ich dir irgendetwas bedeute, vertrau mir. Bitte hör auf mich.«

Isaac schweigt. Ich weiß, dass er versucht zu beurteilen, ob ich mittlerweile völlig verwirrt bin. Ich strecke den Arm aus und nehme seine Hand. Ich drücke die Lippen auf seine Handfläche. Ich hoffe gegen alle Wahrscheinlichkeit, dass seine Gefühle für mich über die Vernunft siegen.

Als er seufzt, weiß ich, dass ich gewonnen habe.

»Versprichst du mir, dass du heute Nacht nichts Verrücktes mehr anstellst?«

»Ich verspreche es.«

Ich lege die Arme um ihn und lasse den Kopf an die Höhlung über seinem Brustbein sinken. Ich streichle die weiche

Stelle an seinem Hals zwischen den Haaren und dem Kragen. Ich atme seinen Geruch ein, Zigaretten und Aftershave. Auch er umarmt mich, wir bleiben so stehen, in der stillen Dunkelheit, nur wir beide, und ich tue einen Augenblick so, als könne es für uns alle zu einem glücklichen Ende kommen.

Kapitel 26

Ich stehe in der Tür zu Lexis Zimmer in der Pädiatrie. Ben sitzt am Bett seiner Tochter, hält ihre Hand und blickt sie an. Lexi hat die Augen geschlossen. Die gestärkte Krankenhausbettwäsche reicht ihr bis zum Kinn, sie ist kreideweiß wie das Laken.

Ich bin mir sicher, dass Ben mich kommen gehört hat, aber er nimmt keine Notiz von meiner Anwesenheit. Er wirkt zerbrechlich, irgendwie geschrumpft, als wäre er in den letzten paar Stunden verkümmert. »Haben sie ihr ein Beruhigungsmittel gegeben?«, frage ich.

Er nickt. Er will mich nicht ansehen.

»Ben, es tut mir sehr leid, was passiert ist. Ich würde Lexi niemals in Gefahr bringen wollen.«

»Das hast du aber«, sagt er. »Du hast sie beinahe umgebracht.«

Er blickt Lexi weiterhin an. Er ist so aufgebracht, dass er es nicht riskieren kann, mich anzusehen. Doch Isaac hat ihn irgendwie überredet, mich anzuhören, denn er wirft mich nicht gleich hinaus.

Ich könnte versuchen, ihm alles zu erklären, aber das ist jetzt nicht die rechte Zeit. Ich will mich nicht anhören, als wolle ich meine eigenen Handlungen rechtfertigen. Und ich habe keine Zeit. Stattdessen will ich über die wirklich wichtigen Dinge mit ihm reden.

»Ben«, sage ich, »ich weiß, dass du mich für ein kaltes Miststück hältst, dem die Karriere wichtiger war als die eigene Familie. Ich weiß, dass du denkst, ich hätte meine Tochter nicht genug geliebt. Und du hast recht. Zum Teil jedenfalls. Als Vivien klein war, habe ich vieles versäumt, was wichtig gewesen wäre. Ich glaube, das hat sie mir niemals verziehen. Ihr Vater hat noch nicht einmal ihre Existenz anerkannt, und dann wurde sie von mir verlassen, schon wieder. Ich habe sie weggeschickt. Wenn ich jetzt darüber nachdenke, begreife ich, dass das alles vor langer Zeit angefangen hat. Aber als Lexi geboren wurde, war alles ganz anders, ganz einfach.«

Ben weigert sich immer noch, mich anzusehen. Er streichelt Lexis Handrücken mit dem Daumen.

Ich wage mich ein paar Schritte näher heran. Ich stehe am Fuß von Lexis Bett, lege die Hand um die Metallstange. »Ben«, sage ich, »wir wissen beide, dass Vivien die Mutterschaft nicht bewältigt hat. Ich habe mich schuldig gemacht, weil ich ihr nicht geholfen habe, und ich mache mir jeden einzelnen Tag Vorwürfe deshalb. Aber ich glaube, du hast das auch gewusst.«

Ben blickt ganz kurz zu mir her. Dann wendet er sich wieder ab, zu Lexi hin. Ich spreche weiter.

»Du erinnerst dich sicherlich, wie schwach Vivien physisch und emotional nach Lexis Geburt war? Als Lexi noch auf der Weissman-Station war, habe ich geholfen, wo es nur ging, aber Vivien kam nicht häufig zu Besuch, nicht wahr?«

Keine Reaktion.

»Damals habe ich mir Sorgen gemacht, dass es nicht nur an Viviens körperlichem Zustand liegen könnte, sondern dass da noch mehr war. Vivien *wollte* ihr Baby nicht besuchen. Sie hatte viel durchgemacht, als sie Lexis Zwilling verloren hatte, dann die Frühgeburt und der lange Aufenthalt im Krankenhaus. Es gab so viele Risikofaktoren, ich hätte sehen müssen, dass sie Gefahr lief, keine Bindung zu ihrer Tochter aufzubauen oder sogar eine postnatale Depression zu entwickeln. Aber ich habe mir eingeredet, das sei nur eine vorübergehende Phase, die mit der Zeit vorbeigehen würde, sobald Lexi gesund zu Hause wäre.«

Ben nickt, und ich schöpfe ein ganz kleines bisschen Hoffnung. Meine Stimme ist ruhiger, als ich fortfahre.

»Als Lexi nach drei langen Monaten nach Hause gekommen ist, bin ich bei euch eingezogen. Als Säuglingskrankenschwester war es für mich völlig selbstverständlich, sie zu versorgen, und sie war ein ganz braves, unproblematisches Baby. Aber nachdem ich etwa eine Woche bei euch war, fing ich an, mir Sorgen zu machen. Vivien wurde immer abhängiger von mir. Sie machte immer weniger und überließ es fast ausschließlich mir, mich um Lexi zu kümmern. Das ging so weit, dass sie darauf bestand, dass nur ich ihr die Flasche geben sollte; sie hatte Angst, Lexi könnte daran ersticken, wenn sie das selbst machte. Sie wollte Lexi auch nicht die Windeln wechseln oder sie baden. Vivien bildete sich irgendwann ein, dass Lexi schrie, sobald sie sie anfasste. Sie redete sich ein, dass Lexi nur mich wollte, dass ich die Einzige war, die sie beruhigen konnte.«

Ich mache eine Pause, um Atem zu holen. Ben sagt nichts, aber er lauscht jedem Wort.

»Je länger ich blieb«, fahre ich fort, »umso unsicherer wurde Vivien. Ich war diejenige, die eine Verbindung zu Lexi aufbaute, während sich die beiden voneinander entfernten. Ich habe wirklich geglaubt, wenn ich nicht ausziehen, wenn ich nicht zur Seite treten würde, um ihnen etwas Platz zu machen, würde Vivien niemals die Chance bekommen, wirklich Mutter zu sein.«

Ich räuspere mich. »Vivien hat das nicht so gesehen. Sie war wütend auf mich, weil ich gegangen bin. Ich habe es ihr auch nicht erklärt. Ich hielt es für das Beste, meine Gefühle für mich zu behalten, und so habe ich mich einfach aus dieser Situation herausgezogen. Auf diese Weise habe ich immer alles gehandhabt. Und das war ein gewaltiger Fehler.«

Ich halte inne. Ich betrachte Ben, hoffe, er sagt etwas. Ich weiß nicht, ob meine Worte irgendeine Wirkung auf ihn haben, ob er mir gegenüber letztlich doch nachgiebiger wird.

»Ben, ich möchte, dass du weißt, dass mir in meinem ganzen Leben noch nie etwas so schwergefallen ist, wie dein Haus in der Blackthorn Road zu verlassen. Ich habe Lexi geliebt wie mein eigenes Kind. Aber ich dachte, ich würde für sie beide das Richtige tun. Ich dachte, ich würde mich zwischen sie drängen. Ich dachte, wenn ich erst weg wäre, würde Viviens Mutterinstinkt einsetzen. Aber dazu kam es nicht, Ben, oder? Nicht so richtig.«

Er blickt auf, sieht zu mir herüber und schüttelt den Kopf. In seinen Augen liegen Schmerz und Trauer.

»Zwischen mir und Vivien wurde vor langer Zeit eine Verbindung getrennt«, sage ich. »Etwas Wichtiges, ein Band, das nie mehr repariert wurde, nachdem es kaputtgegangen war. Und wegen unserer Probleme fehlte Vivien immer ein kleines Stück von sich. Ich glaube, sie hatte Schwierigkeiten, ihre eigene Tochter zu lieben. Wegen mir.«

Ich bilde mir ein, jetzt ein wenig Mitgefühl in Bens Augen zu erkennen.

»Ich schwöre dir, Ben, als Lexi geboren wurde, dachte ich, ich würde das Beste tun. Wenn ich die Zeit bloß zurückdrehen könnte. Ich würde niemals gehen. Aber ist dir wirklich nie etwas aufgefallen? Dass etwas zwischen Vivien und Lexi nicht stimmt? Dass etwas fehlt?«

»Sie war eine aufmerksame Mutter«, sagt er. »Sie hat ihre Tochter nie vernachlässigt.«

»Aber sie war keine liebende Mutter?«

Er gibt keine Antwort.

»Wie du weißt, habe ich Abstand gehalten. Ich habe damals die Weissman-Station geleitet, und es war nicht schwer, in meinem Beruf aufzugehen. Vivien war wütend auf mich, weil ich ausgezogen bin, wahrscheinlich, weil sie sich schon wieder von mir verlassen fühlte. Wir hatten nur minimalen Kontakt, aber weil Vivien der äußere Schein wichtig war, hat sie mich hereingelassen, doch nur, damit es nicht sonderbar wirkte. Ich war bei Geburtstagsfeiern da, an Weihnachten. Über die Jahre habe ich aus der Ferne beobachtet, was vor sich ging, doch ich habe mir selbst vorgemacht, ich würde nichts sehen. Ich habe keine Fragen gestellt, weil ich mich nicht mit den Antworten abgeben und mich nicht einmischen wollte. Aber ich weiß, was Vivien gemacht hat.«

Jetzt schaut Ben besorgt. »Was meinst du?«

Ich gehe herum, bis ich ihm gegenüberstehe, auf der anderen Seite von Lexis Bett. Sie schläft ganz, ganz tief. Die kleinen Sommersprossen um ihre Nase und oben an den Wangen sind das einzige bisschen Farbe in ihrem Gesicht. Ich hebe ihren Arm und fühle ihr den Puls.

Ben versucht nicht, mich aufzuhalten, deshalb lasse ich ihre Hand nicht los. Ich bin fest entschlossen, und das hört man mir auch an.

»Ich war bei Mrs Murad«, sage ich. »Ihr war auch aufgefallen, dass es Probleme bei Viviens Verhältnis zu Lexi gab. Sie hat darauf gedrungen, dass Vivien zu einem Psychiater geht, weil sie sich solche Sorgen um ihre Gemütsverfassung machte. Sie hat mir erzählt, sie hätte gegen die Schweigepflicht verstoßen, Ben. Und sie hätte dir ihre Bedenken mitgeteilt.«

Ben steht auf. Er geht zur Tür und schließt sie. Dann wendet er sich mir zu. »Sprich weiter.«

»Seit die Polizei mich nach dem Streit zwischen dir und Vivien gefragt hat, denke ich darüber nach, worüber ihr wohl gestritten haben könntet, was so schlimm gewesen sein könnte, dass du sie hast sitzenlassen.«

»Ich habe sie nicht sitzenlassen«, sagt er. »Sie war wütend auf mich und hat gesagt, ich soll nicht nach Hause kommen.«

»Das war wegen Mrs Murad, oder? Sie hat die Schweigepflicht verletzt, weil sie fürchtete, Vivien könnte Lexi schaden. Und du hattest auch Angst.«

Ben bleibt an der Tür stehen. Unter seinen Augen sind dunkelviolette Schatten, und er beißt die Zähne zusammen. Er kratzt sich am Oberarm. Er will die Wahrheit immer noch nicht zugeben.

Ich blicke auf Lexis kleines Gesicht hinab. »Deshalb hast du mit Vivien gestritten. Weil du dachtest, sie macht etwas, womit sie Lexi wehtut.«

»Ich war hinter ihrem Rücken bei einem Psychiater«, sagt er. »Vivien war wahnsinnig wütend. Sie war immer so reserviert, sie verabscheute die Vorstellung, dass über sie geredet wurde. Sie war der Meinung, ich hätte sie verraten.«

»DS Cole hat mir erzählt, Vivien hatte ein Rezept für Diätpillen, für Lexi.«

»Ich hatte keine Ahnung.«

Ben geht zu Lexi ans Bett und setzt sich hin, nimmt die Wache über Lexi wieder auf. Er ergreift ihre Hand. »Glaubst du mir?«

»Ja. Vivien war nicht nur reserviert, sie konnte auch Geheimnisse hüten.«

»Ich hatte nicht die geringste Ahnung, dass Vivien Lexi etwas gibt. Nicht im Traum hätte ich gedacht, dass sie so etwas tun würde. Nachdem Mrs Murad mich gewarnt hatte, habe ich mit Lexi gesprochen. Es hat einige Zeit gedauert, bis sie mir erzählt hat, was da vor sich geht, denn ich glaube, Vivien hat ihr gedroht. Aber schließlich hat sie gesagt, dass ihr Vivien irgendeine Medizin gibt, weil sie zu dick ist. Dass Vivien sie zermahlt und in ein Glas Milch rührt.«

Ben fängt an zu weinen. Seine Tränen tropfen auf das kreideweiße Laken. Er legt den Kopf darauf, und seine Schultern zittern. Ich beneide ihn. Ich habe nicht geweint, seit sie starb, nicht ein einziges Mal.

»Wir sind alle schuldig«, sage ich. »Vivien hat Lexi missbraucht, physisch und emotional. Ich behaupte nicht, dass sie das absichtlich getan hat, aber sie hat es getan. Und wir beide standen daneben, während der Schaden angerichtet wurde. Jetzt braucht Lexi jemanden, der auf sie aufpasst. Jede Minute jeden Tages. Und ich möchte diese Person sein. Ich möchte das wiedergutmachen. Ich möchte alles wieder wettmachen, was meine Enkeltochter erleiden musste.«

Bens Schultern werden still. Er sieht mit roten Augen zu mir hoch.

»Erwartest du allen Ernstes von mir, dass ich dich wieder zu meiner Tochter lasse, nach dem, was heute Abend passiert ist?«

»Ja.« Meine Gedanken sind klar, und ich weiß genau, was ich sagen muss. »Ich habe die Polizei angelogen, Ben.«

Alexandra

In der Nacht vor Viviens Tod

Alexandra konnte nicht schlafen. Sie lag auf dem Rücken in ihrem Bett und machte sich Sorgen, weil sie vergessen hatte, ihre Mathematikhausaufgaben zu machen. Sie tastete nach der Ecke ihrer Zudecke, nach der geheimen Stelle, wo sie in vielen schlaflosen Nächten die Naht gelöst hatte. Sie fand das kleine Loch, das sie gemacht hatte, und steckte den Finger hinein. Sie passte gut auf, das vor ihrer Mutter zu verbergen.

Sie hatte ihre Mathesachen in der Schule liegen gelassen. Jetzt war es wirklich spät, und sie hatte zu lange mit ihrem iPad gespielt und konnte ihrer Mutter nichts von der Hausaufgabe erzählen. Ihre Mutter hatte geweint.

Und sie wusste nicht, wo ihr Vater war.

Ihr tat der Bauch weh, und ihr Herz schlug schon wieder zu schnell, als würde es ihr gleich aus der Brust springen. Gedanken über ihre Hausaufgaben, die Tränen ihrer Mutter, ihren Vater, der nicht nach Hause kam, rasten in ihrem Kopf herum wie Autos auf einer Rennbahn und machten sie schwindelig.

Alexandra wusste, dass sie dick war. Ihr Bauch stand hervor, sagte ihre Mutter, und sie musste sich wirklich ziemlich anstrengen, wenn sie den Reißverschluss des Rocks ihrer Schuluniform zuzog. Aber sie hatte Angst vor den Tabletten, sie brachten ihr Herz zum Rasen und blähten sie auf wie einen Wasserball, der gleich zu platzen drohte.

Alexandra setzte sich auf und schämte sich. Sie hatte schon wieder Durchfall.

Sie ging ins Bad, wusch erst sich und dann die Toilette, goss Reinigungsmittel hinein und öffnete das Fenster. Sie zog sich frische Unterwäsche und einen neuen Schlafanzug an und stopfte die schmutzige Wäsche ganz unten in den Wäschebehälter. Sie versuchte, sich sauberzumachen und gut zu riechen, um ihrer Mutter zu gefallen.

Ihr Herz schlug immer noch zu schnell. Sie wollte keinen Herzanfall bekommen und sterben. Sie wollte zu ihrem Vater. Sie überlegte, ihn anzurufen, unter ihrem Mousepad hatte sie eine Visitenkarte von ihm liegen, aber es war Mitternacht, und sie wusste nicht, was ihre Mutter tun würde, wenn sie hörte, dass sie so spät noch telefonierte. Ihre Mutter ließ Alexandra früher immer neben sich schlafen, wenn ihr Vater beruflich verreist war. Aber das war schon Jahre her. Bevor sie dick geworden war.

Sie konnte nicht mehr still im Bett liegen. Ihr Herz war ein wilder Vogel, der in ihrem Innern gefangen war und so heftig mit den Flügeln schlug, dass er vor Angst zu sterben drohte. So etwas hatte sie einmal im Fernsehen gesehen. Sie hatte ihrem Vater von der Medizin erzählt, sie hatte das Versprechen gegenüber ihrer Mutter gebrochen. Etwas Schlimmes würde passieren.

Alexandra schlüpfte in ihre Samtpantoffeln. Sie schlich aus ihrem Zimmer und leise die Treppe hoch.

Die Tür zum Zimmer ihrer Mutter war geschlossen, aber drinnen brannte Licht, es schien durch den Spalt am unteren Rand. Ihre Mutter war wach. Alexandra klopfte, wartete ein paar Sekunden, dann drehte sie den Knauf. Als die Tür zur Ankleide aufging, hörte sie, dass der Fernseher lief. Am Ende des schmalen Raums flackerte ein schwaches Licht.

»Mami?«, rief sie. Sie ging durch das Ankleidezimmer, tastete sich mit den Händen an den Schränken entlang. Am Ende blieb sie stehen, als sie sah, dass ihre Mutter allein aufrecht im Bett saß.

»Wo ist Papa?«, fragte sie leise.

»Alexandra, es ist Mitternacht. Ich bekomme dich morgen früh niemals rechtzeitig zur Schule aus dem Bett.«

»Mein Herz schlägt zu schnell, Mami.«

»Unsinn. Mach dir keine Sorgen. Der Arzt sagt, es ist alles in Ordnung.«

»Aber …«

»Es ist Zeit, ins Bett zu gehen, Alexandra!« Ihre Mutter hob abrupt den Arm, ihre Stimme war laut und scharf.

Alexandra wich zurück, heiße Tränen des Zorns liefen ihr über die Wangen.

Sie schlug die Schlafzimmertür ihrer Mutter zu. Sie schloss die Augen, aber das Bild ihrer wütenden Mutter brannte ihr hinter den Augäpfeln. Ihre Unterwäsche war schon wieder schleimig. Wegen der Tabletten konnte sie nichts mehr halten, und sie konnte nichts dagegen tun, sie schaffte es einfach nicht immer rechtzeitig auf die Toilette. Am schlimmsten war es, wenn es in der Schule passierte.

Sie wartete draußen auf dem Treppenabsatz, unter dem Bild ihrer Mutter an ihrem Hochzeitstag, und hoffte, ihre Mutter würde kommen und sie suchen. Aber sie kam nicht. Die Tür blieb zu.

Da beschloss Alexandra, sämtliche Tabletten einfach die Toilette hinunterzuspülen. Der Gedanke war halb lustig, halb beängstigend und aufregend. Sie rannte wieder durch den Korridor und tappte in Hausschuhen die Treppe hinunter, bis ins Souterrain. Alexandra hatte keine Angst vor der Dunkelheit.

Sie machte den oberen Wandschrank auf, neben dem Fenster. Auf Zehenspitzen stehend langte sie an die Stelle, wo ihre Mutter die Medizin aufbewahrte. Sie holte die Schachtel heraus und drückte alle Tabletten aus der Plastikhülle.

Dann fiel ihr noch etwas ein. Sie hatte eine Idee. Ein Bild kam ihr in den Kopf. Sie sah ihre Mutter mit verängstigtem Blick und einem wie wild schlagenden Herzen, das Bett völlig verschmutzt.

Alexandra zog die Schublade neben dem Spülbecken auf und holte den Mörser heraus. Sie zermahlte die Tabletten zu einem feinen Pulver. Dann öffnete sie den Kühlschrank und nahm den runden Glaskrug mit der grünen Pampe heraus, die ihre Mutter jeden Morgen trank. Sie stellte ihn vorsichtig auf die Arbeitsfläche und zog die Klarsichtfolie darüber ab. Sie passte auf, sie nicht versehentlich zusammenzuknüllen.

Sie hatte ihrer Mutter dabei zugesehen, wie sie diesen Saft zubereitete, aus Spinat, Roter Bete und Sellerie. Ihre Mutter hatte Alexandra einmal überredet, ihn zu probieren, aber sie hätte sich beinahe übergeben. Alexandra kippte das Pulver in das Getränk und rührte um. Sie grinste in sich hinein. Ihre Mutter würde schon sehen. Sie würde einen Tag auf der Toilette verbringen.

Alexandra würde ihr erzählen, was sie getan hatte, wenn ihr Vater zu Hause war und ihre Mutter in seiner Anwesenheit nicht wütend werden konnte. Dann würden sie verstehen, dass sie die Wahrheit sagte, dass die Tabletten sie krank machten.

Als sie fertig umgerührt hatte und das ganze Pulver verschwunden war, zog Alexandra die Klarsichtfolie wieder über den Krug und stellte ihn zurück in den Kühlschrank. Sie spülte den Mörser, trocknete ihn ab und räumte ihn wieder in die Schublade.

Sie stieg bis zu dem Treppenabsatz im zweiten Stock hoch. Unter der Tür ihrer Mutter drang immer noch Licht durch. Sie überlegte kurz, hineinzugehen und ihr zu sagen, was sie getan hatte, sich zu entschuldigen und zu fragen, ob sie vielleicht in ihrem Bett schlafen durfte. Sie war jetzt sehr müde. Aber Alexandra wollte nicht, dass ihre Mutter sie wieder so fürchterlich ansah. Also ging sie wieder nach unten und schlüpfte in ihr eigenes Bett.

Etwas knisterte in der Tasche ihres Schlafanzugs. Sie langte hinein und zog die zerknüllte Schachtel und die leere Verpackung der Tabletten heraus und schob sie unter ihre graue Bettdecke.

Nachts musste sie immer wieder schlaftrunken aufstehen, weil sie auf die Toilette musste. Am Morgen musste ihre Mutter ungefähr tausend Mal zu ihr hinaufrufen, dass sie aufstehen und zum Frühstück herunterkommen solle.

In der Küche wurde sie dann gescholten, weil sie so spät dran war. Als sie ihr Porridge aß, fiel ihr ein, dass ihr Vater in der Nacht zuvor nicht nach Hause gekommen war. Sie stand vom Tisch auf und lief zum Fenster. Vom Auto ihres Vaters war nichts zu sehen.

Sie sah das Gesicht ihrer Mutter an und beschloss, lieber nicht zu fragen, wo er war.

Ihre Mutter hatte bereits ihre Laufkleidung an. Auf dem Schulweg fragte sie Alexandra, warum sie so still sei, aber Alexandra verriet nicht, dass sie sich wegen der Mathematikhausaufgaben Sorgen machte und dass sie sich grämte, weil sie nicht wusste, wo ihr Vater war.

Ihre Mutter war die hübscheste aller Mütter, und zwar bei Weitem, viel schöner als alle anderen. Alexandra war stolz, als sie am Schultor neben ihr stand, in ihrer engen Laufhose und den leuchtend rosa Turnschuhen.

»Hab einen guten Tag in der Schule«, sagte ihre Mutter. Und dann: »Ich hab dich lieb.«

Ihre Mutter gab ihr keinen Kuss zum Abschied. Sie drehte sich um und joggte sofort weg von ihr.

Da fiel Alexandra der Krug im Kühlschrank ein, mit dem dicken grünen Saft. Sie überlegte, ob er wohl komisch schmecken würde, wegen des Tablettenpulvers, das sie hineingerührt hatte. Sie wusste, dass sie später wahrscheinlich in Schwierigkeiten kommen würde. Und dann fragte sie sich, ob sie diese Tabletten überhaupt wirklich zermahlen und in den Saft ihrer Mutter hineingerührt hatte oder ob alles nur ein Traum war. Sie war sich nicht sicher, sie konnte sich nicht mehr erinnern.

Kapitel 27

Meine Stimme klingt laut und deutlich in Lexis stillem Krankenhauszimmer.

»Am Tag, als Vivien starb, rief mich Mrs Murads Sekretärin an, um mir zu sagen, dass sie nicht zu ihrem Termin gekommen war. Ich hatte ein schlechtes Gefühl deshalb. Es sah Vivien so gar nicht ähnlich, und ich wusste ja, dass ihr unbedingt noch ein Kind haben wolltet. Zuerst einmal habe ich gar nichts unternommen, ich habe einfach mit meinem Tag weitergemacht. Ich habe mir gesagt, dass mich das eigentlich gar nichts angeht und dass Vivien nicht wollen würde, dass ich mich einmische. Aber irgendwie ist mir die Sache nicht aus dem Kopf gegangen. Vielleicht weiß eine Mutter so etwas einfach. Vielleicht war mein Mutterinstinkt doch nicht völlig außer Kraft gesetzt. Irgendetwas hat mich bewogen, bei euch zu Hause vorbeizugehen. Ich hatte ja einen Schlüssel und habe mir aufgesperrt.«

Ben lässt Lexis Hand los. Er lehnt sich zurück.

»Ben, sie war schon tot, als ich sie gefunden habe.«

»Oh Gott. Wie konntest du da so sicher sein?«

»Ich bin seit dreißig Jahren Krankenschwester. Ich weiß, wenn es zu spät ist.«

»Hast du es mit Mund-zu-Mund-Beatmung und Herzdruckmassage versucht?«

»Es war zu spät.«

»Was war mit ihrem Kopf, mit der Verletzung?«

»Ich weiß es nicht. Ich weiß nicht, wie das passiert ist. Ich nehme an, sie ist gestürzt und hat sich den Kopf dabei gestoßen. Als ich ins Haus kam, habe ich meine Tasche auf den Tisch in der Diele gestellt. Mein Handy war darin. Ich habe sie deshalb im Bad liegen gelassen. Ich wollte sie nur kurz allein lassen, um nach unten zu laufen, mein Telefon zu holen und einen Krankenwagen zu rufen.«

»Aber du hast gar niemanden angerufen. Isaac war das.«

»Auf dem Weg nach unten bin ich unwillkürlich stehen geblieben, an der Tür zu Lexis Zimmer. Ich stand da und starrte auf ihr leeres Bett. Ihr Kissen und die Zudecke und die Tagesdecke waren ganz zerwühlt, als hätte sie noch wenige Augenblicke zuvor dort geschlafen. Ich dachte an ihr kleines Gesicht und wie niedergeschmettert sie sein würde. Dann ist mir etwas aufgefallen. Eine Silberfolie, die unter der Tagesdecke hervorguckte.«

Ben wird unter seinen Bartstoppeln ganz käsig und grau. Er reibt sich den Mund, kratzt sich mit den Fingernägeln an seinem stoppeligen Kinn.

»Ich bin ins Zimmer und habe die leere Verpackung gefunden. Auch die Schachtel war da, auf dem Boden unter ihrem Bett. Ich habe erkannt, was das war – und ich weiß, was diese Medikamente bei einem Menschen bewirken können. Die Blisterverpackung war leer, Ben. Alle Tabletten waren weg.«

Ich räuspere mich. Mein nervöser Tick.

»Ich stand da, in ihrem Zimmer, und mir fiel ein, wie unglücklich Lexi bei ihrer eigenen Geburtstagsfeier wirkte. Ich erinnerte mich, wie sie sich geweigert hatte, ein Stück von ihrem Geburtstagskuchen zu essen, weil zu viel Glasur darauf war. Und Vivien fand das offenbar gar nicht komisch, dass ein

Kind sich weigert, ein Stück von seinem Geburtstagskuchen zu essen. Und dann bat Lexi Vivien um Medizin, weil sie Kopfschmerzen hatte. Ich erinnerte mich, wie sie die Aspirintablette mit der Unterseite eines Löffels zerdrückt und das Pulver in ihr warmes Getränk gerührt hat. Lexi hat es mir gezeigt, Ben. Sie hat es uns allen gezeigt. Sie hat uns um Hilfe angefleht, aber keiner von uns hat darauf geachtet. Was auch immer sie getan hat, sie ist unschuldig.«

»Rose, was hast du mit der leeren Schachtel gemacht?«

»Ich habe sie mir in die Manteltasche gesteckt. Ich bin nach unten, habe meine Tasche genommen und die Reserveschlüssel, mit denen ich ins Haus gekommen war, und bin gegangen. Ich stand unter Schock. Ich habe überlegt, was ich tun sollte, Lexis wegen. Ich bin nach Hause und habe etwas getrunken. Mir wurde klar, dass es keinen Sinn hatte, etwas verbergen zu wollen. Ich nahm an, dass jemand mich gesehen hatte oder dass ich beim Kommen oder Gehen von irgendeiner Kamera erfasst worden war. Ich nahm an, Lexi würde jemandem von den Tabletten erzählen, und davon, was sie getan hatte. Aber nichts ist passiert. Überhaupt nichts.«

Ich sehe zu Lexi hinunter. Sie schläft friedlich. Ich streiche ihr über die Haare.

»Hat sie dir etwas gesagt, Ben?«

»Nein.«

»Ich glaube, sie hat es vergessen oder verdrängt. Vielleicht hat sie es beim Schlafwandeln gemacht.«

»Was gemacht?«

»Ich weiß es nicht.«

Aber ich sage nicht die Wahrheit, denn ich fürchte, ich weiß es doch.

»Ben, ich vermute, Lexi hat etwas mit Viviens Tod zu tun.

Ich glaube, sie hat diese Tabletten zerdrückt und in etwas gerührt, das Vivien getrunken hat. Das Gleiche also, was Vivien mit ihr gemacht hat. Ich kann mir nicht vorstellen, dass Lexi begriffen hat, was sie da tat. Vielleicht dachte sie, das wäre normal. Ich weiß es nicht.«

Ben ist erschüttert. Er ist ganz grau im Gesicht. Er sitzt unbeweglich auf seinem Stuhl.

»Ich dachte, wenn ich stillhalte, wenn ich es niemandem erzähle, dann könnte ich es Lexi ersparen, jemals zu erfahren, was sie getan hat. Und dir auch. Verstehst du? Ich wollte, dass sie die Chance hat, ein normales Leben zu führen.«

Ben nickt. Er sieht seine Tochter nicht mehr an.

Dann klopft es an der Tür, ein höfliches, leises Klopfen.

Er steht auf. »Hast du der Polizei irgendetwas davon erzählt?«

»Nein. Und ich will es auch nicht. Ben, ich will nur auf Lexi aufpassen, damit ich ihr helfen kann, falls sie mich braucht. Bis jetzt haben sie mich wie eine trauernde Mutter behandelt, aber wenn du mich jetzt beschuldigst, Lexi entführt zu haben, wenn sie mich unter Druck setzen, dann weiß ich nicht, was ich sage.«

Wieder klopft es leise an die Tür. Sie geht auf, und eine junge Polizistin betritt den Raum. Sie trägt eine schwarze Uniform. Sie blickt nicht so mitfühlend drein wie DS Cole.

Ich halte Lexis Hand, während ich zuhöre, wie Ben mit ihr spricht. Er sagt, es hätte ein Missverständnis gegeben; er hätte mich gebeten, Alexandra mit zu Cambridge Court zu nehmen, um dort zu übernachten, weil er eine Besprechung hatte, die lange dauern würde. Weil er seit dem Tod seiner Frau aber so zerstreut sei und weil er nach der Besprechung einiges getrunken hätte, habe er vergessen, was wir ausgemacht hatten. Er sei nach Hause gefahren und in Panik geraten. Er habe sich einfach nicht daran erinnert, dass er mich gebeten hatte, Alexandra mit zu mir zu Cambridge Court zu nehmen. Er entschuldigt sich dafür, dass er die wertvolle Zeit der Polizei verschwendet hat.

Am Ende weist er die Polizistin noch darauf hin, unter welch großem Stress er steht, seit seine Frau gestorben ist.

Das geht uns allen so.

Kapitel 28

Ein Monat später

DS Cole hat eine gute Haltung, wie meine Tochter. Sie sitzt mit geradem Rücken und durchgedrückten Schultern auf meinem grau gepolsterten Sessel. Ich sitze ihr gegenüber, auf dem dazu passenden Sofa. DS Cole sieht aus wie jemand, der es weit bringen wird. Darin erinnert sie mich auch an meine Tochter. Sie strahlt eine gewisse Selbstsicherheit und Entschlossenheit aus. Das habe ich immer an Vivien bewundert. Mir gefällt die Vorstellung, dass sie das von mir geerbt hat.

»Bitte entschuldigen Sie, dass ich nicht vorher angerufen habe«, sagt DS Cole. »Ich bleibe nicht lang. Sie sind wahrscheinlich auf dem Weg zur Arbeit.«

»Nein«, sage ich. »Ich musste wegen des Trauerfalls Sonderurlaub nehmen. An den meisten Tagen helfe ich jetzt Ben mit meiner Enkeltochter.«

Ihr Blick fällt auf den kleinen Koffer vor dem Heizkörper.

»Ich habe gestern in der Blackthorn Road übernachtet. Ben war in Cambridge, in einem Hotel in der Nähe der Spezialklinik, in der Cleo gerade in Behandlung ist.«

»Wie geht es ihr?«

»Besser, glaube ich, aber sie wissen noch nicht, ob sie jemals wieder ganz gesund wird. Durch die Kopfverletzung wurde das Sprachzentrum geschädigt, und die Motorik ihrer rechten Körperhälfte ist stark beeinträchtigt, deshalb ist sie in ihrer Mobilität eingeschränkt.«

Ich glaube, dass Ben und Cleo in der Zeit stehen bleiben. Wenn sie zusammen sind, beschwören sie meine Tochter herauf, und keiner von beiden möchte sie loslassen. Ich verstehe das. Trauer ist etwas Körperliches, ein Schmerz, der uns immer weiter suchen lässt, bis wir den Menschen finden, den wir verloren haben.

»Wir haben Beweise für ihr Stalking«, sagt DS Cole, »wir haben die Bilder gefunden, die sie in ihrer Wohnung und auf ihrem Laptop hatte. Falls Sie sich jemals Sorgen machen sollten, können wir anordnen, dass sie einen Sicherheitsabstand zu Ihrer Enkeltochter hält.«

»Ich weiß. Vielen Dank.«

DS Coles platinblonde Haare betonen ihre leuchtend grünen Augen. Sie trägt ihr übliches Outfit, eine taillierte weiße Bluse, eine schwarze Hose und männlich wirkende Budapester. Die Bluse ist an der Taille abgenäht, die obersten Knöpfe sind offen.

Ich überlege, was der Grund für diesen neuesten Überraschungsbesuch sein könnte. Ich bezweifle, dass DS Cole in offiziellem Auftrag hier ist.

Ich habe ein Tablett mit einer Teekanne und zwei Tassen auf den Tisch gestellt. Es ist ein weißes Porzellanservice mit einem zarten silbernen Streifen unter dem Rand. Ein altes Weihnachtsgeschenk von meiner Tochter. Ich habe es noch ungeöffnet in der Schachtel gefunden und beschlossen, es sei zu schön, um nicht Freude daran zu haben.

»Ich habe leider keine Milch«, sage ich. »Ich hatte heute noch keine Gelegenheit, hinunter zum Einkaufen zu gehen.«

»Das macht nichts«, sagt DS Cole. »Ich trinke meinen schwarz. Mit einem Stück Zucker. Danke.«

Sie schlägt die Beine übereinander und beugt sich vor. »Sie waren nicht bei der gerichtlichen Untersuchung.«

»Ich konnte das nicht. Ich wollte nicht dasitzen und die ganzen Einzelheiten anhören müssen.«

Ich schenke den Tee ein.

Lexi geht es besser, glaube ich. Sie leidet nur noch an ihren Albträumen, wenn Ben weg ist. Ich habe einen leichten Schlaf, wenn ich in der Blackthorn Road übernachte; ich höre immer darauf, ob sie Geräusche von sich gibt. Gestern Nacht, irgendwann nach Mitternacht, wurde ich von einem ganz leisen Tapsen auf der Treppe geweckt. Als ich hörte, wie Lexi ihr Zimmer verließ, tastete ich auf den Fußbodendielen mit den Füßen nach den blauen Samtpantoffeln, die meiner Tochter gehörten, dann ging ich auf den Treppenabsatz. Lexis Tür stand weit offen. Wie immer verspürte ich die vertraute Angst, als ich hinunter in die Küche lief, um Zeugin ihres nächtlichen Rituals zu werden.

Ich finde sie immer am selben Ort, an der Kochinsel in der Mitte der Küche. Sie holt den Mörser aus der Schublade und mahlt ihre imaginären Tabletten. Immer wieder. Ein ums andere Mal.

Ich wage es nicht, sie zu unterbrechen, sonst bekommt sie Angst. Dann schreit sie und hört nicht mehr auf damit, so wie damals, als sie in Bens Armen lag. Ich muss warten, bis sie fertig ist.

Dann gehe ich zu ihr und reiche ihr die Hand. Nachts fühlt sich ihre Haut immer noch ein bisschen zu kalt an. Sie lässt sich von mir wieder nach oben führen, zurück ins Bett. Ich decke sie zu, und sie steckt den kleinen Finger in das Loch, das sie an der Ecke gemacht hat.

Wenn sie dann einschläft, bin ich hellwach. Und ich habe mein eigenes Ritual.

»Ich dachte, Sie würden sich vielleicht gern von mir erklären lassen, was dabei herausgekommen ist«, sagt DS Cole. Sie setzt die zerbrechliche Teetasse auf dem Tablett ab und sieht mich auf Antwort wartend an.

»Ja«, sage ich. »Gern. Vielen Dank.«

Ich sehe mich selbst, wie ich in der Blackthorn Road die Treppe hinaufsteige, an Viviens Hochzeitsfoto vorbei und den Flur entlang, der zu ihrem Schlafzimmer führt. Ich öffne die Tür zu ihrem Badezimmer, die Ben immer geschlossen hält. Ich schlüpfe aus ihren Pantoffeln und trete auf die grauen Marmorfliesen.

DS Cole trinkt noch einen Schluck Tee, dann beginnt sie mit ihrer leisen, klaren Stimme zu sprechen. »Vivien starb an einer tödlichen Herzrhythmusstörung. Aber der Coroner hat bisher nur ein sogenanntes vorläufiges Ergebnis verkündet. Er hat entschieden, dass es nicht genügend Beweise gibt, um Viviens Tod als Selbstmord zu den Akten zu legen.«

»Ich verstehe.«

Vivien ist noch da und wartet auf mich. Sie liegt verkrümmt auf der Seite, einen Arm nach mir ausgestreckt, als wolle sie mich mit ihren kirschroten Fingernägeln packen. Ich knie mich neben sie und berühre ihre Wange, aber sie ist kalt und blutleer. Sie hat keinen Puls. Ihre erweiterten Pupillen sind starr. Trotzdem rüttle ich sie und rufe sie beim Namen. Wie die Eltern auf meiner Station begreife ich ein ums andere Mal, dass dies das Ende meiner Welt ist, wie ich sie gekannt habe.

»Vivien hat keine Überdosis Antidepressiva genommen«, sagt DS Cole, »wie man es bei jemandem, der an Depressionen litt, vielleicht erwarten könnte. Aber wie Sie wissen, hatte sie einen erhöhten Wert eines Amphetaminderivats im Blut. Es ist wahrscheinlich, dass sie starb, weil sie diese Tabletten genommen hat, obwohl ihr Körper seit Langem schon geschädigt war. Anscheinend war sie seit ein paar Jahren unterernährt. Bei einem Menschen mit einem anderen Gewicht, mit einer anderen medizinischen Geschichte, hätte das anders ausgehen können.«

»Ich verstehe.«

Die federleichte Porzellantasse fühlt sich seltsam schwer in meinen Händen an, und ich muss meine gesamte Energie aufwenden, um sie an die Lippen zu führen.

»Wir haben nicht genügend sichere Hinweise, um Viviens geistige Verfassung zu bestimmen und was sie damit bezweckte, als sie die Überdosis zu sich genommen hat.«

»Sie sagen, es hätte ein Versehen sein können? Dass sie gar nicht vorhatte, sich umzubringen?«

»Wir wissen es schlichtweg nicht.«

Zu meiner Erleichterung kommt DS Cole nicht auf die fehlende Tablettenschachtel zu sprechen. Ben hat mir erzählt, dass sie davon ausgehen, dass Vivien die Tabletten nahm, als sie noch im Park war. Und dass sie die leere Packung dort entsorgt hat. DS Cole ist jung und idealistisch. Ich schätze, sie hat selbst keine Kinder. Mit Eltern über den Tod ihres Kindes zu sprechen, daran gewöhnt man sich nie, und ich finde, diese junge Polizistin hat sich gut geschlagen. Sie gestattet sich nie, emotional zu werden, sie behält eine gewisse professionelle Distanz, aber gleichzeitig wirkt sie niemals gleichgültig.

Ich finde, sie ist fürsorglich. Auch wenn wir uns jetzt öfter begegnet sind und sie weder meine Freundin noch meine Vertraute ist, wünsche ich mir doch manchmal, sie wäre beides. Ich sehne mich danach zu gestehen. Aber das würde Lexi nicht helfen. Stattdessen konzentriere ich mich also darauf, den Deckel der Teekanne festzuhalten, als ich ihr nachschenke.

»Ich wollte Sie auch wegen der Kopfverletzung beruhigen«, sagt DS Cole. »Wir hatten ja zunächst gewisse Befürchtungen, aber wir halten es für die wahrscheinlichste Erklärung, dass Vivien sich im Fallen den Kopf an der Badewanne aufgeschlagen hat, als sie das Bewusstsein verlor.«

Ich erinnere mich, wie ich Vivien hielt und ihre Fontanelle streichelte.

Ich erinnere mich, wie ich sie hochhob und dann ihren Kopf gegen die Badewanne schlug. Ich war in Panik. Ich wollte etwas tun, irgendetwas, um zu verbergen, was Lexi getan hatte. Ich wollte, dass es so aussah, als wäre jemand anders bei Vivien gewesen, als sie starb, als wäre da noch jemand gewesen, der ihr wehtun wollte.

Ich werde nie erklären können, was ich getan habe, als ich sie tot aufgefunden habe. Ich habe aus einem Instinkt heraus gehandelt, nicht aus Vernunft heraus. Trauer und Schuldgefühle verzehrten mich. Ich hatte den archaischen Drang, Lexi zu schützen. Vielleicht würde DS Cole das, was ich getan habe, als Verbrechen ansehen. Ich weiß es nicht. Ich bin nicht stolz darauf, dass ich DS Cole angelogen habe und dass ich offenbar damit davongekommen bin. Ich bin nicht stolz darauf, dass ich Vivien allein dort liegen ließ, in diesem Badezimmer.

Aber wenn ich Lexi damit lebenslanges Leid erspart habe, dann habe ich vielleicht doch etwas Gutes getan.

Meine rechte Hand ist etwas zittrig, als ich die Tasse auf die Untertasse zurückstelle.

DS Cole wirkt nachdenklich, während sie ihren Tee trinkt. Ich glaube, sie versteht mich. »Eines wäre da noch«, sagt sie. »Ich dachte, Sie würden vielleicht gern wissen, was mit Viviens verschwundenen Ohrringen passiert ist.«

»Sie haben sie gefunden?«

»Ja. Die Kellnerin, die in dem Café im Regent's Park arbeitet, hat uns noch Informationen geliefert. Sie war bei ihrer ersten Befragung nicht ganz ehrlich zu uns.«

Als ich die Hände im Schoß falte, fällt mir auf, dass die blauen Flecken auf meinem linken Handrücken fast ganz verschwunden sind. Auch die Kopfschmerzen kommen seltener.

»Diese Frau, Oksana heißt sie, stammt aus der Ukraine. Sie ist seit drei Jahren in Großbritannien und hat ihr Kind zurückgelassen, bei ihrer Mutter. Sie ernährt die Familie und schickt Geld nach Hause. Sie hat gesagt, sie hätte sich manchmal mit Vivien unterhalten und ihr von ihrer Tochter erzählt. Am Morgen ihres Todes ist Vivien laut ihrer Aussage ins Café gekommen und hat Oksana ein Paar sehr wertvoller Diamantohrringe geschenkt. Sie hat zu Oksana gesagt, sie soll die Ohrringe behalten und verkaufen, um mit dem Geld ihre Tochter nachzuholen.«

Ich wische meine Tränen nicht ab. Ich genieße es, wie sie über meine trockene Haut laufen.

»Vivien hat es ihr schriftlich gegeben. Sie hat auf eine Serviette geschrieben, dass diese Ohrringe ein Geschenk sind. Wir glauben, dass Oksana die Wahrheit sagt.«

»Wird sie die Ohrringe behalten dürfen?«

»Das liegt bei Ben. Ich habe das Gefühl, er wird Ja sagen.«

DS Cole hebt ihre Tasche hoch und öffnet sie. Sie nimmt ein Papiertaschentuch heraus und reicht es mir. Ich tupfe mir die Wangen trocken.

»Danke«, sage ich. »Es ist wirklich sehr nett von Ihnen, dass Sie persönlich vorbeigekommen sind, um es mir zu sagen.«

DS Cole nickt. Sie beugt sich vor, um ihre Tasse auf das Tablett zu stellen, dann schlägt sie die Beine übereinander und lehnt sich zurück. Sie wartet, als wäre ihr klar, dass ich noch etwas fragen muss.

»Ich hätte da noch eine Frage«, sage ich.

»Nur zu.«

»Wurde der Mörder Ihrer Schwester jemals gefasst?«

»Ja.«

»Kam diese Person ins Gefängnis?«

»Ja.«

»Und hat Ihnen das geholfen, es Ihnen leichter gemacht?«

»Nein«, sagt sie. »Der Kummer ist geblieben.«

Sie ist ganz reglos, als sie das sagt. Ich erkenne diese Ausdruckslosigkeit, diese Starre. Es ist eine Reglosigkeit, die auch ich perfektioniert habe, als könnte ich den Schmerz aufhalten, ihn in meinem Innersten vergraben, wenn ich meinen Körper ganz ruhig halte.

»Wir müssen aufpassen, dass wir uns nicht zu Gefangenen unserer Trauer machen. Finden Sie nicht?«

»Doch.« Sie sieht mich wieder mir ihren klaren grünen Augen an, ohne sich zu regen.

»Es hört sich vielleicht komisch an«, sage ich, »aber die Gespräche mit Ihnen werden mir fehlen.«

DS Cole lächelt, als würde es ihr genauso ergehen.

»Vielen Dank für den Tee.« Und dann erhebt sie sich mit einer einzigen, fließenden Bewegung aus dem Sessel.

Als sie weg ist, stehe ich allein in meinem Wohnzimmer. Viviens Hochzeitsfoto ist noch auf dem Kaminsims, neben Lexis neuestem Schulfoto. Es ist stickig hier drin. Die Fenster sind geschlossen, und die Stores sind zugezogen. Diese Wohnung, in der ich schon so lange wohne, wird mir immer fremder, während ich mich in der Blackthorn Road immer mehr zu Hause fühle. Cleo hatte letztlich doch recht. Ich gehöre gern dazu.

Epilog

Lexi und ich fassen uns an der Hand. Dieser Friedhof ist ein versöhnlicher Ort, ein grüner, viereckiger Rasen, umschlossen von einer alten Steinmauer. Viviens Grabstein ist schön; Ben hat weißen Marmor gewählt, der in der Sonne leuchtet. Um die Holzbänke herum sind Glockenblumen aus dem Boden geschossen.

Auch Lexi ist hochgeschossen. Seit dem Tod ihrer Mutter ist sie größer geworden, bei allen ihren Hosen musste der Saum ausgelassen werden. Sie ist in den letzten Monaten aufgeblüht wie eine Pflanze, die von einem zu kleinen Topf ohne Wasser und Sonnenlicht in eine weitläufige und sonnige Ecke im Garten umgepflanzt wurde.

Ich halte den Blumenstrauß, den Lexi und ich zusammen in der Küche des Hauses in der Blackthorn Road gebunden haben. Ich habe aufgepasst, während sie mit der Schere hantierte und die Stiele der Gardenien abschnitt. Als sie fertig war, fügte ich noch Vergissmeinnicht zu unserem Arrangement hinzu. Die Gardenien habe ich gekauft, aber die Vergissmeinnicht wachsen in Viviens Garten. Sie sind mir eines Morgens im Frühjahr aufgefallen, als ich in der Küche stand und Lexi das Frühstück zubereitet habe: Zu beiden Seiten des Löwenkopfes tauchten hellviolette Stellen in den Mauerrissen auf.

Alexandra drückt meine Finger auseinander und nimmt

mir den Strauß ab. Sie rennt voraus zum Grab ihrer Mutter und kniet sich hin, um die Blumen zu arrangieren. Konzentriert drückt sie die Zunge an die Wangeninnenseite. Als sie fertig ist, fährt sie über die goldenen Buchstaben: *Vivien Kaye, geliebte Ehefrau, Mutter und Tochter*. Die kurze Zeitspanne zwischen ihrem Geburts- und ihrem Todesdatum spricht für sich.

Die Luft verändert sich, es knistert, als Isaac hinter mich tritt.

Lexi ist auf Knien und spürt die Lebensjahre ihrer Mutter nach. Ihre Haare schimmern kupfern in der Sonne. Ich habe sie schön lang wachsen lassen. Das ist ihre Löwenmähne, ihr Mut.

Ich spüre den Druck von Isaacs Hand auf meiner Taille, als ich mich an ihn lehne. In meinem Brustkorb flattert das Glück, aber gleichzeitig meldet sich auch leise Besorgnis. Ich bin dieses Gefühl gewöhnt. Es ist zu meinem ständigen Begleiter geworden.

Ich weiß nicht, was meine Enkeltochter denkt, während sie die Inschrift auf dem Grab ihrer Mutter nachfährt. Ich weiß auch nicht, was sie an dem Tag vorhatte, als ihre Mutter starb. Sie hat nie darüber gesprochen, was sie getan hat oder was ich unter ihrer Bettdecke versteckt gefunden habe.

Ich achte immer sorgfältig darauf, dass sämtliche Medikamente in dem Haus in der Blackthorn Road sicher unter Verschluss sind. Wir sprechen nicht darüber, was nachts vor sich geht.

Lexi kommt wieder zu mir gerannt, sie drückt sich an mich und vergräbt ihren Kopf und ihre weichen Locken an meinem Bauch. Ich halte sie fest und streiche ihr über den Rücken.

Dann verabschieden wir uns von Vivien, noch einmal.

Isaac geht mit uns eine heiße Schokolade trinken, mit Marshmallows und Sahne.

Das ist unser Ritual.

Dank

Ich hatte das Privileg, mit meiner Lektorin Harriet Bourton an dieser Geschichte zu arbeiten. Harriet hat mich durch mehrere Entwürfe begleitet und mich gleichermaßen gefordert und ermutigt, und zwar jeweils im richtigen Moment. Harriet lässt nur das Beste von Autoren gelten.

Beth Kruszynskyj hat währenddessen an Harriets Seite gearbeitet, und ich bin sehr dankbar für ihre Begeisterung und ihren Beistand. Mein Dank gilt dem gesamten Team von Transworld.

Meine Agentin Madeleine Milburn unterstützt und leitet mich ständig mit ihrem fachkundigen Rat. Ich danke auch Cara Lee Simpson und allen Mitarbeitern der Madeleine Milburn Literary, TV & Film Agency.

Mehrere Fachleute widmeten mir großzügig ihre Zeit, während ich diesen Roman geschrieben habe. Malcolm Fried, Steve Andrews und Wendy Wong brachten mehrere Stunden mit mir zu, als ich für dieses Buch recherchiert habe. Callum Sutherland erklärte mir die Vorgehensweise der Polizei und wies mich auf Artikel über forensische Untersuchungen hin. Sam Lewis, der beste Allgemeinarzt, den ich kenne, und außerdem noch mein Bruder, half mir bei den toxikologischen Fragen und den praktischen Einzelheiten beim Auffinden einer Leiche. Professor Michael Patton war so freundlich, mir meine Fragen über Genetik zu beantworten. Doch letztlich ist dies eine erfundene Geschichte, und für jegliche Fehler bin ich allein verantwortlich.

Wie immer danke ich Jake und Joseph für ihre Geduld. Sie mussten mit weniger Aufmerksamkeit auskommen, als sie verdient hätten, während ich abgelenkt war und mich gänzlich in einer anderen Welt befand. Schließlich danke ich noch Rachel Tucker, Sarah Fisher und Emma Smith für ihre großzügige Unterstützung.